有皇帝的文学史

中国文学概说

[日]浅见洋二 高桥文治 谷口高志 著
黄小珠 曹逸梅 译

凤凰出版社

图书在版编目（CIP）数据

有皇帝的文学史：中国文学概说 /（日）浅见洋二，（日）高桥文治，（日）谷口高志著；黄小珠，曹逸梅译. -- 南京：凤凰出版社，2021.11
ISBN 978-7-5506-3491-6

Ⅰ. ①有… Ⅱ. ①浅… ②高… ③谷… ④黄… ⑤曹… Ⅲ. ①中国文学—文学史 Ⅳ. ①I209

中国版本图书馆CIP数据核字(2021)第171754号

书名	有皇帝的文学史——中国文学概说
著者	[日]浅见洋二　高桥文治　谷口高志
译者	黄小珠　曹逸梅
责任编辑	张永堃
特约编辑	兰淑坤
装帧设计	徐　慧
出版发行	凤凰出版社(原江苏古籍出版社) 发行部电话025-83223462
出版社地址	江苏省南京市中央路165号,邮编:210009
出版社网址	http://www.fhcbs.com
照排	南京凯建文化发展有限公司
印刷	南京凯德印刷有限公司 江苏省南京市江宁滨江开发区宝象路16号，邮编:210001
开本	880毫米×1230毫米　1/32
印张	9.5
字数	201千字
版次	2021年11月第1版
印次	2021年11月第1次印刷
标准书号	ISBN 978-7-5506-3491-6
定价	78.00元

(本书凡印装错误可向承印厂调换,电话:025-52603752)

浅见洋二

1960年生。现为大阪大学大学院文学研究科教授。主要著作有《距离与想象——中国诗学的唐宋转型》（上海古籍出版社，2005年）、《中国的诗学认识》（创文社，2008年）、《中国宋代文学的场域——草稿与言论统治》（研文出版，2019年）等。

高桥文治

1953年生。现为大阪大学大学院文学研究科名誉教授。主要著作有《董解元〈西厢记诸宫调〉研究》（合著，汲古书院，1998年）、《成化本〈白兔记〉研究》（合著，汲古书院，2006年）、《蒙古时代道教文书研究》（汲古书院，2011年）、《元好问及其时代》（大阪大学出版会，2021年）等。

谷口高志

1977年生。曾任大阪大学大学院文学研究科助理教授，现为佐贺大学教育学部准教授。主要著作有《中国文学导论——中国古典歌曲的世界》（合著，汲古书院，2009年）。主要论文有《爱好与病癖——唐人对偏爱、偏好的志向》（《东方学》第一百二十六辑，2013年）等。

黄小珠

1983年生。现为上海交通大学人文学院长聘教轨助理教授。发表论文有《论诗歌长题和题序在唐宋间的变化——以杜甫、白居易、苏轼为中心》（《江海学刊》，2014年第6期》）、《论苏轼的“诗人之穷”观》（《日本宋代文学学会报》，2016年）、《幕末日本的“类宋”感怀与苏轼受容——以〈东坡策〉为中心》（《文学评论》，2020年第5期）等。

曹逸梅

1987年生。现为常熟理工学院副教授。发表论文有《午枕的伦理：昼寝诗文化内涵的唐宋转型》（《文学遗产》，2014年第6期）、《中唐至宋代诗歌中的南食书写与士人心态》（《文学遗产》，2016年第6期）、《闻香：黄庭坚诗歌的鼻观世界》（《文艺研究》，2020年第8期）等。

中国文学研究中广泛蕴含着与各人文社会学科相通的，基础性、普遍性的问题，在今天也仍然是充满希望的学问领域，而绝非与时代脱节的陈言刍狗。

——浅见洋二

序　言

本书是中国文学史的概述。当然，由于笔者能力有限，原本并未打算对中国文学的历史作全面的考察。更何况，全面的中国文学史应以何种面貌呈现，简直无法想象。所以，本书不打算求全求多，有必要限定确切的考察目标。因此，本书打算以数个具体问题为框架，在这一框架内呈现中国文学的面貌。本书的框架，从宏观上看首先有“国家与个人”和“事实与空想”这两个角度。两者都是格局宏大、渺茫无际的大问题，堪称全体人文学科中具有普遍意义的根源性问题。虽然当前中国文学研究日趋边缘化，但学者仍应有挑战这些问题的权利。正因坚信这一点，笔者才不自量力来做一番尝试。

本书第一部分将在“国家与个人”的框架内概览中国文学，分成《言语和权力》《“私”的文学》两章。当我们考虑“国家”这一概念时，最重要的因素就是权力。国家拥有压倒性的权力，甚至可以说国家之所以成其为国家，正是由于它所具有的权力。在此权力下，文学的语言担负着何种使命？表现为何种面貌？此外，个人常常被置于国家的对立面，那么，使个人成为个人的究竟是什么呢？简单来说，个人应当是指有别于他人的、自己所固有的私人世界。如此，则究竟何谓私人世界？从前的文学语言如何表现它？这都是本书第一部分所要考察的问题，比起第二部分来，这部分关注的问题含有更多的概述成分。

第二部分在“事实与虚构”这一框架中观察中国文学，分成《史书与小说》《家庭的故事》《人为与自然》三章。事实，换而言之，也可称为现实，即人们所见所闻的世界，人们出生于斯、生活于斯、永逝于斯的世界，例如历史、家族、人间社会。在这里，人们互相怜爱、互相伤害，反复上演着喜怒哀乐、背叛与融合的人间百态。文学语言如何认识现实世界？现实世界的哪些内容会被文学纳入表现范围，哪些会被忽略？与现实相对的，是堪称文学特有功能之一的“虚构”。换而言之，是通过文学语言对现实进行的变形及超越。在这种情况下，语言与何者产生冲突，又回避哪些内容？为了什么，去往何处？这都是第二部分要考察的内容，比起第一部分来，这部分更倾向于对个案问题进行专门叙述。

本书中所列举的文学语言，将其诉诸文字文本而传承下来的，是什么样的人呢？并不是任何人都可以进行文学创作。在古代，能够进行创作的仅限于知识分子，也即“士农工商”中的士大夫阶层。知识分子可谓能够驾驭文字语言之人，他们将自己的语言凝定为文字流传后世，文学史便是根据他们的语言补缀而成。与此相对，不属于知识分子的人，也即“农”“工”“商”等老百姓，则无法将自己的语言书写并留存下来，因此，文学史中也听不到他们的声音。可能有人会对此持反对意见，说：“不对，并不是这样。像《庄子》中不就记载了木匠、庖丁、牧童之语吗？像

《水浒传》中不就记录着小贩、妓女以及三教九流之语吗?”不过,将平常之事夸张地说出来有些不妥,但将这些老百姓的语言书写成文字文本并流传后世的,仍旧是知识分子。

在这方面具有象征意义的例子,是明代思想家王阳明所记载的与老百姓的对话。王阳明在江西泰和县时,曾有一位名为杨茂的聋哑人(应当是农民)前往拜访,他们之间围绕着以“心”判断事物进行了一次重要的笔谈,这次对话记录在《谕泰和杨茂》中,下文节选自其开头部分:

> (王)你口不能言是非,你耳不能听是非,你心还能知是非否?
>
> (杨)知是非。
>
> (王)如此,你口虽不如人,你耳虽不如人,你心还与人一般。
>
> 茂时首肯拱谢。[①]

紧接着的下文,均是以记录王阳明滔滔不绝的言论(实际上是以笔写作而成)的形式进行。与此相应,杨茂如何作答,则完全没有记录,只在王阳明的言论中间,穿插着“茂时扣胸指天”“茂时首肯拜谢”“茂时扣胸指天躄地”“茂时顿首再拜而已”等表示杨茂举止的记录。从文中看,杨茂具有进行笔谈的教养水平,能够理解王阳明言论思想的内容。尽管如此,他的言论只有开头部分“知是非”这一简短的回答被记录下来。和王

① 王阳明撰,吴光、钱明、董平编校:《王阳明全集》,上海古籍出版社,2015年,第758页。

阳明的长篇大论相比，显得非常不均衡，简直不能成其为问答体。杨茂未曾有过回答，只是一味地以身体举止表示对王阳明言论的赞同与感谢。在电影《寅次郎的故事》中，有这样一个场面：主人公阿寅（渥美清饰演的江湖小摊贩车寅次郎）揶揄处处都要讲歪理的对手道："你这家伙到底是知识分子啊！"在此，我们也希望杨茂说出同样的台词来，当然，这对于他来说近乎苛求了。

王阳明和杨茂的问答，可谓古代知识分子与老百姓之间关系的一个缩影。发声为言的永远是前者，而后者则只能一味地听取、接受前者的言论。对于这种非对称的关系，后者不但没有不满与疑问，甚至俯伏其下，充满恭顺与感谢。因此，前者的眼中是否真的映射出后者的形象、前者的耳朵是否真的听取了后者的声音，应该说是相当令人怀疑的吧。当然，站在现代社会的立场对此进行批判毫无意义。无论善恶，在古代中国，士大夫阶层与老百姓之间的关系，便是这样一种结构形式。本书的目的是究明在这样的结构中文学语言如何运作，在笔者所知的范围内尽可能立体地摹绘出中国文学的这种结构。

对于知识分子，常有人指出其如下缺点：游离于社会和生活现场之外，局限在空疏的观念中，摆弄没有实效性的语言。当这样批判知识分子时，所设想的对立面，大多数情况下是老百姓。一般认为，只有老百姓才置身于各种各样的社会现实中，是实实在在脚踏大地的人。站在老百姓的立场来看，知识分子倾注全部心力所从事的语言事业，多少包含着虚妄的要素，不能不显得形迹可疑。

《庄子·天道》中所记载的轮扁斫轮的寓言，就是最早如此批评知识分子的例子之一。轮扁见齐桓公读书，问其所读何书。桓公答曰古圣人之言语。轮扁便讲述了如下道理：从自己所擅长的斫轮来看，技艺中最玄妙的部分是无法用语言说明的。古代圣人所悟得的世间真理也一样无法用语言表达。真理已经随着圣人的逝去而消失，因此，齐桓公所读的不过是圣人的“糟粕”而已。匠人根据自己工作的经验，尖锐地指出了阅读书籍的虚妄之处（不过，正如前文所述，将这位匠人的语言记录下来的，还是知识分子，也就是庄子。作为知识分子的庄子，借作为百姓的匠人之口，揭露了知识的虚妄性）。

古今东西，讨论知识分子所从事的工作的虚妄性的言论为数不少。阿寅所说的“你这家伙到底是知识分子啊”，也是其中一例。此外，还有如“作诗不如作田”之语。“作田”乃是关乎人类生存和繁荣的不可或缺的事业，与之相比，“作诗”则终究不过是虚妄的事业而已。恐怕对与文学相关的人来说，不怀有这种疑虑是很难的。关于“在饥饿的孩子面前，文学所得为何物”的问题，曾在舆论界被热烈地讨论过。实际上，在面对饥饿的孩子如此紧迫性的现实时，能够断言不因“作诗”而产生迷惑的人，是极少见的。能够挽救饥饿的孩子的，只能是“作田”，而非“作诗”，这一点是非常明白的。

在逼近的压倒性现实面前，人们不容分说地注意到了知识的虚妄性，例如思想和意识形态的虚妄性。T. W. 阿多诺的说法“仅仅是里斯本大地震，就足以让伏尔泰舍弃莱布尼茨的神正论”（《否定的辩证法》，木田元等译），便尖锐地指出了这一点。面对1755年的里斯本大地震，伏尔泰不得不转变了思想。伏尔泰所信奉的莱布尼茨神正论（维护神的“全善”与“全能”的理论），在巨大的灾难所带来的试炼前，并不能延续人们的生命，只能被轻率地舍弃，成为实效性依据不足的理论。这里所表达的，即在大自然压倒性的力量前，意识形态暴露了其虚妄性。

能与上引阿多诺言论并置一读的，是西晋刘琨《答卢谌诗一首并书》中的以下说法：

> 昔在少壮，未尝检括。远慕老庄之齐物，近嘉阮生之放旷。怪厚薄何从而生，哀乐何由而至。自顷辀张，困于逆乱。国破家亡，亲友凋残。负杖行吟，则百忧俱至；块然独坐，则哀愤两集。时复相与举觞对膝，破涕为笑。……但分析之日，不能不怅恨耳。然后知聃周之为虚诞，嗣宗之为妄作也。①

刘琨在少壮之时，醉心于老庄思想和阮籍自由的言语举止。及至西晋末年，在与异族的战争中，失去了父母亲友，体会过难以忍受的痛苦后，更兼与挚友卢谌生别。经历过如许苦难，他发出了这样的感慨：至此方知老庄的思想、阮籍的文学全部都是虚妄之言。在天翻地覆的悲痛中，体会到意识形态的虚妄这一点，与阿多诺描写的伏尔泰思想的转变有着共通之处。

---

① 萧统编、李善注：《文选》卷二五，中华书局，1977年，第355页。

"作诗不如作田。"但是，直到今日，人们还是一面怀疑着"作诗"的价值，一面在不得不经历着像刘琨一样的挫折与思想转变中，从不放弃"作诗"。原本不应作诗的人也被卷入到诗歌的创作中来。立志通过医学贡献祖国而留学日本的周树人，因为意识到只有文学才能拯救祖国，而弃医从文，成为了作家鲁迅。

图1　鲁迅(1881—1936)

图为1904年鲁迅从东京弘文学院毕业时的照片。此后，他进入仙台医科专门学校。据《鲁迅文集》第10卷(人民文学出版社，2005年)。

在《呐喊》的自序中，他这样写道："从那一回以后，我便觉得医学并非一件紧要事……我们的第一要著，是在改变他们的精神，而善于改变精神的是，我那时以为当然要推文艺，于是想提倡文艺运动了。"鲁迅就是本不应"作诗"，但最终却被卷入诗歌创作的人之一(最终，鲁迅开启了中国文学史近代篇的大门，为世界文学史增添了为数不少的杰作，即使考虑他若作为医生而挽救的那些生命数量，他都堪称人类之幸)。从以上事实来看，以文学为代表的语言创作，具有遍布人类社会的吸引力，以及使人能在深刻的苦难中生存下去的强烈的力量。那么在中国文学中，这种"力"究竟是如何呈现的？阐明这一点也是本书的目标。

附记：本书由三人执笔而成：序言和第一部第一、二章由浅见洋二执笔；第二部第三、四章与后记由高桥文治执笔；第二部第五章则由谷口高志完成。原文所引用资料,以较为通行的文本为标准,对部分书籍信息酌情予以注释,并未逐一标明。参考文献仅限于本书写作时所参照的资料。

译者分工为:曹逸梅负责序言和第一、二章;黄小珠负责第三、四、五章和后记。

目　录

第二部　事实与空想

第一部　国家和个人

八个保养圈　第一步

第一章　言语和权力

前　言

文学不能仅以其自身而存在。它成立于产生、接受、传播它的人类社会里，存在于社会性的关系网络之中。古代中国基本上是一个以皇帝为权力系统顶点而运转的帝国空间。在这样的政治空间中，为政者的权力和文学言语之间有何关系？下文将大体按照时代顺序进行叙述。

此处所说的权力，首先指的是作为统治者的皇帝或者王的统治权力。不过，简单来说，权力也有各种各样的形式。如果放宽范围的话，地方的权威人士和家长的权力也应包含在内。此外，还有以法律、规范等抽象形式存在的权力，例如，言语与生俱来的权力也是其中之一，正如罗兰・巴特(Roland Barthes)在其《文学的符号学——法兰西学院开讲讲义》中所说的那样："即使言说产生于权力以外的某个场合，其中恐怕也潜藏着权力(支配欲)。”[①]所有言语行为之下都潜藏着通往权力的欲望,这么说应当不算过分。并且,言语所具有的这种权力性恐怕是与以皇帝权力为首的各种政治权力紧密联系在一起的。

此外,作为本章问题之一的“言语”,限指通过写作固定下来的文字。发之于口、形诸音声的言语,其物理形态最终将消失,我们所能读到的前人的言语形态,只能是经由写作留存的文字,因此,将考察对象限定为写作的文字文本,也是理所当然的,在此,笔者还希望强调一下这种文字文本的积极意义。

在平时的生活中,语言的口传耳受是极为自然的事情。这种口语与写定为文字的书面语言之间,当然有其连续性,但更有其异质之处。在古代,这种异质的程度则更高。以本章所讨论的主题而言,书面文字比起口语来,与权力的关系更为紧张尖锐。或者反过来,可以这样表述:权力所能约束的仅限写定为文字的书面语言,而形诸音声的言语世界,则是权力所无法约束的领域。

第一节　天的语言　王的语言

何谓言语?对此问题约定俗成的回答当是:言语是结成人类交际网络的手段。在古代中国,如此定义言语也大体恰当。《春秋左氏传》襄公二十五年记载了孔子如下语录,在此处言语被拆分为“言”和“文”,前者

---

① 罗兰·巴特『文学の記号学——コレージユ・ド・フランス開講講義』,花輪光译,すずみ書房,1981年,第9页。

指发声为音的言语，后者指形诸文字的语言：

《志》有之：“言以足志，文以足言。”不言，谁知其志？言之无文，行而不远。①

孔子认为，人以语言为媒介向他人传达内心的情志，将言语定义为传达、联结人类志意的手段。但是，这样的观点不过是把握住了言语诸多涵义中的一个侧面而已。作为文字被记载下来的言语尤其如此。

天、神之沟通——《诗经》

中国以文字记载下来的言语，最早可追溯到殷商甲骨，这是殷商王宫举行占卜仪式时，将内容与结果刻于龟甲上所留存的文字记录（参照第二部第三章）。占卜是一种向某些超越人智、有着超越性力量的存在问询的仪式。殷商时代的这种超越性存在就是“天”（尤其是被呼为“帝”的天神）。决定听命于天的王，命令贞人（卜人）进行占卜。贞人在龟甲腹部位置凿洞，以火炙烤，受热的龟甲开裂成隙，根据罅隙的形状来判断天意。向天发问的语言，和由王叙述的天的应答，也即占断的语言，共同构成了甲骨文，换言之，这是王与天沟通的记录。

自然，甲骨文所记录下来的言语，与通常作为人际交流手段使用的言语有着相异的性质。人际交流一般没有位阶差异，产生于平等关系下。甲骨文反映的却是人与作为超越者的天之间的沟通交流，伴随着压

① 杨伯峻：《春秋左传注》，中华书局，2009年，第1107页。《春秋》为鲁国编年史，相传为孔子编撰，五经之一。据传《春秋左氏传》为左丘明所作注释之书。

倒性的位阶差异。与甲骨文同性质的还有此后的金文。金文是镌刻在鼎等青铜器上的文字。在殷、周时代，青铜器不是实用器具，而是祭祀祖先神灵的神圣器物。因此，镌刻其上的文字，也具有奉献给以祖先神灵为首的超越性存在的性质，并非仅仅是面向地上的民众。①

图 2　史墙盘及其铭文

史墙盘是西周共王时期（公元前 10 世纪）为祭祀祖先而制作的铜盘。盘内铭文记述并颂扬了西周从武王至共王七代周王的历史和史墙一族的事迹。据中田勇次郎编《中国书道全集》第一卷（平凡社，1988 年）。

从甲骨文、金文等古代文本中，体现了人与超越者所用的交流言语的特质。在人间，并非任何人都具有此种交流的资格与能力。拥有此特权的是人间的权力者、为政者，即所谓的王（在被称为“皇帝”的统治者登场以前，位于权力顶点的人被称为“王”）。与基督教和伊斯兰教的“预言者”相似，只有王能向超越者发问，听取其回应。并且，王可以代替超越者，向地上的人们传达超越者的旨意。在人与超越者的这种交际中，王

① 有关甲骨文、金文等古代文字，可参考：小南一郎『古代中国——天命と青銅器』，京都大学学術出版会，2006 年；大西克也、宮本徹『アジアと漢字文化』，日本放送出版協会，2009 年。

便占有了特权地位。考察中国历史上的文字文本，首先应对此点予以确认。

甲骨文与金文之后的文字文本也继承了上述特点，譬如《诗经》[①]。中国古代被写定为文字的各种文本中，有少数被知识分子（其中大部分是社会精英）赋予特别的价值，被视为典籍[②]而阅读传承，其中一部分在汉代时更成为儒家经典。《诗经》便是其中一部，收入周王朝自公元前1100年至600年左右的诗歌（歌谣），据传为孔子从三千篇作品中删选三百篇（现存305篇）而成，是现存最古老的歌谣集，大部分为无名氏所作[③]。内容分风、雅、颂三部分，风为各地民谣，雅（大雅、小雅）为宫廷各种礼仪场合所用之歌谣，颂为宗庙之乐。

关于《诗经》收录的作品，虽有观点认为它们几乎都与神灵、祖灵信仰联系紧密，但其中表现出强烈的与超越者沟通性质的诗歌则主要是颂诗。关于“颂”，《毛诗大序》（毛氏传释《诗经》之作，参见本章第四节）曰：“颂者，美盛德之形容，以其成功告于宗庙者也。”此处以《周颂·维天之命》[④]为例，本诗中交流的对象是作为儒家理想君王的周文王的神灵，全篇如下：

---

① 古代仅称《诗》，《诗经》作为正式的书籍名称使用始于宋代。

② 初期的书籍皆书于竹简、木简、丝帛之上，以卷轴形式保存。以纸张连缀的册子体书籍到宋代才普及开来。

③ 《诗经》中有数篇诗歌出现了作者本人之名。例如，《小雅·节南山》中的“大夫家父”，《巷伯》中的寺人（侍者）孟子，《大雅·崧高》《大雅·烝民》中的吉甫（尹吉甫）。但是，这些篇章中作者姓名都是作为本文的一部分，与作者署名有着本质的不同。

④ 《诗经》的诗题与后世诗歌不同，“维天之命”乃编者截取正文中字句为题。

维天之命，於穆不已。
於乎不显，文王之德之纯！
假以溢我，我其收之。
骏惠我文王，曾孙笃之。①

本诗是周公献祭于文王灵前之作，历代解释一致。周公于文王灵前称颂其德、奉呈感谢之念、发誓子子孙孙笃敬其灵。另外，《诗经》中的诗歌已经确立了押韵的规则，上诗韵脚为"收"与"笃"(二字在当时语音中韵母相近)。

除颂以外，与超越者沟通的言语被记录为诗歌的情况所在多有。例如《大雅・皇矣》，此诗是上天向文王发出的命令，下引一章，韵脚为"德、色、革、则""王、方、兄""冲、墉"三组交叉互换：

帝谓文王："予怀明德，
不大声以色，不长夏以革。
不识不知，顺帝之则。"
帝谓文王："询尔仇方，
同尔弟兄，以尔钩援，
与尔临冲，以伐崇墉。"②

① 程俊英、蒋见元著：《诗经注析》，中华书局，1991年，第936页。
② 同上书，第784页。

本诗描写了周王朝承受天命、确立正统政权的过程。上文所引一章，记录了天帝教授文王治国基本方针、伐崇、平定天下的命令。

以上两诗，记录了作为超越者的天帝或祖灵与作为人间最高权力者的王之间交流的内容。提及《诗经》，可能更多的人脑海中浮现的是像风诗那样、以当时农村社会生活为背景的民谣，但另一方面，其中所见的记录周王朝权力中心的言语、在政治与礼仪方面具有重要意义的诗歌也不在少数，这是值得我们注意的。

王的言语——《尚书》

甲骨文、金文、《诗经》，一言以蔽之，都是与王的存在联系紧密，以王为基点而成立的文本。在以王为中心的言语中，除了前述的与超越者进行沟通的部分占有重要位置外，王与臣民交流的部分也十分重要。这种场合的交流也并非处于平等关系层面，而是将王置于阶级秩序的权力顶点位置而成立的。另外，王的交流对象仅限于臣下或以掌握地方权力的诸侯为中心的社会知识精英阶层，一般庶民被排除在外。

在明确的上下关系中形成的这种交流，往往是单向且非对称的，其中最为典型的就是命令的语言。在经书中，收录王向臣下发布命令的是《尚书》。《尚书》记录了尧舜以下，夏、殷、周三代的诸王命令。同为经典的《春秋》，则记录诸王的行动。关于《尚书》与《春秋》，《汉书·艺文志》有言："古之王者世有史官，君举必书，所以慎言行，昭法式也。左史记言，右史记事，事为《春秋》，言为《尚书》。"[1]上古时代设置左右史官，左

① 班固撰：《汉书》卷三十，中华书局，1962年，第6册，第1715页。

史记言，右史记事，前者是《尚书》，后者为《春秋》。当然，言、事并不能截然区分，因此《尚书》中亦记录有先王行动，《春秋》中亦记录有先王言辞。①

《尚书》中时代最古的文字，当属周书中的《大诰》《康诰》《酒诰》《召诰》《洛诰》。“诰”即王的告示、命令。下文选取记录周成王命令的《康诰》中的一节，成王年幼，实际发布此命令者为其叔父周公旦：

> 王曰：“呜呼！封，敬明乃罚。人有小罪，非眚，乃惟终，自作不典，式尔，有厥罪小，乃不可不杀。乃有大罪，非终，乃惟眚灾，适尔，既道极厥辜，时乃不可杀。”
>
> 王曰：“呜呼！封，有叙，时乃大明服，惟民其敕懋和。若有疾，惟民其毕弃咎。若保赤子，惟民其康乂。非汝封刑人杀人，无或刑人杀人。非汝封又曰劓、刵人，无或劓、刵人。”②

文中被呼为“封”者，乃是周公之弟康叔。这段文字是成王向康叔阐述使用刑法时所应有的心理准备，应当根据罪状来决定处罚的严厉抑或宽大。后人评价《尚书》曰“周诰殷盘，佶屈聱牙”（韩愈《进学解》），称其语言生硬难解，同时，这样的措辞也显得十分庄重。可以说这样的表达方式能提高王的权威，是通过语言来实现权力的庄严化的典型例子。

下文在《尚书》中属于成文年代较晚的作品，出自《尧典》，是关于中

---

① 有关《尚书》与《春秋》，可参考清水茂『書経　春秋』，筑摩書房，1975 年。

② 孔安国传、孔颖达正义：《尚书正义》，上海古籍出版社，2007 年，第 536 页。

国神话的记述：

> 乃命羲、和，钦若昊天，历象日月星辰，敬授人时。分命羲仲宅嵎夷曰旸谷，寅宾出日，平秩东作。日中星鸟，以殷仲春。厥民析，鸟兽孳尾。申命羲叔宅南交，平秩南讹，敬致。日永星火，以正仲夏。厥民因，鸟兽希革。分命和仲宅西曰昧谷，寅饯纳日，平秩西成。宵中星虚，以殷仲秋。厥民夷，鸟兽毛毨。申命和叔宅朔方曰幽都，平在朔易。日短星昴，以正仲冬。厥民隩，鸟兽氄毛。帝曰："咨，汝羲暨和！期三百有六旬有六日，以闰月定四时成岁。允厘百工，庶绩咸熙。"①

引文记述上古圣王尧帝如何命令掌管天地的神官羲和（神话中为日驾车的日御）确定天体、季节的运行，根据历法的运行指导人类和鸟兽生活生产的秩序。在此基础上，引文末尾记载了尧帝褒奖臣下工作状况的语言。此外，这则文字记录了天地生成的过程，可谓中国版"创世纪"。虽然一般认为中国古代文献中缺乏神话，但从这里可以知道并非绝对没有。

王和"天命"

《尚书》中所记录的王命，因为是地上唯一的至高统治者所发，故被视为圣言而具有不可侵犯的威严。那么，王何以为王？王命的威力源自

① 孔安国传、孔颖达正义：《尚书正义》，上海古籍出版社，2007年，第38页。

何处？不外乎出于“天命”，也即所谓“天意”。王承受天命而成为地上之王，因为王命天授，故又被称为“天子”。这种王权的正统性是由天保证的，从某种意义上来说，“王权天授说”便是中国王权的基石。①

图3　刻画掌管太阳与月亮的神祇的汉代画像石

画像左边的太阳中可以看到金乌(三足之乌)的形象，右边的月亮中可以看到蟾蜍的形象。据南阳汉代画像石编辑委员会《南阳汉代画像石》(文物出版社，1985年)。

前文所引的《诗经·颂·维天之命》与《大雅·皇矣》皆体现了这种观念。此外，《诗经》中还有不少这类例子，如《大雅·江汉》中曰“明明天子，令闻不已。矢其文德，洽此四国”，称周宣王(姬静)为“天子”，赞美其治世；《周颂·昊天有成命》曰“昊天有成命，二后受之”，认为文王、武王接受天命而成为天子。②

王承受天命后，为了实现在地上的统治必须由官僚辅佐，励精图治。《尚书·皋陶谟》曰“天工人其代之”③，所说的就是王及辅佐他的臣下以遵从天意的形式代替上天施行统治。代行天意的过程，即王受命于天，

---

① 由于王是由天命所授的存在，所以当王失政之时，便会受到天降的惩罚，引起自然灾害。这就是所谓的“天谴”思想。受到上天惩罚的基本上是王或皇帝，而与民众没有关系。

② 以上两例，出自方玉润撰、李先耕点校：《诗经原始》卷十五、卷十六，中华书局，1986年，第563、586页。

③ 《尚书正义》，第151页。

然后向臣下官吏发布命令，继而再由臣下对民众发布。《尚书》中所记录的历代诸王语言，都是根据这种天→王→臣→民的统治位阶秩序，表里一致地组织起来的。中国古代言语的这种性质，不限于《尚书》，其他所有体裁的作品亦皆当作如是观。

第二节　朝廷和言语

从前一节可见，古代的语言文字中普遍存在着作为超越者的天或作为统治者的王的权力。地上的最高统治者是王或者皇帝，其所置身的场所则为朝廷。本节将以自秦汉以迄唐宋的王朝史实为例，考察朝廷这一场所所具有的意义及其与言语、文学的关系。

对文字、书籍的统治

秦王朝结束了春秋、战国时期分裂混乱的局面，废止了封建制，代之以郡县形式的中央集权制。① 秦朝初代帝王始皇帝是中国历史上第一位用"皇帝"称号的统治者，从中国皇权角度来考虑的话可谓十分重要的人物。秦始皇实施的大量政策中，对本章论述有重要影响的是"书同文"，更确切地说，即规范行政文书所用文字的政策。② 甲骨文、金文产

---

① "封建制"是分封诸侯、予以领地的古代制度。"郡县制"则是将全国划分为三十六郡、再将各郡划分为若干县，由中央直接派遣官员进行治理的统治制度。"封建制"与"郡县制"作为统治系统的两大理念类型，是政治思想史上的重大课题。

② 虽称"书同文字"，但并非所有的书写物都使用篆书（小篆）书写。据冨谷至『木簡・竹簡の語る中国古代』（岩波書店，2003 年）的说法："文书行政上应该使用统一的书体，并对不同种类、等级的官方文书中使用的书体加以规定。"

生以后，流传至今的文献所使用的文字千姿百态。因此，秦朝时将之统一为标准化的篆书以及比篆书更易于书写的隶书。篆书继承甲骨文、金文，表现出强烈的礼仪性质，而隶书则是吏人们在行政文书中使用的具有较强实用性的文字，隶书不再带有甲骨文、金文的神圣品格，取而代之首先体现出的是国家的世俗权力性。

统一文字在加强帝国集权统治方面颇有效果，这与统一度量衡与车轨的政策具有联动性。《史记·秦始皇本纪》曰："一法度衡石丈尺。车同轨。书同文字。"[①]因此，在秦王朝，官僚们形成了使用统一书体来撰写、互递行政文书的组织结构，并通过这一组织结构将统一的文字语言推广到帝国全土。文字语言的主要使用者是官僚，通过与官僚系统形成表里一体的关系发挥作用。这是中国特有的现象，初次明确地显示出来即是在秦代。

这里我们首先应该确认的是，包括篆书、隶书在内的汉字所具有的特性。汉字是表意文字，与拉丁文、假名等表音文字不同，其音声表现力较弱，这既是其短，也是其长。语言的读音会因地域与时代而发生变化，而作为表意文字的汉字则比较容易克服这种变异。换言之，汉字具有隐藏语言音声差异的功能。汉字能够穿越广袤的空间与绵远的时间而被继承、使用，也是由于它的这一特性。并且，对于臣民全部归顺于皇帝的一体化专制政体来说，各种各样的声音能被同一文字所涵括，这也正体现出专制政体理想的象征性吧。

① 司马迁著、裴骃集解、司马贞索隐、张守节正义：《史记》卷六，点校本二十四史修订本，中华书局，2013年，第303—304页。

秦始皇所推行的政策中最广为人知的应当是焚书坑儒——一种焚毁《诗经》《尚书》等后世经典、生坑儒士的思想言论钳制政策。焚弃对象并不仅限于儒家文献，除医药、占卜、农业相关的实用书籍以外，禁止民间个人藏书（挟书律）。进一步说，这是由朝廷所采取的、与统一文字相伴随的文化一元化统制管理政策。朝廷作为文化中心，搜集文化保存与传承的最大媒介——书籍，将之置于自己的管理之下。当然，这种做法古来即有。例如，记载周王朝官制的《周礼》中，关于“外史”职掌，曰“掌三皇五帝之书，掌达书名于四方”[①]。但使之成为一项彻底的、强制性的政策则是在秦朝。

图 4　泰山刻石拓本

秦始皇巡幸各地，为显示皇帝的威信而刻石。上图是五岳之一泰山的刻石，刻石小篆传说为李斯所书。三井文库藏。据曾布川宽、谷丰信编《世界美术大全集·东洋编　第二卷　秦·汉》（小学馆，1998 年）。

汉朝作为秦王朝的后继者，是一个确立了中华民族基础的王朝。汉代命脉存续四百余年，具有广阔的版图，堪称中华帝国的典型。汉代朝廷也收藏了汗牛充栋的书籍，宫中藏书机构呼为“秘书”，设置“秘书监”进行管理，并编撰了宫中藏书的目录与解题，即前汉成帝命刘向所编《别录》，以及其子刘歆继承父业所编《七略》。两书虽皆已散佚，但由于《汉

① 郑玄注、贾公彦疏：《周礼注疏》，上海古籍出版社，2010 年，第 1027 页。

书·艺文志》[1]征引而流传至今。这些著述超越了单纯的图书目录与解题，是记载了古代文化和学术源流的重要著作。

《汉书·艺文志》分为辑略、六艺略、诸子略、诗赋略、兵书略、数术略、方技略七个部分，辑略为总论，除此以外，实际上将书籍分为六类：六艺略述《周易》《尚书》《诗经》《春秋》等儒家经典；诸子略述儒家、道家、法家等诸子百家学说；诗赋略记录诗赋等文学作品；兵书略记载兵法之书；数术略记载有关天文、历法、占卜的书籍；方技略则记录有关医学等技艺之书。

图书目录实际上是对语言以及由语言构成的知识，也即文化与学术的分类整理，分类整理便是权力的行使。前文所引罗兰·巴特《文学的符号学》说“分类皆为压制性的”[2]，即指出了分类所隐含的权力性，朝廷的图书目录，可以说是语言在皇权统治下被赋予权力的最直截了当的表现。

顺便一说，此后在魏晋南北朝时期逐渐形成了“经、史、子、集”四部分类法，取代了《汉书·艺文志》的六分法，四分法直至近代以前都十分流行。[3] 无论是六分法还是四分法，与今天日本图书馆通行的“日本十

---

① 《汉书》为东汉班固所撰的西汉纪传体正史。《艺文志》为“十志”之一，是现存最早的图书目录解题。

② 《文学の記号学》，第 13 页。

③ 在从六分法向四分法转变的过程中，最重要的现象是史部的独立。在《汉书·艺文志》中，《史记》等史书仅属于六艺略下的春秋类，史部的独立则标志着史书地位的提高。另外，宣告四分法确立的最早的图书目录是《隋书·经籍志》，可参考興膳宏、川合康三『隋書経籍志詳攷』，汲古書院，1995 年。又，堪称传统图书目录集大成之作的，是清代根据乾隆皇帝之命编纂的《四库全书总目》。

进分类法"相比，都有很大的差别，这也反映出知识结构的不同。中国古代，存在着与近代（西欧近代）完全不同的知识框架，这从以前的图书目录便能看出。[①]

"言语侍从"

汇聚于朝廷的不只是书籍，还有知识分子与文人。在汉代，作为皇权支配、统治知识的一环，朝廷招揽了大量知识分子与文人，令他们从事各种各样的言论活动。

他们的言论活动包括文学创作，即宫廷文学活动。在汉代，除少数情况以外，狭义的诗歌还不是由知识分子创作的，他们文学创作的主流是赋。赋是长篇韵文，虽可称为广义的诗歌之一体，但也包含着散文的因素，与诗歌作者主要着眼于表现内在（思想、心情）不同，赋主要着眼于描写外在的事物、事象。虽然，随着诗歌创作在文人间逐渐普遍，赋相对地失去了其重要地位，但直至魏晋南北朝时期，赋都占据着文坛中心地位。这从《文选》中可见一斑。《文选》是梁代皇族萧统所编的自先秦至梁代的诗文总集，集中体现了宫廷文学的面貌。[②]《文选》六十卷中，赋共十九卷，篇幅约占全书的三分之一，同时，赋被置于卷首，位于诗文之前，可见其优先地位。

---

① 关于中国目录学和书籍文化史，可参考：井波陵一『知の座標——中国目録学』，白帝社，2003年；井上進『中国出版文化史——書物世界と知の風景』，名古屋大学出版会，2002年。

② 《文选》作为呈现文学创作典范的总集，被后代文人所重视。其影响远及日本，例如《枕草子》第一九七则载"文则《文集（白居易集）》《文选》"，《徒然草》第一三则言"《文选》诸卷皆富于情趣之作"。

《汉书》的作者班固，也是汉赋的代表作家。他的《两都赋》被置于《文选》卷首，其序曰：

> 故言语侍从之臣，若司马相如、虞丘寿王、东方朔、枚皋、王褒、刘向之属，朝夕论思，日月献纳；而公卿大臣，御史大夫倪宽、太常孔臧、太中大夫董仲舒、宗正刘德、太子太傅萧望之等，时时间作。或以抒下情而通讽谕，或以宣上德而尽忠孝，雍容揄扬，著于后嗣，抑亦雅颂之亚也。故孝成之世，论而录之，盖奏御者千有余篇，而后大汉之文章，炳焉与三代同风。[1]

班固在序言中极力称述西汉武帝、宣帝的治世，汉武帝时结束了汉代创业期的混乱，迎来全盛。统观历朝历代，处于创业阶段时一般重视武功，待情势安定后，则以“文治”为主。武帝时代便是典型的例子，当时朝廷中有司马相如、东方朔等文人以“言语”，即言论、文学活动侍奉帝王，他们被呼为“言语侍从之臣”或“词臣”。

在皇帝身边出仕的文官全都是经过选拔的精英，这些精英成其为精英的理由是什么？一言以蔽之，即是植根于其文笔能力、语言运用能力。运行与维持国家政权的必要条件，除了经济实力与军事实力之外，还包括支配文化与意识形态的能力。支配文化与意识形态的不外乎语言，这也意味着支配语言者，即拥有支配国家之力。正如魏文帝曹丕《典论·

---

① 《文选》卷一，第 21—22 页。班固，字孟坚，扶风安陵人，承父亲班彪遗志，历时二十年编撰《汉书》，未成，下狱死，妹班昭续之。

论文》所言:“盖文章,经国之大业。”[①]因此,皇帝往往将擅长言语之臣置于身边,这种能响应皇帝意志的人便被称为“言语侍从之臣”,他们作为增强国家统治权力的资源而被招集。当然,这也符合他们自身的愿望,大部分知识分子以靠近权力中心、成为“侍从”为荣。

帝国的写照——汉赋

西汉的司马相如(前 179—前 117)[②]是班固所谓“言语侍从之臣”的代表,作为赋的集大成者享有极高的评价。司马相如凭借代表作《子虚赋》《上林赋》受到汉武帝激赏,从而出仕,两赋收录于《文选》“畋猎”部,合称“天子游猎赋”。两赋设置“子虚”“乌有先生”“亡是公”三位姓名即显示其虚构性的人物,采用主客问答的架空形式,借他们之口歌咏了天子和诸王游猎的豪壮场面。下文所引为《上林赋》中的一段,描写了狩猎场所上林苑中河流的姿貌:

> 左苍梧,右西极。丹水更其南,紫渊径其北。终始灞浐,出入泾渭;酆镐潦潏,纡馀委蛇,经营乎其内。荡荡乎八川分流,相背而异

① 《文选》卷五二,第 720 页。曹丕,字子桓,曹操长子,曹植之兄。“三曹”皆擅文学,与以他们为中心的孔融、陈琳、王粲、徐幹、阮瑀、应玚、刘桢等“建安七子”,促成了文学史上划时代的转折。因此,曹魏时期,被鲁迅称为“文学的自觉时代”(《魏晋风度及文章与药及酒之关系》)。这里征引的《典论》中此言,即清晰地显示了这种“自觉”。

② 司马相如,字长卿,蜀郡成都(四川省成都)人。司马相如具有多面形象,留下了许多的轶事。其中最广为人知的是他与蜀地富豪之女卓文君私奔的故事。传说闲居故乡的司马相如与卓文君相恋,求婚不许,不得已与之私奔。二人于贫困中开设酒馆,卓文君当垆卖酒,司马相如则着犊鼻裈洗碗(《史记·司马相如传》),这则轶事中体现的司马相如形象,在中国士大夫阶层中也是极其打破常规的。

态。东西南北，驰骛往来。出乎椒丘之阙，行乎洲淤之浦。经乎桂林之中，过乎泱漭之野。汩乎混流，顺阿而下，赴隘陿之口。触穹石，激堆埼，沸乎暴怒，汹涌澎湃。滭弗宓汩，逼侧泌瀄。横流逆折，转腾潎洌。滂濞沆溉，穹隆云桡，宛潬胶盭。逾波趋浥，涖涖下濑。批岩冲拥，奔扬滞沛。临坻注壑，瀺灂霣坠。沈沈隐隐，砰磅訇礚。潏潏淈淈，湁潗鼎沸。驰波跳沫，汩急漂疾，悠远长怀。寂漻无声，肆乎永归。然后灏溔潢漾，安翔徐回。翯乎滈滈，东注太湖，衍溢陂池。[1]

上文为展示上林苑中流淌着的众多河流，花费了过量的语言来描写。文中大量使用双声、叠韵的拟声、拟态词，反复铺叙，简直可称为“言语荡尽”。

紧接着，本文对栖息于上林苑中的生物与矿产作了铺叙：

于是乎蛟龙赤螭，䱴䲛渐离。鰅鳙鰬魠，禺禺魼鳎。揵鳍掉尾，振鳞奋翼，潜处乎深岩。鱼鳖欢声，万物众夥。明月珠子，的皪江靡，蜀石黄碝，水玉磊砢。磷磷烂烂，采色澔汗，藂积乎其中。鸿鹔鹄鸨，駕鹅属玉。交精旋目，烦鹜庸渠。箴疵鵁卢，群浮乎其上。汎淫泛滥，随风澹淡。与波摇荡，奄薄水渚。唼喋菁藻，咀嚼菱藕。

此处也投入了大量语言描写。如前文所言，赋是着力于描摹事物的韵

① 《文选》卷八，第123—124页。

文，此处与其说是描摹事物，不如说列举名物更合适。作为描摹对象的世界凝缩在赋的语言中，从某种意义上来说，赋即是世界的指南。

从上文所举两例来看，赋可以说是一种具有文字游戏性质的文体。它比任何文体都更多地使用双声叠韵字，追求听觉效果。不仅如此，在前例所引的描写河水的部分，三点水旁的字大量连用，在后一例列举鱼类时，又大量排比鱼旁的字，在遣词造句之际显然考虑到了文字的形态，有悉心追求文字视觉效果的趣味，显示出一种文字游戏的趋向。[①] 另外，大量使用稀见、难解的汉字，其中许多是连上层知识分子也不常见的文字，这一点从《文选》中有关字义、字音的大量注释便可以看出。这些都是有意识地进行选择的结果。

需要进一步指出的是，赋的语言中表现形式与表现内容之间关系失衡的问题。通常，交流语言的言语形式与表现内容处于平衡状态，但在文学作品的语言表现中，则往往打破这种平衡状态。在被称为“诗性表现”的文学语言中，比较常见的是以尽可能少的形式来表现更多内容的不平衡关系，要求以尽量简洁的语言包涵无限的内容，追求所谓的余韵、余情。只要设想一下像俳句那样压缩到极限的诗，应该就很好理解了吧！

不过，赋所体现的是另一种不均衡，即贫瘠的表现内容与冗长的表现形式之间的不均衡。在赋中，没有余韵、余情等存在的余地，也即不存

---

① 同偏旁字的连用，称为“联边”（《文心雕龙·炼字》）。西汉末年扬雄（前 53—18）同样擅长赋体写作，到后来则认为辞赋写作如“童子雕虫篆刻（虫书与篆书均为技巧复杂的书体）”，辍笔不作。“雕虫篆刻”可以说指出了辞赋所具有的语言游戏的要素吧。

在语言的留白。留白应隐藏在字里行间，而赋所追求的是言语的穷尽、言语的游戏。《史记·司马相如传》的赞中评价司马相如赋的语言表现形式为“虚辞滥说”，这一表示“内容贫乏、语言过剩”的评语极为恰当地体现了赋语言表现的特点。

白川静《中国古代文学（二）》中评价司马相如《上林赋》曰：“《上林赋》网罗了帝国内外所有的物产与草木鸟兽，其网罗性也就具有世界性的意味。”①指出了赋这一文体“包罗的”“世界的”的特质。承接白川静的看法，户仓英美则认为汉赋有“描写世间一切的欲望”，“认识世界全体的信念”②，更进一步指出赋具有以语言穷形尽相地支配、占有世界的欲望，赋所描绘的世界没有留白。

图 5　司马相如《上林赋》

附有晋郭璞、唐李善注。如“鮔”字有“鮔，音亘”的字音说明。据胡刻本《文选》。

如前所述，赋盛行于汉代，赋这一类文体的创作在汉代迅速达到顶峰，这样看来其理由也不难理解。所谓帝国，即彻底地支配与占有整个世界的政治体制。不允许存在空白，帝国的支配同样如此。赋从这个意义来看，诚然是强大的帝国的写照。

魏晋南北朝应制诗

汉代被称为“言语侍从之臣”的宫廷文人的创作主流是辞赋，到曹魏

① 白川静『中国の古代文学（二）』，中公文庫，1981 年，第 105 页。

② 戸倉英美『詩人たちの時空』，平凡社，1988 年，第 18—19 页。

以后则变为诗歌。但无论辞赋抑或诗歌，这些作品大多不是自发创作，而是接受皇帝或皇族命令而作。受皇帝命令所作称为“应诏”“应制”，“诏”与“制”皆指皇帝命令，唐以后使用“应制”一语更为普遍。受皇太子或诸王命令所作的则称为“应令”或“应教”。

即使称宫廷文学便是应制的文学，也不算过分，宫廷文学的创作贯穿于整个魏晋南北朝。在《文选》中收录有大量应制诗。下文选取南朝宋代颜延之(384—456)[①]《应诏宴曲水作诗》为例进行论述。此诗是元嘉十一年(434)三月三日，颜延之在曲水宴上应文帝之诏而作，诗歌以庄重的四言体祝颂宋王室的繁荣。全诗共八章，每章八句，逐章换韵。“曲水”乃庭园内蜿蜒流淌的水道，每年农历三月初三举行宴会，会中浮杯于曲水之上，杯流至自己身前便即兴赋诗。[②] 颜诗开头一章曰：

道隐未形，治彰既乱。帝迹悬衡，皇流共贯。惟王创物，永锡洪筭。仁固开周，义高登汉。

开篇叙述了宋承继古圣王传统，创立了堪与周、汉匹敌的伟大王朝。“悬衡”为悬挂秤之意，在此指法令的施行，“永锡”一句则指承受天命。在此基础上第二章曰：

---

① 颜延之，字延年，琅琊临沂(山东省费县)人。与谢灵运并称“颜谢”，在宫廷文学中占有重要地位。以用典繁复、诗风华丽而知名，其创作表现时有晦涩之弊。有《颜光禄集》。

② “曲水宴”来源于三月上巳(上旬巳日)所举行的祓禊风俗，其中最为著名的是东晋王羲之于会稽(浙江省绍兴市)兰亭所举行的宴会。

祚融世哲，业光列圣。太上正位，天临海镜。制以化裁，树之形性。惠浸萌生，信及翔泳。

此章称述文帝即位后，恩惠遍及万物。“海镜”指海面天波平亮如镜，喻指天下太平。

以上开头二章，集中表现了应制诗不可或缺的主题，一言以蔽之，即对自己所侍奉的皇帝的祝愿。皇帝是由上天赋予正统性的唯一统治者，凭借其德行对中国进行正确的统治。对此臣下应驱使庄重的语言称颂祝福，献上应制之诗。颜诗在第三章以后继续排列类似祝言，最后一章收束如下：

仰阅丰施，降惟微物。三妨储隶，五尘朝黻。途泰命屯，恩充报屈。有悔可悛，滞瑕难拂。①

此章以自己作为卑微的臣下，能厕身宴会，颇感惭愧作为结尾，这种结尾方式也应当视为应制诗的一种定型。出以谦逊、卑下之言，与对皇帝的祝颂表里一体，都属于应制诗应有的形式。

唐代应制诗

结束了南北朝的分裂与混乱的唐王朝（618—907），其应制诗又呈现

① 《文选》卷二十，第288—289页。

出何种样貌呢？以“应制”或类似语辞为题的作品，在初唐时期大量涌现。[1] 试以《全唐诗》[2]检索到的主要诗人为例：许敬宗 18 首、宋之问 25 首、李峤 29 首、刘宪 20 首、苏颋 29 首、张说 49 首、李乂 26 首、卢藏用 21 首、沈佺期 28 首。但到了盛唐时期应制诗数量便急剧减少，王维[3]集中总计 18 首，便足以引人注目了（王维虽以山水诗人闻名，但他作为宫廷诗人活跃于贵族文学雅集的一面也不容忽视）。王维以后的著名文人，比如盛唐的李白、杜甫，中唐的白居易、韩愈、柳宗元都不是活跃于宫廷文学雅集中的诗人。也就是说，文学史的潮流显示出偏离宫廷文学的倾向，这种动向体现在应制诗创作数量的减少，从这个意义上来说，王维的应制诗可谓是宫廷文学的回光返照。

下文以王维为玄宗所作的《奉和圣制从蓬莱向兴庆阁道中留春雨中春望之作应制》为例，本诗是王维的名作，《唐诗选》[4]选录：

渭水自萦秦塞曲，黄山旧绕汉宫斜。銮舆迥出仙门柳，阁道回

---

① 明代以来，普遍将唐王朝分为初唐、盛唐、中唐、晚唐四个时期。又，由于盛唐的末端发生安史之乱(755)，导致唐王朝历史发生了巨大的转变。因此，以安史之乱为分水岭，又将唐代分为初唐与盛唐、中唐与晚唐两个阶段。

② 《全唐诗》是由清康熙帝敕令编纂的诗歌总集，收录唐、五代诗歌，全九百卷，收诗四万九千首。

③ 王维，字摩诘，太原(今山西省太原市)人。初仕于玄宗朝，安史之乱中为叛军所获，乱平后仕肃宗朝为尚书右丞。兼擅绘画，苏轼称其“诗中有画”“画中有诗”。有《王右丞集》。

④ 明代李攀龙编选的唐诗选本。江户时代传来日本，极其流行，决定了日本对唐诗的认识。唐诗呈现出多样的风貌，有必要注意的是在本书有限的选录中也能反映出许多方面。

看上苑花。云里帝城双凤阙，雨中春树万人家。为乘阳气行时令，不是宸游重物华。[①]

诗歌将对皇帝德政的称颂寄寓在对春日都城繁华景色的讴歌之中，南宋葛立方《韵语阳秋》曰："应制诗非他诗比，自是一家句法，大抵不出于典实富艳尔。"[②]概括应制诗的风格特点为"典实、富艳"，认为本诗二者兼备。清沈德潜《唐诗别裁集》卷一三也认为"应制诗应以此篇为第一"[③]，给予了极高的评价。

下面再举王维同时代的李白[④](701—762)之作为例。李白家世不可确考，这一点在历代名人中也是较为例外的情况了，现代关于李白的一种较有说服力的说法是，他出身于西域胡人。只有像唐王朝这样的国际性开放帝国，才可能出现李白这样的诗人，其人品、作风均溢出传统文化框架，他被称为"谪仙人"，被评为"飘逸"，仿佛自仙界降临人间，像一阵飘风刮过唐帝国。

实际上李白乃是一位漂泊的诗人。在他二十多岁时，李白离开度过其少年时代的蜀地以后，开始以长江流域为中心进行漫游。他也曾短暂地置身于朝廷。天宝元年(742)至天宝三载(744)间，出任翰林供奉，仕

---

① 陈铁民校注：《王维集校注》，中华书局，1997年，第2册，第382—384页。

② 葛立方：《韵语阳秋》卷二，收入何文焕辑《历代诗话》，中华书局，1981年，下册，第498页。

③ 沈德潜：《唐诗别裁集》，上海古籍出版社，2013年，下册，第436页。

④ 李白，字太白，号青莲居士。与被称为"诗圣"的杜甫相对，被后人称为"诗仙"。有《李太白集》。

于玄宗身边。“翰林供奉”是“言语侍从之臣”的一种，倚仗文才仕奉帝王。但李白仕宦不久便被迫离开宫廷，具体原因不明，或说遭宦官高力士谗害，结果李白未能作为宫廷文人而存在。如果放在整个文学史序列中考虑的话，视其为宫廷文学时代结束的标志性事件，也未为不可吧。

翰林供奉时代，李白奉玄宗之诏创作的诗歌主要有《清平调词三首》《宫中行乐词八首》，发挥其文才，略无遗憾。此处以《宫中行乐词八首》其二为例，原注“奉诏所作”：

> 柳色黄金嫩，梨花白雪香。玉楼巢翡翠，珠殿锁鸳鸯。选妓随雕辇，征歌出洞房。宫中谁第一？飞燕在昭阳。①

此诗为歌咏宫中行乐之作。歌颂了在凝滞的春的气氛中，沉湎于行乐的皇帝及其后宫，最后以点出皇帝爱妃之姿作结。赵飞燕为汉成帝皇后，住昭阳宫，此处暗指杨贵妃。

关于这首《宫中行乐词》，晚唐孟启《本事诗》“高逸”部分记载了如下逸话：

> （玄宗）尝因宫人行乐，谓高力士曰：“对此良辰美景，岂可独以声伎为娱，倘时得逸才词人吟咏之，可以夸耀于后。”遂命召白。时宁王邀白饮酒，已醉；既至，拜舞颓然。上知其薄声律，谓非所长，命

① 瞿蜕园、朱金城校注：《李白集校注》卷五，上海古籍出版社，1980年，第1册，第379—380页。

为《宫中行乐》五言律诗十首。白顿首曰:“宁王赐臣酒,今已醉。倘陛下赐臣无畏,始可尽臣薄技。”上曰:“可。”即遣二内臣掖扶之,命研墨濡笔以授之,又令二人张朱丝栏于其前。白取笔抒思,略不停缀,十篇立就,更无加点。笔迹遒利,凤跱龙拿。律度对属,无不精绝。①

图6　唐张萱《虢国夫人游春图》

该图描绘了杨贵妃之姐虢国夫人春天与侍从出游行乐的场景。辽宁省博物馆藏。据中国美术全集编辑委员会《中国美术全集·绘画编2隋唐五代绘画》(人民美术出版社,1988年)。

全然不顾醉酒的不利条件,一挥而就,完成了一组高难度的作品。从这则逸话中,李白才华横溢而洒脱的诗人形象也可见一斑。

---

① 孟启:《本事诗》卷三,古典文学出版社,1957年,第16页。《本事诗》是记载与唐诗相关的各种故事、轶话的著作。所谓“本事”,即记录与诗歌创作背景相关事件之意。唐代编集了不少此类著作,这一风气流衍至宋代,则创作出大量的“诗话”。

上引故事成为了作诗时倚马立就、不假修改的一个典型。这种写诗方式，以魏时曹植(192—231)“七步成诗”[①]的故事为代表，是古代文人创作的理想形态。但是，从唐代中期开始，一种完全相反的作诗形态开始流行于诗坛，即以韩愈(768—824)和贾岛(779—843)的“推敲”故事[②]为代表，对一首诗进行反复推敲的“苦吟”的创作形态。何以从中唐开始出现此种变化？笔者认为这一现象背后横亘着的历史的巨大转变，是其根本原因。

中国史学领域，从唐代后期至宋代有所谓“唐宋变革说”，认为在唐代后期，中世的贵族社会逐渐解体，向近世平民社会过渡[③]，这在政治、经济以及文史领域均有明确的表现。文学史也不例外，在这一时期，文学的传统框架在许多方面逐渐解体、出现新变，或许可以说，以曹植“七步成诗”为代表的创作形态是贵族时代的象征，而以韩愈贾岛“推敲”为代表的苦吟创作形态乃是平民时代的象征吧(贵族不须流汗，平民则非倾注血汗不可)。当然，即使进入近世，前者仍作为一种理想类型受到高度评价，并不是所有诗人都蜂拥而动趋向后一类型。

---

① “七步成诗”见于《世说新语·文学》，指曹植在七步之间作成诗歌，称赞其才思之敏捷。

② “推敲”之事见于《鉴诫录》，贾岛创作“僧○月下门”，为第二字使用“推”抑或“敲”苦吟不已，韩愈为其提供建议，认为“敲”较“推”为优。

③ 此处所谓的“平民”，与近代民主主义社会的平民并不完全相同。皇帝作为平民阶层之上的特殊存在君临天下，平民阶层之中也有着严格的等级差别，这是显而易见的。有关“唐宋变革论”，可参考：内藤湖南「概括的唐宋時代観」，『内藤湖南全集』第八巻，筑摩書房，1969年；宮崎市定『東洋的近世』，中公文庫，1999年。

宋代应制诗

重回应制诗话题。李白《宫中行乐词》作于皇帝行乐（游园）场合，到了宋代（北宋 960—1127，南宋 1127—1279）依旧创作此类应制诗。进入平民社会的宋代，依旧是以皇帝为独一无二的统治者的帝政时代，宫廷文学作为不可或缺的部分被继承下来。

宋代应制诗创作千姿百态，这里以一组“赏花钓鱼诗”[①]为例进行考察。这是作于宫中“赏花钓鱼宴”上、能代表宋代宫廷文学特色的作品。当然，从前举玄宗之例可以看出，这样的集会自古便有，相关诗作也不在少数，之所以说此诗能代表宋代特色，乃是因为钓鱼赏花宴作为宋代例行宫廷活动被礼仪化了。这一宫宴正式与宫廷文学结合起来举行是在宋的第二代皇帝太宗时代。一般来说，王朝从创业期过渡到全盛期的阶段，宫廷文学创作也转向繁荣。就如太宗即位时的年号“太平兴国”所象征的那样，此期的宫廷文学创作便表现出如此面貌。此后，钓鱼赏花宴盛行于整个真宗、仁宗时代，直至神宗时代废止，成为北宋全盛期的一项礼仪活动（当然，此后应当有别的类似活动举行）。

关于“钓鱼赏花宴”，最早的史书记载，见于《续资治通鉴长编》卷二五，太宗太平兴国九年（雍熙元年，984）三月己丑（二十五日）：

召宰相近臣赏花于后苑。上曰：“春风暄和，万物畅茂，四方无

① 关于赏花钓鱼宴，可参考：陈元锋：《北宋馆阁翰苑与诗坛研究》，中华书局，2005年；诸葛忆兵：《北宋宫廷“赏花钓鱼之会”与赋诗活动》，《文学遗产》2006 年第 1 期。

事，朕以天下之乐为乐，宜令侍从词臣各赋诗。”①

这次活动举办之所在“后苑”，即宫城西北苑的庭园，招请宰辅们开办游园会，与会者皆赋诗。

举行赏花钓鱼宴的“后苑”，位于宫城之内，也称为“内朝”（内廷），乃与外朝（外廷）相对而言。关于北宋的宫城，从元代类书《事林广记》中的宫城建筑分布图中可窥见其概略。请看图 7，根据此图可知，宫城东西两侧城墙中央各为东华门、西华门，连结两门的横街将宫城分为南北两个区域，北侧为内朝、南侧为外朝。内朝中分布着垂拱殿、紫宸殿等宫殿，为皇帝日常处理政务之所，亦为皇帝、皇太子、皇后及诸妃日常生活之所，配置有侍奉的诸机构、宦官及女官。外朝分布有大庆殿、文德殿等宫殿，大庆殿用于举行各种国家典礼，文德殿则为皇帝视朝之所。此外，中书省、门下省、枢密院等民政、军政机构，为皇帝草诏的

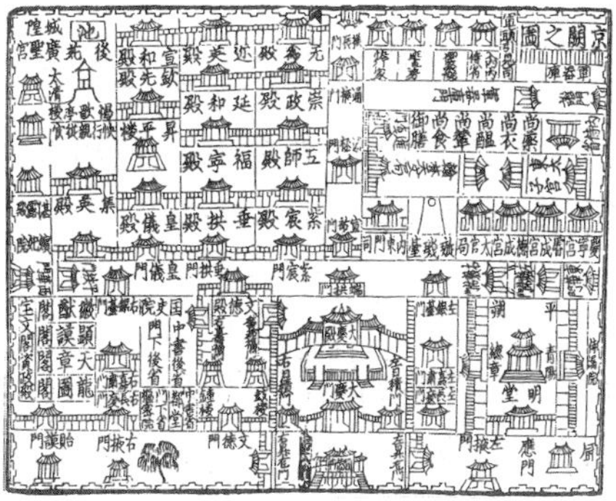

图 7　北宋宫城图　据元刊本《事林广记》

① 李焘：《续资治通鉴长编》卷二五，中华书局，2004 年，第 2 册，第 575 页。《续资治通鉴长编》，李焘编，是承续司马光《资治通鉴》、记录宋代历史的编年体史书，共五百二十卷。所谓“长编”，是指未及整理不必要史料、为史书编纂所准备的史料集成之意。

学士院(翰林学士院),三馆、秘阁[①]等皆位于外朝。

以赏花钓鱼宴上所作应制诗为例,来看一看欧阳修(1007—1072)的《应制赏花钓鱼》。本诗作于仁宗嘉祐六年(1061),此时欧阳修任枢密副使,属于军政要职:

> 绛阙晨霞照雾开,轻尘不动翠华来。鱼游碧沼涵灵德,花馥清香荐寿杯。梦听钧天声杳默,日长化国景徘徊。自惭击壤音多野,帝所赓歌亦许陪。[②]

此诗为七言律诗,描写宫殿庭园之景,同时表达了对皇帝德政的祝愿与自己蒙获预宴的荣幸。“击壤”意为民众击打地面、讴歌喜悦,寓指实现善政之世。前引葛立方《韵语阳秋》认为应制诗不可欠缺的要素“典实”与“富艳”,在本诗中便得到了很好的体现。

欧阳修可谓是开宋代文学新风气[③]的文人,正因为他大力提倡异于前代的文学观,才出现此后苏轼(1036—1101)、王安石(1021—1086)等

---

① 宋代初期,承续唐代设立昭文馆(原来的弘文馆)、史馆、集贤院。后合并,改称崇文院(后来的秘书省),增设秘阁。此后虽稍有变化,但有宋一代始终继承此制,是文笔能力出色的年轻官员的任职机关。

② 洪本健校笺:《欧阳修诗文集校笺》,上海古籍出版社,2009年,上册,第411页。欧阳修,字永叔,号醉翁、六一居士,吉州庐陵(今江西省吉安)人。擅长古文,为“唐宋八大家”之一。编纂《新唐书》《新五代史》,有《欧阳文忠公集》。

③ 关于宋诗的特点,可参考吉川幸次郎『宋詩概説』,岩波文庫,2006年。吉川氏通过与唐诗比较,指出宋诗具有“叙述性”“接近日常生活”“社会责任感”“哲学性、论理性”“悲哀的扬弃”等特色。

一批继承其文学观的文人。但上诗却并不具有宋诗的新特点。既然宫廷文学本来就是与时代变化无缘的、注重固定模式的文学类型，出现这种情况也是理所当然的吧！况且，作为官僚，他们不可能完全与这样的宫廷文学活动绝缘，因为他们的语言表现活动都被置于皇帝权力的制约之下。

第三节　文官的宿命

承受天命的王或皇帝，通过选拔辅佐自己的官僚，授予其任务进行统治，选拔官僚的途径有许多。比如，汉代的“乡举里选”和魏晋南北朝的“九品官人法”等，都是由朝廷派遣官员赴地方社会选拔、推荐优秀人才的制度。这种制度在保证选拔的公正性方面当然存在不少问题。为解决这些问题，隋代开始推行“科举制”，即凭借实力通过考试方式进行选拔的制度。一开始，这一制度尚不完备，至唐代逐渐发挥其实际效果，而至宋代始完全成熟。科举考试有各种各样的科目，从文学史的角度来考虑的话，最为重要的非“进士科”莫属。因为此科考试最重视的是诗赋创作能力。随着进士科考试制度发挥其功能，成为官僚的人，同时也是具备诗赋创作能力的文人，这就形成了中国特有的文官阶层。①

从全国各地选拔而来的知识精英，作为臣下出仕于皇帝，皇帝所在

① 关于科举制度，可参考：宮崎市定『九品官人法の研究——科挙前史』，中公文庫，1997 年（中文版《九品官人法研究》，由韩昇、刘瑞英译，中华书局，2008 年——译者注）；宮崎市定『科挙——中国の試験地獄』，中公文庫，2003 年；村上哲見『科挙の話——試験制度と文人官僚』，講談社現代新書，1980 年；平田茂樹『科挙と官僚制』，山川出版社，1997 年。

之处即朝廷。成为皇帝,便意味着与处身朝廷的命运相随,换言之,朝廷与皇帝之间的联系是天命的必然。与此相对,作为臣下的官僚与朝廷的联系则是偶然的,他们一朝为朝廷所招用,却并不一定终生处于市朝之中,有出于一己之意志主动去朝者,也有非己之愿被逐出朝堂者。官僚的命运,便是往来于朝廷内外,这样说应当比较恰当吧!以下,让我们来看一看往来于朝野间的官僚与文学创作的关系。

翰林学士

简单地说,出任官僚也有多种形式,主要可以分为在中央任职的“京官”与在地方任职的“外官”。以隋唐两代而言,中央官僚机构中最为重要的是“三省”,即中书省、门下省、尚书省,承担着各种政策的制定、审查与施行,其中“尚书省”又由吏、户、礼、兵、刑、工六部组成(这就是“三省六部”制)。地方官包括朝廷派遣到各州、郡县的行政官①,官僚的任期一般为三年,通过出任京官与地方官的方式积累经验。对官僚们来说出任京官与地方官哪一个更符合心愿呢?总的来说,前者皆令人满意,至于地方官,则根据场所与职掌所受重视的程度而定,不可一概而论。②

此处以文官的典型翰林学士为例进行考察。翰林学士是积累文官经验的重要职务,是极其亲近帝王的“言语侍从之臣”。因此,就本章所

---

① 直面民众的地方官被称为“牧人”“牧民官”。这是一个将治理民众与饲养家畜相类比的词汇(将民众喻为家畜,或许会令人颦眉,但实际上在西方同样有“牧师”(shepherd)一词,民众将自己喻为“迷途的小羊”,而给自己以引导、驱使的指导者,则被视为“牧羊犬”),可谓象征着以皇帝为中心的权力体系中的官、民关系。

② 关于唐代官制,可参考礪波護『唐の行政機構と官僚』,中公文庫,1998 年。关于宋代官制,可参考前注平田茂樹『科挙と官僚制』。

探讨的文学与权力的关系而言，尤其值得注意。[①]

翰林学士设立于唐代中期，是玄宗时代所设的相当于皇帝秘书的职位。[②] 玄宗时代，原本未设以文才侍奉帝王的翰林院翰林供奉（翰林待诏）之职。开元二十六年（738），在翰林院以外别设学士院，置翰林学士（翰林院与翰林学士院有时被混淆，但二者是性质相异的机构），与翰林供奉主要从事诗赋创作等艺术活动不同，翰林学士主要负责为皇帝草诏等，具有深厚的政治根基，是代替皇帝发言的"代言之职"，对皇帝的意志与决定也能够产生影响。

确立了中央集权体制、官僚制度进一步完备的宋代，继续设立翰林学士，且其职位重要性有所增强。就行使替天子草诏的"代言之职"这一点来看，中书舍人和知制诰同样具有此职权。但以与皇帝的距离之近和亲密程度来看，翰林学士则更胜一筹，翰林学士被呼为"内相"。从这一称呼可见其重要性。"内相"即内朝的宰相，与处于外朝即政府中枢地位的宰相相区别，表示这一职位相当于宰相。中书舍人、知制诰所起草的文书称为"外制"，与之相对，翰林学士所起草的文书则被称为"内制"。在宋代，这种称呼逐渐固定下来。[③] 与"内相"之称一样，"内制"之称也

---

① 有关翰林学士及其宫廷文学活动，可参考：傅璇琮：《唐翰林学士传论》，辽海出版社，2005 年；前引陈元锋：《北宋馆阁翰苑与诗坛研究》。

② 玄宗时代，设立了不少此前官制中所没有的官职，即所谓的令外官。玄宗时期发生的安史之乱，被视为历史的转折点，在官制史上，亦可作如是观。

③ 这一区别也体现在宋人文集的编纂中，如欧阳修与苏轼均有名为"外制集"和"内制集"的文集传世。另外，最早将这两种文书在文集中加以区别的代表作家是白居易的《白氏文集》，可见白居易在别集编纂史上的先驱性。

显示其与皇帝距离之近。事实上，翰林学士还被称为“天子私人”，频繁出入内朝，与皇帝之间存在着亲密的私人关系。换言之，翰林学士占据着联结内外朝的关节点这一重要地位。

官僚们如何理解翰林学士这一职位呢？试以宋人的言论来考察。北宋欧阳修在仁宗时任翰林学士，自集此期所作内制，所附序文《内制集序》开篇引述了真宗时翰林学士钱惟演之言。序曰：

> 昔钱思公常以谓朝廷之官，虽宰相之重，皆可杂以他才处之，惟翰林学士非文章不可。①

翰林学士最为重要的能力为“文章”，即文笔能力，“翰林”即“笔之林”，也即“词臣聚集的场所”之意，这一职务的名称便已显示了这一点。

虽简单地概括为文笔能力，但其具体内容则颇为广泛。北宋张耒(1054—1114)在其祝贺钱勰任翰林学士的《贺钱内翰启》中曰：

> 伏以学士号为职亲地要，实儒者之至荣……虽从容入侍，独高太白、乐天之词华；而论议经邦，复重德裕、敬舆之术业。②

文中列举了唐代翰林学士的四位代表人物：李白（字太白）、白居易（字乐

---

① 《欧阳修诗文集校笺》卷四三，第2册，第1108—1109页。

② 李逸安、孙通海、傅信点校：《张耒集》，中华书局，1990年，第2册，第853页。张耒，字文潜，号柯山，楚州淮阴（今江苏省淮安）人。“苏门四学士”之一，有《张右丞文集》。

天）、李德裕、陆贽（字敬舆），并将之分为两类，前者为富于词华、擅长文学类创作的人才，后者为精于术业能以政策论为国家运营贡献智慧的人才。[①] 张耒从词华与术业两方面讨论了翰林学士所当具有的素质，认为理想的翰林学士应当两者兼备。因此，翰林学士的文笔能力，不仅包括了诗文创作的艺术表现力，是否具有雄辩地展开策论的理论构筑能力，也是颇受重视的一个方面。

"词臣"

下文，将从富于词华，即"词臣"这一角度来考察翰林学士的活动。

前文述及宋代宫廷的"赏花钓鱼宴"，预此会者皆为何人？以《续资治通鉴长编》卷二六所载雍熙二年四月丙子（二日）的"赏花钓鱼宴"为例：

> 是日，召宰相、参知政事、枢密、三司使、翰林、枢密直学士、尚书省四品、两省五品以上、三馆学士，宴于后苑，赏花钓鱼，张乐赐饮，命群臣赋诗、习射。[②]

从上引材料可知，除宰相、参知政事（副宰相）、枢密院（军政机关）、三司（财政机关）的长官等高官外，翰林院学士也被召赋诗。有《赏花钓鱼诗》流传至今的主要人物，如王禹偁、杨亿（974—1020）、范仲淹（989—

---

① 李德裕、陆贽为中唐政治家、文人，二人均有大量诏敕、奏议等政策论传世。另外，张耒视李白为翰林学士，严格来说并不准确，李白所任之职，乃前述的翰林供奉。

② 《续资治通鉴长编》卷二六，第2册，第595—596页。

1052)、宋祁(998—1061)、欧阳修、韩琦(1008—1075)、司马光(1019—1086)、王安石等,皆是北宋前半期声名卓著的文人,且全部有过出任翰林学士的经历。

王禹偁(954—1001)[①]淳化四年(993)左迁商州(陕西省商洛)时,在赠长子嘉祐的诗《对雪示嘉祐》中有如下表述:

胡为碌碌事文笔,歌时颂圣如俳优。[②]

诗中认为自己以文笔颂圣的行为与从事音乐、演艺的俳优无异。王禹偁被贬前夕处身于政府中枢,侍奉于皇帝近旁,在上引诗句中,他将自己此间的活动概括为从事文笔、有类俳优,出之以否定的语气。

王禹偁以俳优来喻指从事文笔的这种言论,也曾发于他被贬商州前,任职于朝廷之际。端拱元年(988)乾明节(太宗生日),王禹偁献诗上表《进乾明节祝圣诗表》中有如下言论:

虽播在乐章,惭非风雅;或歌于寿酒,可代俳优。[③]

文中谦虚地认为自己的诗未能继承《诗经》风雅传统,发挥的是如俳优一

---

① 王禹偁,字元之,济州巨野县(今山东省巨野县)人,是在盛行杨亿等西昆体诗人修辞主义风气下,开辟宋诗新风格的先驱性诗人。西昆体诗人模仿晚唐诗人李商隐,与之相对,王禹偁以杜甫和白居易为典范进行创作。有《小畜集》。

② 王禹偁:《小畜集》卷十二,《四部丛刊》本。

③ 同上书,卷二一。

样的作用。这里将从事宫廷文学创作喻为俳优之业,是值得注意的。

除了参与宫廷文学创作的文官值得注意外,隶属教坊的“乐人”“优人”——即王禹偁所言的“俳优”也不容忽视。教坊是掌管音乐、舞蹈、戏剧,兼负责乐人、优人管理与养成的机构,设立于唐玄宗时,宋代沿袭此制。[①] 教坊的乐人与优人负责为宫廷宴席提供娱乐节目,因此与参加筵席的宫廷文人们的创作活动有着密切的关系,王禹偁将从事宫廷文学创作,喻为俳优之业,应当置于这一背景下来理解。

图8 散乐图浮雕

出自五代(公元10世纪)义武军节度使王处直墓壁。“散乐”是一种俗乐,相对雅乐而言。河北省文物研究所藏。据小川裕充、弓场纪知编《世界美术大全集·东洋编 第5卷 五代·北宋·辽·西夏》(小学馆,1988年)。

翰林学士和乐人、优人共同参与创作的宫廷文艺活动的一种典型体裁是“乐语”“致语”,这是一种有音乐、舞蹈伴奏,由乐人、优人表演的韵文,其中包含五言、七言诗歌。明代徐师曾《文体明辨序说》对此类文体有如下解说:

乐语者,优伶献伎之词,亦名致语。古者天子、诸侯、卿大夫朝

① 教坊设立于玄宗时期,自古以来朝廷皆设置有类似的机构,“乐”亦是朝廷统御文化的重要的一环。

觐聘问，皆有燕飨，以洽上下之情。而燕必奏乐，若《诗·小雅》所载《鹿鸣》《四牡》《鱼丽》《嘉鱼》诸篇，皆当时之乐歌也。……宋制，正旦、春秋、兴龙、坤成诸节，皆设大宴，仍用声伎，于是命词臣撰致语以畀教坊，习而诵之；而吏民宴会，虽无杂戏，亦有首章：皆谓之乐语。①

宋代宫廷筵席上演奏乐语、致语被明确地固定成一种礼仪活动，《宋史·乐志十七》"教坊"条，关于这一仪式有如下说明：

每春、秋、圣节三大宴。其第一，皇帝升坐。宰相进酒。庭中吹觱栗，以众乐和之。赐群臣酒，皆就坐。宰相饮，作《倾杯乐》；百官饮，作《三台》。第二，皇帝再举酒。群臣立于席后，乐以歌起。第三，皇帝举酒如第二之制，以次进食。第四，百戏皆作。第五，皇帝举酒，如第二之制。第六，乐工致辞，继以诗一章，谓之"口号"，皆述德美及中外蹈咏之情。初致辞，群臣皆起，听辞毕，再拜。第七，合奏大曲。第八，皇帝举酒，殿上独弹琵琶。第九，小儿队舞，亦致辞，以述德美。第十，杂剧。罢，皇帝起更衣。第十一，皇帝再坐，举酒。殿上独吹笙。第十二，蹴踘。第十三，皇帝举酒，殿上独弹筝。第十四，女弟子队舞，亦致辞如小儿队。第十五，杂剧。第十六，皇帝举酒，如第二之制。第十七，奏鼓吹曲，或用法曲，或用龟兹。第十八，

① 徐师曾：《文体明辨序说》，人民文学出版社，1962年，第169—170页。《文体明辨序说》是对各类诗文体裁的沿革进行整理与解说的著作。

皇帝举酒，如第二之制，食罢。第十九，用角抵。宴毕。[①]

上文记载了宋代春宴、秋宴、圣节宴三大宴会活动，总共十九项礼仪活动的构成，以及教坊演目的安排，其中包括像“口号”这样的咏诗项目。

北宋代表作家苏轼(1036—1101)[②]于元祐元年至四年(1086—1089)间，任翰林学士，此期有参与宫宴活动所咏作品存世，即收入《东坡七集》本中《东坡内制集》附录的乐语部分，下文据此依次列举(括号内为集中所记创作时间)：

《坤成节集英殿宴教坊词》(元祐二年七月十五日)

《集英殿秋宴教坊词》

《兴龙节集英殿宴教坊词》(元祐二年)

《紫宸殿正旦教坊词》(元祐四年)

《兴龙节集英殿宴教坊词》

这些作品，全部由《教坊致语》《口号》《勾合曲》《勾小儿队》《队名》《问小儿队》《小儿致语》《勾杂剧》《放小儿队》《勾女童队》《队名》《问女童队》《女童致语》《勾杂剧》《放女童队》等十五篇构成，应当是一种组诗。观察

---

① 脱脱等撰：《宋史》卷一四二，中华书局，1977年，第10册，第3348页。

② 苏轼，字子瞻，号东坡，眉州眉山县(今四川省眉山)人，由于反对王安石等人主持的新法，经常受到排挤。诗歌、古文兼善，为“唐宋八大家”之一，是精通书画的通才型文人。有《东坡全集》。

这十五篇作品的排序，可以发现它们分别与上引《宋史·乐志》所记仪式顺序的第六、七、九、十、十四、十五项一一对应。

苏轼的“乐语”，应当是作为宋代《内制集》的一部分而留存下来的。常见的苏轼诗集，如南宋王十朋集注本《百家注分类东坡先生诗》(《集注分类东坡先生诗》)和施元之等注《注东坡先生诗》(《施注苏诗》)等都未收入。后来所编东坡诗集，如清冯应榴辑注《苏文忠公诗合注》，则抽出致语、口号部分收入，其他则未收。内制集作为翰林学士创作的文章的集成，收入各种诏敕，与一般的诗集相比，选择收录作品的标准有所不同。“乐语”是与诏敕一样带有公文性质的文体，大概会被视为与诗集所收录之作不相称吧！[①]

普遍存在的权力　权力的内面化

对文官来说，参加各种宫宴活动、即席赋诗，是至高的荣誉。曾预赏花钓鱼宴的王禹偁在太宗淳化三年(992)贬谪商州前所作的《谪居感事》中写道：

> 内朝长得对，驾幸每教随。琼苑观云稼，金明阅水嬉。赏花临凤沼，侍钓立鱼坻。[②]

---

① 苏轼的“致语”“口号”类作品，除此处所举之外，还有在更具私人性的筵席上所作的歌咏作品传世，如《斋日口号并致语》《黄楼口号并致语》《赵母生日口号并致语》《王氏生日口号并致语》《寒食宴提刑口号并致语》等。这些作品创作于没有教坊优人、乐人的席上，因此其中不包含《勾……》《放……》之作。此外，这些作品也未被《东坡内制集》收录，不属于翰林学士之作。

② 《小畜集》卷八，《四部丛刊》本。

王禹偁在此前一年，出任知制诰等政府中枢之职，侍奉于太宗之侧。对当时荣光的追忆，也包括赏花钓鱼宴。其诗以曲折的形式，表现了对赏花钓鱼宴恋恋不舍的心情。

对离朝外任的文官来说，赏花钓鱼宴也值得在意。这类诗歌中有不少赴任远方的文官呈递的作品。例如，仁宗时的翰林学士王珪（1019—1085），有题为《赐枢密院直学士知邓州王琪进赏花钓鱼诗诏》的诏书，乃是褒奖时任邓州知事王琪所呈《赏花钓鱼诗》。这也可见皇帝潜在的命令之力，可以广泛地影响到朝廷之外吧！可以说是一个能认识皇权普遍性的事例。

皇帝潜在的权力广泛影响朝廷内外，换一个角度来看，便是文官们主动将皇权纳入自己的内心。文人们不仅为外部权力所驾驭，自身更进一步揣度权力之意，对自身进行制约。这就是近年来各种权力论（特别是围绕"规律权力"展开的议论）中常提及的"权力的内面化"：权力不仅由外，并且由内而生。正因如此，权力的支配力能够以一种巧妙而隐微的方式贯彻到底。

以上文所举王琪《赏花钓鱼诗》而言，实际上王琪未被命赋诗，但他自赋一首，从遥远的地方呈献朝廷，从某种意义上说属于应制的自作自演。这样，应制文学系统便广泛波及朝堂之外。在此背景下，甚至可以极端地说，帝制下的所有文学创作皆为宫廷文学、应制文学。

立足于上文所述，让我们再次向前回溯到宫廷雅集文学辉煌无比的初唐时代。初唐武后[①]后期的代表诗人沈佺期(650? —713?)[②]创作了大量应制诗,是典型的宫廷文人(张说、苏颋创作数量紧随其后),但即使是沈佺期也并非一生皆置身朝堂,像官吏们通常的命运一样,他也曾被逐去朝。随着武后退位,他被贬驩州(今属越南)。贬谪途中经过广东省北部大庾岭时,作有《遥同杜员外审言过岭》,本诗是与友人杜审言(645—708)的酬唱之作,杜审言同样被贬,在他之前翻越大庾岭。诗曰:

> 天长地阔岭头分,去国离家见白云。洛浦风光何所似?崇山瘴疠不堪闻。南浮涨海人何处,北望衡阳雁几群?两地江山万余里,何时重谒圣明君?[③]

本诗描写远离都城的岭南地区的风土,表达对友人的思念。将"家"与"国"合为"国家"的话,指的是朝廷或皇帝。"崇山"为山名,位于驩州(今属越南),"涨海"之海即今南海,"衡阳"指今日湖南省衡山,"阳"指山的南坡。衡山有回雁峰,传说雁南迁至此不再继续南飞,待来年便北归,所以回雁峰也即大雁所至的最南端。中国古代认为大雁是传递书信的使者(另外还有鲤鱼)。因此,诗人说所到的岭南连雁的影子也见不到,也

---

① 唐高宗之皇后。由于替虚弱的高宗摄政而掌握实权,随后称帝,改国号为周,是中国历史上唯一的女皇帝。但在其退位后,复国号为唐,恢复皇后之位。其重用科举出身的官员,在科举考试中引入诗赋取士,在政治上具有划时代的意义。

② 沈佺期,字云卿,相州内黄县(今河南省内黄县)人。与宋之问并称"沈宋",对近体诗格律的完成作出了巨大贡献。

③ 陶敏、易淑琼校注:《沈佺期宋之问集校注》,中华书局,2001 年,上册,第 85 页。

就意味着此地是无法与京城互通音信的荒僻之地。

这里特别值得注意的是尾联，这是沈佺期对友人发出的号召，渴望有朝一日两人可以再次谒见英明的君主。据前文的论述，本诗以皇帝作结的方式也值得注意。如诗题所示，本诗是友朋酬和之作，原本只须表现与友人的关系便足够了，但诗歌却不止于此，在自己与友人之外，还将皇帝作为第三人引入诗中。

同样的表现，还见于李白《送别得书字》一诗中，诗题“得书字”是指同预送别宴的诗人们分韵赋诗，李白所得韵字为“书”。诗曰：

水色南天远，舟行若在虚。迁人发佳兴，吾子访闲居。日落看归鸟，潭澄羡跃鱼。圣朝思贾谊，应降紫泥书。[①]

诗歌最后两句，把即将踏上旅途的友人（未详）比作怀才不遇、被逐去朝的贾谊[②]，认为终有一日，皇帝会招身怀贾谊之才的友人重返朝堂。饯别时，送行的一方对将行者赠送劝勉之语，是送别诗常见的形式。需要注意的是，和前引沈佺期赠杜审言诗一样，在这首饯别诗的语言中不仅涉及自己与友人的关系，也加入了皇帝作为第三项。为何会在自己与友人的关系中添加皇帝这一存在呢？恰如两人的友情是因皇帝的支撑而

① 《李白集校注》卷十八，第3册，第1056页。

② 贾谊左迁长沙，创作《鹏鸟赋》（《文选》卷十三），以赋作家而知名。此外，凡身怀才德，而未遇君主的赏识，则被称为“不遇”。中国不遇文人的典型是战国末期楚国诗人屈原，他遭谗去国，忧国忧民，最后在绝望中自沉汨罗江而死。《史记》中将屈原与贾谊并列，为作合传。

存在一般。这也是皇权普遍化、并进一步内面化的间接表现吧！

下文再举杜甫（712—770）[1]的诗作为皇权普遍化且内面化的又一例证。杜甫是一位对朝廷颇怀憧憬却始终未能实现理想的诗人，年轻时曾应科举，落第后漫游各地。天宝十四载（755），甫四十四岁，任右卫率府兵曹；至德二载（757），任左拾遗；翌年，即乾元元年，被贬为华州（今陕西华县）司功参军。第二年辞官，经秦州（今甘肃天水）入蜀，受剑南节度使严武庇护，在成都郊外构筑草堂，度过数年。广德二年（764），在严武幕下任节度参谋、检校工部员外郎。翌年，即永泰元年，辞去幕职，离开成都。此后，辗转于长江沿岸夔州（今重庆奉节县）等地。于大历五年（770）在耒阳（今湖南耒阳市）病逝。渴望进入朝堂侍奉君王，“致君尧舜”的杜甫，实际上一直与这种官僚的荣耀无缘，主要漂泊于朝堂之外，度过了一生。在他晚年所作的《冬至》诗中，如此描写漂泊于南方边境的生活：

图 9　诗圣杜拾遗像

“诗圣”是诗中圣人之意。呼为“拾遗”是因为杜甫官至左拾遗。据成都杜甫草堂石刻拓本。

> 年年至日长为客，忽忽穷愁泥杀人。江上形容吾独老，天涯风俗自相亲。杖藜雪后临丹壑，鸣玉朝来散紫宸。心折此时无一寸，

① 杜甫，字子美，号少陵，祖籍襄阳（今湖北省襄樊），出生地为河南巩县（今河南省巩义）。根据其任官经历又称“杜拾遗”“杜工部”。主张儒家的伦理观，作有大量揭露社会不公的诗歌。由于其诗歌深刻反映了当时社会现状，被后人评为“诗史”。有《杜工部集》。

路迷何处是三秦?[1]

再看杜甫晚年所作的《小寒食舟中作》。寒食为冬至后一百零四至六日,三日禁火,吃预先做好的冷食,寒食的第三天为"小寒食":

佳辰强饮食犹寒,隐几萧条戴鹖冠。春水船如天上坐,老年花似雾中看。娟娟戏蝶过闲幔,片片轻鸥下急湍。云白山青万余里,愁看直北是长安。[2]

两诗均抒发了衰老与漂泊的悲哀和对都城长安的思念。杜甫的心始终朝向北面的都城长安,这正是皇权的内化,即所谓的"忠义"。到了宋代,杜甫成为了"一饭未尝忘君"(苏轼《书王定国诗集叙》)的忠义文人典范。称其为"忠义"是否恰当暂且不论,在上引二诗中,被内化的皇权和普遍化的皇权的影子则清晰可见。并且,正因为这一前提,更增加了诗歌所表现的悲哀感吧!

第四节　文学和权力批判

"笔强于剑"(The pen is mightier than the sword)[3]——初读此言,

① 萧涤非主编:《杜甫全集校注》卷十八,人民文学出版社,2014年,第9册,第5325页。

② 同上书,卷二十,第10册,第6002—6003页。

③ 出自英国十九世纪剧作家爱德华·鲍沃尔-利顿(Edward Bulwer-Lytton)的剧作《红衣主教黎塞留》。

一般会理解为与剑所代表的暴力相对峙的是笔，即言语所代表的非暴力。但是，这样理解未必恰当。如果将“笔”和“剑”并置于同等视域中进行比较的话，不如说这则谚语指出了言语所具有的暴力性，它阐述了“笔”中也存在着一种暴力，即权力。正如开篇所引述的罗兰·巴特之言——“即使在权力之外的场所，言说之中大概也潜藏着权力（支配欲）”，这种语言中的暴力（权力）确实成为了讨论的对象。本节所讨论的问题就是这种“笔之力”，即言语中的权力。在过去的中国，“笔之力”表现为何种形式？此外，它与国家统治权力之间形成了怎样的关系？

经典的权力

汉代，儒家思想成为了国家意识形态的根本。如前所述，在这个过程中，《诗经》《尚书》等儒家著述成为经典。在先前所述的汉代朝廷驾驭语言、文学的各种表现中，经典的制定也是其中一环。以皇权来认定经典，再以此来获得权威权力。

在古代中国，即使说经典的权力就是对全部语言空间的支配与统治，也并不过分。因此，所有的语言表现行为中，经典的影响都如影随形。此处拟举南朝梁代刘勰（465？—532？）[①]的《文心雕龙》中有关文学史的论述，来说明经典的这种压倒性影响力。《文心雕龙》共五十篇。前半部分为文体论，叙述各体韵文散文的特点与沿革；后半部分为创作论，对神思、比兴等各种文学创作概念进行考察，是一部空前绝后体大思精

① 刘勰，字彦和，法名慧地。祖籍东莞郡莒县（今山东省莒县），于建康（今南京）定林寺精研佛法。后出仕梁朝，与《文选》编纂者萧统交游。

的理论著作。①

此处不对《文心雕龙》作整体讨论，仅关注本书开篇的构成。开篇第一为《原道》，其次《征圣》，再次《宗经》。首先，作为最根本的前提，设定宇宙的根本原理为"道"。具有理解"道"的能力的则是圣人。记载圣人言论的文献则为经典。刘勰在本书开头，通过道→圣人→经典的图式，演示了语言文学生成的结构，紧承这个开头，《文心雕龙》在以下篇目中解说了楚辞、五言诗、乐府、赋等文体的生成。这样，这一系列中国文学史的发生基础，便是道→圣人→经典的流变。这也意味着如果对所有文学作品追源溯流的话，无一例外都会指向经典及经典所述之道。

因为凡人无法接近"道"，所以可以不予讨论。这里讨论关于经典的问题。无论是圣人还是知识分子，谁都能读经典。要成为士人，经典在必读之列。因此，经典在知识分子的言语表现行为中就具有特殊的意义了。《文心雕龙・宗经》中对经典有如下叙述：

> 性灵镕匠，文章奥府。渊哉铄乎，群言之祖。②

---

① 与《文心雕龙》同时的重要文学批评之作尚有钟嵘的《诗品》，该作将历代五言诗区分为上中下三品，并加以评论。即使与《诗品》相比，《文心雕龙》的综合性与体系性也格外显著。

② 范文澜注：《文心雕龙注》，人民文学出版社，1958 年，上册，第 23 页。《文心雕龙》中的文章均由这种反复重叠的对句形式构成。这类文体被称为"骈文""骈俪文""四六文"。"骈"指二马并驾齐驱的马车，"俪"指结伴而行，这都是立足于其对仗形式的称呼。"四六"则是基于其以四字句和六字句为基本句式产生的称呼。这种文体盛行于魏晋南北朝至唐代。至中唐时期，韩愈、柳宗元否定此体，要求恢复古代的散体文，即所谓"古文"，宋代欧阳修、曾巩、王安石、苏洵、苏轼、苏辙继承并发展了这一潮流，此八人后被合称为"唐宋八大家"。

认为经典是一切文学体裁取之不尽的源头。此外,本书自序的《序志》篇中亦言"详其本源,莫非经典"[①]——所有的文学皆以经典为"本源"。在古代中国的语言表现中,经典占据着唯一绝对的起始地位。这既是语言表现得以成立的基础,也是束缚语言表现的桎梏,虽然可能没有文人能感受到这种桎梏的存在。

日本与中国文化之间的差异究竟在何处?对于这个问题有各种各样的答案,但若以上述情况而论,则两者的差别正在于经典的有无。对在不存在经典的文化中成长起来的人们来说,恐怕很难理解经典的权威性和权力吧!因此我们有必要想象一下那种与中国文人终生相伴的经典的显著压力,以及他们也无法察觉的经典的隐蔽压力。

《毛诗大序》——《诗经》的阐释学

经典的权威性及其权力并非与生俱来,而是被后天赋予的。如何赋予?途径之一即是经典的阐释。古今东西,凡为经典,皆有数不胜数的注解阐述,正是它们,使经典成其为经典,承担着强化经典权力的任务。下面试以《诗经》阐释为例。

《诗经》,原称为《诗》,为古代歌谣集,至汉代始称为《诗经》(但作为书名使用是从宋代开始的)。《诗经》当然不是在一朝一夕间成为经典的,自孔子学派将之作为教材,其经典化的历程便已开始。《论语》中记载有许多孔子对弟子阐述《诗经》重要性的言论。如《阳货》篇中曾列举《诗》之功用:

---

① 范文澜注:《文心雕龙注》,下册,第726页。

> 诗可以兴，可以观，可以群，可以怨。迩之事父，远之事君。多识于鸟兽草木之名。①

这是早期正面阐述以诗为代表的文学作品之功用的重要观点。孔子从三个层面阐述了诗的功用：首先，诗具有兴（心情表达）、观（认识、观察）、群（社交功能）、怨（精神宣泄、净化）四种功能；其次，具有以忠、孝为中心的道德涵养功能；最后，能够通过学诗认识草木鸟兽。最后这一功能，初看似不足取，实际上不正是文学功用中最为根本之处吗？我们所认识的世间万物，多是通过文学而获知的，只要稍加反省，谁都能注意到这一点吧！

汉初，传承《诗经》的学派，分成数家，主要有号为三家诗的鲁诗（鲁人申培）、齐诗（齐人辕固生）、韩诗（燕人韩婴），以及毛诗（毛亨、毛苌）；前者为今文学派（使用以汉代通行文字隶书来书写的经典），后者为古文学派（使用以秦以前文字篆书书写的经典）。此后，三家诗逐渐衰亡，只有毛诗传世。因此，后来《诗》便称为《毛诗》。

《毛诗》对诗的阐释以序和注的方式进行，序附于每篇标题下，说明诗歌的写作背景与意图，注则解释诗歌正文的字句。毛诗与东汉经学大师郑玄②之注配合，作为正统的《诗经》注本被继承。直至南宋朱熹，建

---

① 以下《论语》的章句及古注皆引自《论语注疏》，《十三经注疏》本，嘉庆十三年重刊宋本，日本中文出版社，1971 年。后文不再一一出注。

② 除被称为“郑笺”的诗注以外，郑玄还编撰了《诗谱》。该作将《诗经》各篇按照其产生于何时、何国整理成图表的形式。谱图部分亡佚，序说则流传下来。自北宋欧阳修以来，一直有学者试图复原其谱图。

立了新的儒学体系宋学，著成新注本《诗集传》，《毛诗》也依旧保有其在《诗经》阐释学上的地位。①

《毛诗》序中，开头第一篇《关雎》之序与其他诗之序相比，篇幅较长，对诗进行了全面、根本的讨论。为与其他序（小序）区分，此序被称为“大序”，关于其作者与成文时间有诸多异说，大致推测为汉代毛诗学派的某位学者。下文举出的一段，因为附着于“国风”之诗后，故围绕对“风”之语义的理解而展开：

> 诗者，志之所之也，在心为志，发言为诗。情动于中而形于言，言之不足故嗟叹之，嗟叹之不足故永歌之，永歌之不足，不知手之舞之，足之蹈之也。情发于声，声成文，谓之音。治世之音安以乐，其政和；乱世之音怨以怒，其政乖；亡国之音哀以思，其民困。故正得失，动天地，感鬼神，莫近于《诗》。先王以是经夫妇，成孝敬，厚人伦，美教化，移风俗。②

何为诗？本文是严肃论述诗歌功用、目的的重要资料，与《论语》中所见的孔子诗论相较，在体系性与综合性方面皆有明显的进步。

在引文开头部分，将诗理解为对人的内在精神世界的发现，这一观点即使在今日也依旧是关于诗歌的最具共识性的定义之一，《毛诗序》指出

① 儒学史在自汉至唐的阶段与宋代以后的阶段存在着极大的差异。例如，前者被称为“章句之学”，以对经典进行精致解读为重点；后者被称为“义理之学”，以对形而上的主题的思辨为重点。

② 《诗经原始》，上册，第45页。

这一点，相当令人惊叹。紧接着，序文将诗放在政治与社会背景中予以定位。[①] 认为诗歌反映了产生它的社会政治的善恶，是社会政治的一面镜子，且正因如此，诗歌可以成为引导国家步入正确轨道的手段与工具。

那么，诗歌以何种方式引导国家向正确方向发展呢？关键在于“风”。“风”在文中有“风化”和“风刺”二义。前者是善的统治者自上而下对民众进行教化，后者是善的臣民自下而上对统治者进行批判。两者并行不悖，但自全文文脉来看，被置于主眼的乃是后者（讽刺）。

综上所述，《毛诗大序》文学观的一大特色在于，将文学作品置于以帝王为核心的权力系统中进行定位。这一点也为各篇小序所贯彻，此后毛诗阐释学的这种文学观成为中国文学的纲领与公理，占有重要的地位，决定着中国文人的文学观念。至宋代，出现了怀疑《毛诗》序文（疑序）的思潮以及废止序文（废序）的做法，比如朱熹《诗集传》便不采录序文。但是，朱熹的解释在根本之处依旧维持着《毛诗》阐释学的框架。无论是好是坏，《毛诗大序》所体现的文学观，可以说始终是中国文学不得不背负的宿命吧！

下面我们再来看一下与《毛诗大序》文学观有着密切关系的“采诗”“陈诗”制度。当时，一般认为在古代中国设有“采诗之官”，负责到各地采集民间歌谣。这一官制是否真的存在，实际上颇多疑义。虽然存有疑义，但还是有以下例子：比如《礼记·王制》篇有载：“天子五年一巡

① 此处可以说体现出一种历史主义的文学观。《毛诗》阐释中体现出的历史主义，也体现在各篇小序里，小序中皆以诗的作者与作诗背景作为基础来说明作诗意图。

守……命大师陈诗，以观民风。”[①]此外，《汉书·艺文志》亦载：“古有采诗之官，王者所以观风俗，知得失，自考正也。”[②]

一言以蔽之，采诗是将诗歌纳入以帝王为核心的权力系统的制度。从中我们可以看到如下思路：诗歌是帝王所有之物，因此诗歌最终的读者乃是帝王。今天，我们多数人认为“诗是作者之物”，或者“诗应属于广泛的读者”，等等。但是，这些都是近代以来才被明确的文学观，这从围绕采诗展开的讨论便能显示出来吧！

“讽谏”——权力的分配

前引《毛诗大序》曰“下以风刺上，主文而谲谏，言之者无罪，闻之者足以戒”[③]，可谓容忍甚至鼓励诗歌对权力的批判。据此，文人便分得了对皇权进行批判的“笔之力”。换言之，这是进行权力分配的极其重要的事件（但与近代以来所谓“言论自由”有若干差异，俟后文叙述）。此后，这一认识作为受经典支持的绝对传统，为中国文学所继承。

那么，文人们如何行使自身被赋予的“笔之力”呢？很多人都会认为，前节所述的从事宫廷文学的“言语侍从之臣”几乎没有行使这种权力，其中所表达的不过是御用文人的阿谀奉承而已。确实如此。但即使是从事宫廷文学创作时，文人们也想用“笔之力”来批判政治权力。正因为是在皇帝身边进行的宫廷文学创作，批判权力作为文学应有的姿态，更受期待与奖励。这可从第二节所引班固《两都赋序》中得到证明，其中

① 杨天宇译注：《礼记译注》，上海古籍出版社，2004 年，上册，第 147 页。

② 班固撰：《汉书》卷三十，第 6 册，第 1708 页。

③ 《诗经原始》，第 45 页。

述及言语侍从之臣的言论活动时，提到"抒下情以通讽谕"，可见"讽谕"被定位为朝廷言论活动的根基。因为是在皇帝身边举行的文学活动，"讽谕"作为更正式的理念被首先提及。

关于司马相如赋也有同样的看法。《史记·司马相如传赞》曰："相如虽多虚辞滥说，然其要归引之节俭，此与《诗》之风谏何异。"[①]认为司马相如赋的创作目的不仅在于描写皇帝豪奢的生活，而且在于通过其描写讽谏皇帝归之于俭约，其中体现了与《诗经》的讽谏同样的权力批判精神。确实，可以看到司马相如《上林赋》结尾部分有亡是公劝谏侈奢之语。[②]

继承《诗经》"讽谏""讽刺"精神的，有被称为乐府的诗作。乐府本是西汉武帝时宫中所设机构名，主要负责祭祀及各种礼仪活动所用乐曲的制定和民间歌谣的搜集整理。后来所采集整理的歌谣也被称为乐府。汉魏时，乐府皆有乐曲伴奏，后来乐曲逐渐失传，而使用乐府古题及模仿其题材内容的创作则长盛不衰。[③]

对于乐府，特别是对于作为民间歌谣的乐府，一般从儒家立场来进行解说。比如《汉书·艺文志》诗赋略部分曰：

> 自孝武立乐府而采歌谣，于是有代赵之讴，秦楚之风，皆感于哀

① 《史记》卷一一七，第9册，第3698页。

② 但是，《上林赋》作为文学作品，其主眼正在于彻底的"言语荡尽"的修辞主义，而其中的"讽谏"则是基于儒家立场考虑的场面话，这样理解应更加恰当。

③ 宋代郭茂倩编纂了《乐府诗集》一百卷，整理了截至唐代的乐府作品，分为十二类，是研究唐及此前乐府诗歌的基础文献。

乐，缘事而发，亦可以观风俗，知薄厚云。①

上文和前揭《毛诗大序》一样，论及诗歌的功能。应该可以说，设立乐府采集民歌，是对古代“采诗”与“陈诗”制度的继承，而这种“采诗”与“陈诗”制度和《毛诗大序》文学观的密切关系已如前文所述。作为乐府诗的典范，《诗经》有着不可动摇的地位。

到了唐代，乐府诗的权力批判作用再次得到确认。将之理论化的是中唐的白居易（772—846）②，他不仅阐述了相关理论，还自觉地投入新乐府诗的创作，在以权力批判为目的的乐府诗史上，发挥了极大的作用。白居易希望通过乐府诗的创作，复活《诗经》的“讽谕”精神，在《新乐府序》中，他如此论述自己的乐府诗：

凡九千二百五十二言，断为五十篇。篇无定句，句无定字，系于意，不系于文。首句标其目，卒章显其志，《诗》三百之义也。其辞质而径，欲见之者易谕也。其言直而切，欲闻之者深诫也。其事核而实，使采之者传信也。其体顺而肆，可以播于乐章歌曲也。总而言之，为君、为臣、为民、为物、为事而作，不为文而作也。③

---

① 《汉书》卷三十，第6册，第1756页。

② 白居易，字乐天，号香山居士。祖籍太原（今山西省太原），后迁至下邽（今陕西省渭南），出生地为郑州新郑县（今河南省新郑市）。由于诗风平易，其作品在朝鲜、日本影响广泛。有《白氏文集》。

③ 白居易撰、谢思炜校注：《白居易诗集校注》卷三，中华书局，2006年，第1册，第267页。

问题的关键在于诗的“志”和“意”，即诗的内容，而“文”即诗的表现方式则在其次。白居易认为文学作品动辄陷入为表现而表现的泥潭，因此要坚决避免这一点。这不仅仅是白居易的个人看法，而可以说是以儒家思想为信条的中国文人的普遍观念。

白居易反复强调自《诗经》以来的讽谕传统的重要性，在写信给好友元稹的《与元九书》(元和十年 815)中，他围绕《诗经》有如下论述：

> 言者无罪，闻者作戒，言者闻者，莫不两尽其心焉。洎周衰秦兴，采诗官废，上不以诗补察时政，下不以歌泄导人情。乃至于谄成之风动，救失之道缺。于时六义始刓矣。[1]

上文通过引用《毛诗大序》中相关论述，基本上确认了其中所鼓励的讽谕精神。此外，在其《新乐府》五十首的最后一首《采诗官》中，有“言者无罪闻者诫”[2]之句，也表述了相同的旨趣。

与此相呼应，年轻时白居易创作了以《新乐府》五十首为代表的讽谏讽谕之作，收入自编文集的讽谕部。[3] 这些作品紧紧贴近连姓名都没有的庶民的痛苦，始终贯穿着作为其代言者的意志。从《新乐府》中可以举

① 白居易撰、谢思炜校注:《白居易文集校注》卷八，中华书局，2011 年，第 1 册，第 322 页。

② 《白居易诗集校注》卷四，第 1 册，第 443 页。

③ 白居易亲自编纂了自己的文集，且对其流传后世有充分的自觉与热情。其诗歌部分，先按体裁分为古体与近体，其中古体进一步按照主题分为“讽谕”“闲适”“感伤”三部分。其中白居易自己最重视的是讽谕诗与闲适诗。前者以社会生活为表现对象，体现了创作主题的公共性；后者以个人的日常生活为表现对象，体现了创作主题的私人化。

出许多例子，如《新丰折臂翁》替一位为逃避兵役而自折手腕的贫苦老人代言，《卖炭翁》则表现了一位货物被宦官贱买的卖炭老人的悲苦。这些诗作的先驱是唐代诗人杜甫之诗，最初对杜甫、尤其对杜甫讽谕之作给予高度评价的，则正是白居易。

杜甫、白居易所承续的乐府精神，此后也一直被继承。相关例子不胜枚举，此处以北宋苏轼所作《吴中田妇叹》为例。这是苏轼在神宗熙宁五年（1072）任杭州通判时所作的七言古诗，从其诗题可知此诗属于所谓的新乐府，“……叹”正是乐府类诗的一个标志。[①]

> 今年粳稻熟苦迟，庶见霜风来几时。霜风来时雨如泻，杷头出菌镰生衣。眼枯泪尽雨不尽，忍见黄穗卧青泥。茅苫一月陇上宿，天晴获稻随车归。汗流肩赪载入市，价贱乞与如糠粞。卖牛纳税拆屋炊，虑浅不及明年饥。官今要钱不要米，西北万里招羌儿。龚黄满朝人更苦，不如却作河伯妇。[②]

此为反映吴中农妇的痛苦，批判朝廷政治之作。全篇可以视为借吴妇之口自陈其情，也可以看作以第三者口吻进行叙述。前半部分哀叹由于天灾，因而未能获得满意的收成。转至后半部分则明确地将农民的痛苦的原因归之于朝廷政策不当。结尾两句，以汉代知行善政的重臣龚

① 如盛唐末期元结《系乐府十二首》中有《陇上叹》《古遗叹》，晚唐皮日休《正乐府十首》中有《橡媪叹》等。

② 王文诰辑注、孔凡礼点校：《苏轼诗集》卷八，中华书局，1982年，第2册，第404页。

遂、黄霸讽刺当今的高官。“河伯”为水神，“作河伯妇”暗指自杀，意为处此世道不如赴死。

写作本诗的熙宁年间，正是王安石推行政治改革、施行“新法”的时期。与此次改革保持距离的苏轼，通常被视为守旧一派的“旧党”。其担任杭州通判，也是由于要避开被新党把持的朝廷，而主动请求外放的结果。这一时期，苏轼写作了不少批判新法政策的诗歌，本诗也是在这种意图下创作的。

“诗祸”的历史

这里举苏轼为例，别无他故，只因他曾因言论获罪，成为政治犯。《毛诗大序》所言“言之者无罪”，乍见之下都会认为阐述了思想言论的自由[①]，但事实则未必如此。以国家权力迫使“笔之力”屈从的事例也不在少数，具有代表性的便是围绕苏轼诗作展开的言论弹压案件，即“乌台诗案”。述此之前，让我们通过南宋罗大经《鹤林玉露》乙编卷四“诗祸”条所记载的自汉至宋的部分笔祸案，来概括一下中国笔祸（即“诗祸”“文字狱”）的历史。

罗大经所举诗祸之始，乃汉代杨恽（？—前56）案。杨恽因与上司对立而罢官，归耕乡里。在这一时期，他作了下诗：

田彼南山，芜秽不治。种一顷豆，落而为萁。人生行乐耳，须富

---

① 尤其在宋代，相传太祖赵匡胤有“不得杀士大夫及言事者”的遗训（见《宋稗类钞》卷一），并刻石传世。虽然这一刻石的真实性尚有疑问，但姑且不论其真伪，由此也可推知宋代与其他时代相比，更加尊重知识分子的言论自由。

贵何时！[1]

虽然乍读之下只是吟咏种豆劳作的辛苦，但据说引起了皇帝的不快，成为后来杨恽被处刑的原因之一。人们从此诗中能获取什么信息？据《汉书·杨恽传》后附张晏注，第一句“南山”喻指君王，第二句暗喻朝廷的腐败。第三、四句中“豆”指代忠直的臣下，是杨恽自喻，这两句意指忠直被弃于野。根据此解，则本诗为暗中批判朝廷的不敬之作。

接下来罗大经列举了隋唐时代几例诗案，此处举中唐刘禹锡（772—842）[2]诗案为例。刘禹锡与柳宗元一样，因参加了王叔文的政治改革（“永贞革新”），被守旧派反扑而失败，于元和元年（806）被贬南方僻地，为朗州（湖南常德市）司马。[3] 元和七年（815）春，被召还京，刘禹锡作了题为《元和十年自朗州承召至京戏赠看花诸君子》一诗：

紫陌红尘拂面来，无人不道看花回。玄都观里桃千树，尽是刘郎去后栽。[4]

---

① 见于《汉书》卷六六《杨恽传》，第 9 册，第 2896 页；又见于杨恽《报孙会宗书》，收入《文选》卷四一，第 582 页。杨恽，字子幼，京兆尹华阴县（今陕西省华阴）人，司马迁外孙。杨恽以清廉见称，同时因多暴他人恶事而为人忌恨，度过了跌宕起伏的一生。

② 刘禹锡，字梦得，祖籍中山（今河北省定州）或彭城（今江苏省徐州），出生于河南府洛阳县（今河南省洛阳）。与白居易、柳宗元相交游。有《刘梦得文集》《刘宾客集》。

③ 此事件又称为“八司马事件”，因共八人受牵连被贬南方僻地为司马而得名。中唐以后，唐王朝政局动荡，不少文人因卷入政治斗争而被贬。

④ 卞孝萱校订：《刘禹锡集》卷二四，中华书局，1990 年，第 1 册，第 308 页。

玄都观为道观。看着此处爱花之人的姿态，引发了刘禹锡对自己贬谪生活的感慨。就如罗大经所指出的那样，本诗只不过单纯抒发岁月流逝而触发的感慨，并无讽刺之意。但守旧派却在读到此诗后，将其贬至连州（广东省连州）。[①]

在此之后，罗大经列举了宋代的三次诗祸：北宋苏轼"乌台诗案"、北宋蔡确（1037—1093）[②]"车盖亭诗案"、南宋刘克庄（1187—1269）[③]"江湖诗案"，下文特别将"乌台诗案"提出来讨论。

"乌台诗案"

为回避新党把持实权的朝廷，苏轼在转仕杭州后，又历任密州（山东省诸城）、徐州（江苏省徐州）、湖州（江苏省湖州）知州。元丰二年（1079），苏轼出任湖州知州，收到从御史台（一种监察机构，因柏树茂盛、乌鸦群集又被称为"乌台""乌府"）派遣的特使逮捕令，罪名为涉嫌诽谤朝廷，他在诗歌中批判神宗朝实施的新法被视为问题所在。被押解到都城汴京后，苏轼被羁縻御史台数月，接受调查。他抱着被处死刑的觉悟自认其罪，最终因恩赦被贬长江中游的黄州（今湖北省黄冈），在此地度

---

① 此后，大和二年（828），回到长安的刘禹锡再次游览玄都观，作咏桃花诗，再次引发问题（此次在宰相裴度帮助下免于被贬）。有关刘禹锡笔祸的情况，《旧唐书》《新唐书》中刘禹锡传、《本事诗》"事感"类均有载。

② 蔡确，字持正，晋江（今福建省泉州）人。蔡确作为新党官僚，在神宗元丰年间担任宰相，神宗死后，旧党执政，蔡确被贬。被贬前，确曾作《夏日登车盖亭十绝》，因被告发乃诽谤哲宗时摄政的宣仁太皇太后之作，故被流放到更加荒僻之地。

③ 刘克庄，字潜夫，号后村，莆田（今福建省莆田）人。南宋末期，出现了以非官僚阶层为中心的民间诗人群体，被称为"江湖派"。刘克庄作为曾登高位的官僚，并非纯粹意义上的江湖诗人，但却是列名"江湖派"中的重要诗人。有《后村先生大全集》。刘克庄的诗歌，因诽谤当时权相史弥远而被禁，此外，敖陶孙、曾极、陈起等人的诗歌也在被禁之列。

过了六年。苏辙等一批亲友受到苏轼牵连，皆被贬谪。[①]

一般认为，“乌台诗案”是历史上最早的文字狱，这种说法略欠科学。在苏轼以前，因诗招祸的文人也不在少数，其中一部分如杨恽、刘禹锡事件已如前文所见。此外，如关于韩愈《谏佛骨表》[②]的事件也广为人知。但苏轼本案确实与此前案例有很大的差异。首先，与过去不同的是本案全程都有相应的文书（相当于起诉书和供述调查书的裁判文件）记录。过去的案例几乎没有详细的原委流传下来，最大限度流传至今的片断式信息，也不可排除流言或传闻的可能性，极端地说，是否真有此事是值得怀疑的。但在苏轼的案件中，连他自供的内容也作为公开文书流传后世。从决定性的裁判文件能流传于世这一点看，此案的确堪称空前。一般认为这与苏轼是知名海内的文人有关，此外苏轼的诗集，尤其是已刊行的诗集（《钱塘集》，即《元

图 10　东坡先生笠屐图

此图描绘了此后流贬海南的苏轼，在一次拜访朋友的途中遇雨、向农家借笠子与木屐而归的形象，妇女儿童看到东坡这样的形象，相随争笑，群犬争吠。这一图像表现了苏轼平易近人、不假修饰的人格特点，自古流行。本图载于清刊本苏轼诗集《古香斋施注苏诗》卷首。

---

① 关于“乌台诗案”的详细情况，可参考内山精也『蘇軾詩研究』第五、六、七章，研文出版，2011 年。

② 《谏佛骨表》是韩愈为劝谏佞佛的唐宪宗所上的奏章，因此触怒宪宗，被贬潮州（今广东省潮州）。

丰续添苏子瞻钱塘集》)被采用为证据,也在不少地方显示了本案的特别之处。

苏轼被问罪之际,成为证据的究竟是怎样的诗歌？或许有人会认为都像前引《吴中田妇叹》一样,是露骨地展开政治批判的新乐府诗一类,不过实情并非如此。其中也有乍读之下觉得只是单纯的农村风景写生的绝句小品,如《山村五绝》其四:

杖藜裹饭去匆匆,过眼青钱转手空。赢得儿童语音好,一年强半在城中。[①]

这是熙宁六年(1073)作于杭州通判任上的作品。被认为描写了农民因贷款的授予与归还而频繁出入街场的辛劳,言外暗含对朝廷的批判之意,也即批判青苗法的作品。青苗法是在春播时贷款给农民,秋收后再收回款项的政策,意在将小农民从地主的压榨中救济出来,同时为政府赚取财政收入。农民们为了办理这一手续,必须频繁出入衙门所在的城市,而此诗便被理解为对这种不合理现象的批判。也许苏轼可以否认自己有此意图,但在调查前期,他便已轻易地承认了这一点。暂且不论本诗是否确有批判之意,但从诗的内容来看,恐怕也难以否定它与新法政策的关联吧!

当然,并不能全部否认告发者方面对诗歌的解释。比如南宋叶梦得

① 《苏轼诗集》,第2册,第439页。

《石林诗话》卷上记载有神宗与宰相王珪之间的一次对话（此事也见于北宋王巩《闻见近录》）。但是，这不是正式的判决记录，在当时，恐怕苏轼的诗歌中，未成为告发对象而被认为有批判朝廷之意的诗作也不在少数。

> 元丰间，苏子瞻系大理狱。神宗本无意深罪子瞻，时相进呈，忽言苏轼于陛下有不臣意。神宗改容曰："轼固有罪，然于朕不应至是，卿何以知之？"时相因举轼《桧》诗"根到九泉无曲处，世间惟有蛰龙知"之句，对曰："陛下飞龙在天，轼以为不知己，而求之地下之蛰龙，非不臣而何？"神宗曰："诗人之词，安可如此论，彼自咏桧，何预朕事！"时相语塞。①

宰相王珪所举之诗是苏轼的《王复秀才所居双桧》，从语言表现来看，这只是一首咏桧树之诗。王珪从言外读出"不臣"之意，以此实现自己排挤苏轼的政治意图。神宗批判了王珪的解诗方法，因此他未能得逞。此诗也未被采纳为"乌台诗案"的证据。

即使在我们看来，王珪对双桧诗的解读也是无理的，几乎可谓"附会"。与此相较，从《山村五绝》中读出批判之意则不会显得那么不合理。事实上，苏轼自己也承认了这种意图。但是，《山村五绝》从表面上看只是以轻松的笔调描写山村农民生活，并不是前面所说的怒目金刚式的政

① 叶梦得：《石林诗话校注》卷上，人民文学出版社，2011 年，第 36 页。

治批判之作。与此相对，前揭《吴中田妇叹》则又如何？其对政治的批判中有“官今求钱不求米”之句，这是对青苗法的直接批判。但使苏轼成为被弹劾的对象的，却是《山村五绝》，而非《吴中田妇叹》，是何原因？这可以说是一个意味深长的现象。

笔者在此作如下推测。当然，我们也可以认为这只是因为当政者不知道《吴中田妇叹》的存在。到底哪些诗会进入当政者的视野，由于苏轼诗歌流传状况不明，答案没有定论。但与此相反，即使当政者确知此诗存在，它是否能成为告发材料，也是值得怀疑的。这样说是因为《吴中田妇叹》是乐府系的讽谕诗。此类诗歌中的政治批判，继承的是《毛诗大序》以来的传统，即便统治者，也会积极支持这一传统，此点已如前所述。[①] 并且，在这里还有必要考虑乐府诗的特点。乐府诗与非乐府诗的最大区别之一，在于作者与作品中言说者的乖离，即在乐府诗中对政治发声批判的是作品内的言说者，而非作者本人。这一点是能够明辨的。[②] 再回过头来看《山村五绝》，其中发声的则是作者本人，因此，表达的也是由作者本心发出的政治批判。事实上，正因为认识到这一点，该诗才成为被弹劾的对象。由于其中大多数表达的是苏轼自己的意图，所

① 例如，苏轼诗祸事件发生时，其友人张方平曾上书营救，在《论苏内翰》中引用《毛诗大序》的“言之者无罪，闻之者足以戒”作为依据，认为苏轼的诗歌真正继承了讽谕传统，应将其赦免。

② 松浦友久『中国詩歌原論』(大修館書店，1986 年)中，将乐府诗的特点总结为：(一)对乐曲的联想；(二)第三人称视角、场面的客体化；(三)表现意图未完结。(中译本见孙昌武、郑天刚译，辽宁教育出版社，1990 年。)与此处有密切关系的是(二)和(三)。据(三)，则乐府诗的作者与作品脱离了关系；据(二)，则乐府诗中的意象委婉。(二)与(三)，是回避诗人(讽谏者)与统治者(被讽谏者)之间冲突的安全阀。

以对读者即统治者来说，便成为了危险的作品吧！

“避言”与“王命”——《论语》

“诗祸”是国家权力与知识分子言论之间摩擦、冲突的表现之一。古代《论语》中有关这种摩擦、冲突的议论也不少。这大概是因为孔子拒绝以言论向当时的权力献媚吧！虽然孔子留给今人的印象是端坐体制中心的卫道者，但就当时而言，他是悖逆权力之徒，是反对体制的知识分子，被逐去国、四处流亡。可以说，孔子正是在权力与言论冲突的漩涡中生存下来的知识分子。

比如，《论语・宪问》中有：“邦有道危言危行，邦无道危行言孙。”根据国家有道与否改变言论和行动的方式，或者说有改变的必要性。这里只讨论言论方面。若国家有道，能行善政，知识分子就可以直接提出批判意见；与之相反，若国家无道，处于恶政之下，语言就要适当谦逊，批判也要有所收敛。以此而论，这可能会被理解为如何在体制内确保自身空间的保身术吧，但这样理解是不恰当的。

恐怕孔子所关心的不是能否在体制内确保自己的生存空间，这并不是在无道之国确保自身的方式。《宪问》中还另有“邦无道，谷，耻也”之说，《泰伯》篇中也有“危邦不入，乱邦不居。天下有道则见，无道则隐”等说法。孔子最关心的是能否坚守贯彻自己的思想言论。简言之，孔子想表达的是，如果国家有道，则应当拼命地奉献言论，若无道，则无此必要。也即以自己言论为立足点，是否值得奉献，是否值得批判，均要视国家有道与否而定。这其中体现的是殉身于言论的孔子作为思想家的胆识吧。

图 11　描绘孔子圣迹之一的《在陈绝粮图》

孔子接受楚国招请，赴楚途中，陈、蔡两国共同发兵，将孔子师徒困在陈、蔡之间，以至断粮。在这种情况下，孔子却依然“弦诵不辍”。位于图画中央的是孔子及随从的弟子一行，左右两边为陈、蔡两国士兵，左上方为前来救援的楚国军队。此图以明代何珣增补张楷作品而绘的《圣迹图》为摹本，由萨摩藩主岛津家久绘制。据加地伸行《孔子画传》(集英社，1991 年)。

那么，面对道之不行的乱世局面，从事言论活动的知识分子应如何应对?《论语·宪问》中曾有如下提示：

> 贤者辟世，其次辟地，其次辟色，其次辟言。

简单地说，此节从世、地、色、言四个方面论述了知识分子与国家社会之间的隔绝关系。“其次”作为一种层叙法被反复使用，意在说明隔绝程度从高到低、隔绝范围从大到小的阶段性变化。“避世”指断绝与世间的交流，“世”即所处的时代社会空间。“避地”指离开混乱的国土移居他国。

“避色”与“避言”应如何理解是问题所在。金谷治译注本《论语》中作如下解释：

> 优秀的人才(在乱世时)避弃世间，其次则离开国土，再次则避见(君主冷淡的)脸色，复次则回避(君主恶意的)语言。[①]

将“避色”“避言”的“色”“言”分别解释为君主的脸色和语言。[②] 此解采用了自古以来的传统注解，直到今天各家的解释也多采用此说。但确切解释果真如此吗？笔者认为，“避色”“避言”并没有狭隘地限定在君主身上，将其解释为与广泛社会空间中的他人的普遍姿态和言论言谈相隔绝，或许更为恰当。

“避色”的色是指他人的外表、样子以及行为，“避色”是指断绝与他人交往，特别是不与恶人交往。稍微改变视角的话，解释为避开他人之目、不作引人注目之态更为合适吧。[③] 而“避言”则指断绝言论交流，尤

---

① 金谷治译注『論語』，岩波文庫，1979 年，第 204 页。

② 实际上，笔者以上论述中的解释在金谷治的相关附注中已被提及。金谷氏有如下一段与前文所引不同的解释：这一节包含着以“退避”为妙的道家思想。从这一角度来看，“避色”“避言”是否可以理解为“从美人身边离开”及“止言”之意。虽然金谷氏将“避色”解释为远离女色的说法令人难以赞同，但是他对“避言”的解释确实值得关注。

③ 《吕氏春秋·先识览》在《先识》篇中有“凡国之亡也，有道者必先去”一节，记述了有道之士在国家道德衰微之际离国而去的情景。这一观点与《论语·宪问》中的主张相同。东汉高诱注此节即引《论语·宪问》的相关内容，并将“避色”作“避人”。此外，伪托晋程本所作的《子华子·神气》云：“太上违世，其次违地，其次违人。”这一说法，不仅在内容上，而且在叙述方式上，皆与《论语》相似。“违“与“避”意思大抵相同。总之，《子华子》用“违世”“违地”“违人”的层叙法说明个体与社会的隔绝关系，亦是支持“避色”与“避人”同义的例子。此外，后文将引用的《论语·微子》中也出现了“避人”的用例。

其是远离恶言恶语。同样,稍微改变视角的话,理解为缄默不言、停止公开发表言论更为合适吧!① 总而言之,上引《论语》一节,从"世"即世界、时代,"地"即居住地,"色"即外表、行为,"言"即言语、言论四个阶段论述了知识分子和国家社会之间的隔绝关系。

简单来说可作如下解读。试将所论顺序反过来看,在国政混乱之际,知识分子首先停止言语交流,特别是在有害于自身或不认同自己的人之前保持缄默,或停止公开的言语活动,用前引《宪问》中的说法便是"言逊"。其次,便是停止与人交流,尤其是不与有害于己或不认同自己的人见面。再次,便是改变住所,比如出逃他国。而最极端的是,弃绝人间社会,成为弃世之人。这样一种顺序表现了隔绝程度从浅到深、从狭到广的层次。

《韩非子·说疑》中有以下一段话,与《论语·宪问》所论相关,很值得注意。《论语》的观点是站在知识分子的立场叙述的,而《韩非子》的观点则是站在管理知识分子的当权者或为政者的角度叙述的,是法家的观点。

> 禁奸之法,太上禁其心,其次禁其言,其次禁其事。②

---

① 苏轼因"乌台诗案"被贬黄州后,其友人王巩受牵连被贬南方。苏轼在给王巩的唱和诗《次韵王巩六首》其五中写道:"巧语屡曾遭薏苡,廋词聊复托芎劳"——费尽功夫可以表现却仍然遭到怀疑及毁谤,姑且隐藏言语和本意。这里的"廋词"即与"避言"同义,是苏轼为了躲避言论镇压而采用的一种"避言"的方法。

② 《韩非子》卷一七,《四部丛刊》本。

《论语》的观点是站在知识分子的立场叙述的；而《韩非子》的观点则是从当权者或为政者的角度叙述的，他还列举了几个不同阶段的方法来阐述如何控制这些反抗政治权力的知识分子。引文采用从高级到初级的顺序（即“禁心”到“禁事”的顺序）陈述，笔者在此采用相反的顺序分析：最后的“禁事”是禁止、限制人的行为，是最初级的镇压方式；中间的“禁言”是禁止言论活动；最后的“禁心”是钳制人的精神、心理活动，是最极端的镇压方式。①

一般来说，对权力的反抗是通过以下步骤进行的。知识分子最先在心中萌生叛逆思想，此时心之所思还未表现出来，不久，所思转化为“言”的内容，进而变成“事”的活动来危害政治权力。所以到“事”的阶段才镇压是统治者的下策，在“言”的阶段相对容易镇压，从根源上切断叛逆之本的“禁心”才是上上策，同时也是最难的，因为心中的想法难以被察觉。

《韩非子》与《论语·宪问》在运用“层叙法”方面有共通之处，试将两者相关内容联系起来解读，可以得出以下结论：在国家无道之际，知识分子的心中怀抱着对此展开批判的反权力的思想。但是，“心”是不能被简单识破的。因而停留在心中的隐秘的批判是较安全的。尽管《论语》中并无与“心”相关的记载，然而如果在《宪问》篇的“避言”之后加上“其次避心”，亦丝毫不让人觉得突兀。身处混乱之国首先应隐藏心中的想法，不被恶人察觉。在国家日趋混乱时就有必要进一步断绝与社会的联系，

① 近代以来法律的控制对象，止于“事”与“言”，不介入“心”的活动。“内心自由”之原则受到保护，“心”之所思完全是自由的，不会被视为违法而受到处罚。而《韩非子》之法将“心”视作终极控制对象，则如实地体现了古代的思想特征。

然而心中所想在与人交流的过程中有可能会被人识破，就需要进一步地“避言”，即停止言语交流。然而即使保持沉默，依旧要现身人前，也有可能被视为危险，因此，接着需要“避色”，即中断与人交往，接下来须要“避地”直至“避世”。

如前所述，孔子是生存在权力的摩擦之中的不遇的知识分子，因此他采取了“避心”“避言”的做法。不仅如此，他还进一步“避地”，即去国流亡，孔子可说是中国最早的流亡知识分子。那么，孔子是否曾成为“避世”者呢？舍弃人世社会的典型者是隐者，《论语》对此持否定意见。例如《论语·微子》中所载的与隐者长沮、桀溺的对话，桀溺形容自己为“避世之士”，而孔子为“避人之士”，认为自己的生存方式优于孔子。对此，孔子则阐述了在“世”即人间社会中找到自己生存空间的重要性，对于以积极入世为宗旨的儒家来说，这可以说是不可退让的立场吧！①

“遗民”的文学

“亡命”指离开所居之地，逃亡他处。“命”即“名”，也就是说，亡命即逃离名籍(户籍)。国家统治权力将民众置于统制之下，户籍即为此而设的制度。权力约束名下民众，但亡命者却挣脱这种束缚外逃。所以，亡命可谓围绕“名”进行攻防战，这也直接表现为亡命者常常变换姓名(“变姓名”)。

比如，春秋时代，辅佐勾践完成对吴王夫差复仇的范蠡，由于看穿了勾践一贯对待食客的手段——“狡兔死，走狗烹；飞鸟尽，良弓藏”，从越

---

① 在《论语》中，孔子对隐逸的好评或是表明自身隐逸志向的话语也随处可见，例如《季氏》篇云“隐居以求其志”，《公冶长》篇云“道不行，乘桴浮于海”。

国逃往齐国，可以说是亡命者的一种。《史记·越王勾践世家》记载此事曰："范蠡浮海出齐，变姓名，自谓鸱夷子皮。"又如，战国时期，魏国范雎因得罪宰相而去国亡命，《史记·范雎蔡泽列传》记此事曰："范雎亡，伏匿，更名姓曰张禄。"[1]此外，类似的还有《史记·刺客列传》中所记的刺客们。他们为了暗杀而潜伏于地下，故意自堕卑贱，多数变更姓名。亡命即"变姓名"，亡命者以变换姓名的方式巧妙地逃脱了权力的统制。

以孔子为开端，中国历史上出现了众多的亡命者，但秦汉帝国成立以后，文人知识分子中的亡命者并不那么多。[2] 大概是因为与春秋战国时诸侯国分治状态不同，此后中国全土都在皇权统治之下吧！但在王朝交替之际，尤其是异族取代汉族的宋末元初和明末清初，知识分子中出现了不少亡命者。近代以来，流亡欧美或日本的也不在少数。

作为这类流亡文人的代表，试举南宋末的文天祥(1236—1282)[3]为例。咸淳十年(1274)，伯颜率领的蒙古军逼近南宋都城临安(今浙江省杭州)，文天祥抛弃家产，组织义勇军进行抵抗。德祐二年(1276)，出任宰相，与布阵于临安北郊的伯颜谈判，被囚软禁。宫城陷落后，与恭帝、皇后、皇太后一道被劫至蒙古，同年五月，广王即位(端宗)，改元景炎。文天祥从敌军中出逃，怀抱必死之心逃至行宫所在地福州(福建省福

① 以上两条见《史记》卷四一、卷七九，第2102、2902页。

② 传记中明确记载的亡命文人，有初唐的骆宾王(640？—684？)。据《新唐书·文艺传》载，骆宾王因参加反对武后的徐敬业举事，在失败后亡命，不知所终。

③ 文天祥，字履善、宋瑞，号文山，吉州庐陵(今江西省吉安)人。在宋末元初的战乱中所作之诗，多以小序详细说明作诗背景，具有较高的史料价值。有《文山先生全集》(包括《指南录》《指南后录》《吟啸集》《集杜诗》《文山先生纪年录》等)。有关文天祥的传记，参看梅原郁：《文天祥》，人物往来社，1966年。

州)，此后转战于赣州、梅州、潮州等南方各地。景炎三年(1278)，端宗驾崩，卫王即位，改元祥兴，文天祥最终于潮州为敌军所囚。祥兴二年(1279)，崖山之战，宋军失败，宰相陆秀夫背负年幼的卫王投海自尽，上演了如《平家物语》所载的坛浦之战一般的灭亡悲剧。此后，文天祥被押往大都，投入狱中，拒绝了出仕元朝的要求，于元世祖(忽必烈)至元十九年(1282)十二月，被处刑，处刑之际望南遥拜，以示对宋王朝之忠节。

简而言之，文天祥是尽忠于宋王朝的忧国英雄。宋朝自建国之初便处于北方异族的压迫之下。因此，宋代形成了中国即汉民族文化共同体的心理认知。[1] 体现这一纯化状态的文官即文天祥，其代表作《正气歌》列举了历代爱国志士，称道其气节，而将自己置于其后继者的位置。[2] 文天祥从已将中国纳入统治版图的元朝权力圈逃出，立足在这一点，文天祥可谓是一位流亡者。对于将要灭亡、或者说已经灭亡的宋王朝来说，他的亡命行为宛如在时间轴中逆流而上。文天祥也可以说是兼流亡与殉国于一身吧！

图 12　文天祥像

中国历史博物馆藏。据修晓波《文天祥评传》(南京大学出版社，2002 年)。

在文天祥的同时代，和他一样选择殉宋而拒绝出仕元朝的知识分子

---

① 参考葛兆光:《中国再考》第二章《国境》，岩波书店，2014 年。

② 文天祥作为忠义之士，影响远及日本。江户时代中期，山崎闇斋学派的浅见絅斋在其《靖献遗言》中列举中国历代忠义之士，以屈原为首共计八位，文天祥名列其中。此书使文天祥之名在日本广为人知，受到幕末时期因尊王攘夷思潮而集结起来的不少知识分子的尊崇，例如，水户的藤田东湖与长州的吉田松荫均留下了《和文天祥正气歌》。

和官僚不在少数。他们被称为“遗民”,“遗民”即被弃之民,被遗忘之民。由于自己此前出仕的王朝已经灭亡,从而成了被遗弃的臣下。他们不屑出仕新朝,始终保持着对所仕王朝的忠义,因此作为高洁之士获得了后世极高的评价。① 主要的文人有汪元量(? —?)②、谢枋得(1226—1289)③、郑思肖(1241—1318)④、林景熙(1242—1310)⑤、谢翱(1249—1295)⑥等,都和文天祥一样属于流亡者。

对这些遗民来说,文天祥是他们尊崇的对象,和文天祥相识者也不少。下举汪元量为例。汪元量随恭帝、皇后、皇太后赴大都,见到了系于狱中的文天祥,作《文山丞相丙子自京口脱去,变姓名作清江刘洙,今日相对,得非梦耶》,诗曰:

昔年变姓走淮滨,虎豹从横独怆神。青海茫茫迷故国,黄尘黯

---

① 与“遗民”相对,出仕新朝的臣子称为“贰臣”,受到后世的鄙弃。明末清初,由于同为异族入侵建立新朝,与宋末元初一样出现了大量遗民,例如,朱子学的朱舜水(1600—1682),因复明失败,流亡日本,出仕于水户藩。

② 汪元量,字大有,号水云。南宋宫廷琴师。南宋覆灭后,随恭帝入元大都,后南归,出家为道士。诗多纪南宋灭亡前后事,号为“诗史”。有《湖山类稿》《水云集》。

③ 谢枋得,字君直,号叠山,弋阳(今江西省弋阳县)人。宝祐四年(1256)进士(文天祥同年)。亡国后,抗元失败,卖卜为生。被元朝统治者强押至大都后,拒绝出仕,绝食而亡。有《谢叠山文集》,编有唐宋古文选集《文章轨范》。

④ 郑思肖,字所南,号忆翁,连江(今福建省连江县)人。宋末太学生,不仕元朝,为宋尽忠。有《所南先生文集》。

⑤ 林景熙,字德阳(旸),号霁山,温州(今浙江省温州)人。宋亡后归隐故里。有《霁山先生集》《白石樵唱》。

⑥ 谢翱,字皋羽,号晞发子,长溪(今福建省霞浦县)人。曾参加文天祥义勇军,以悼念文天祥的《登西台恸哭记》而知名。有《晞发集》。

黯泣孤臣。魏睢张禄梦中梦，越蠡陶朱身后身。今日相看论往事，刘洙元是姓文人。①

如诗题所述，昔日从蒙古军中逃出的文天祥，在逃亡之际改姓名为“清江刘洙”。为了逃离蒙古的统治，和自古以来的流亡者一样使用了“变姓名”的手段。在此基础上，本诗列举了春秋时的范蠡、范睢等变更姓名的历史上的流亡者，抒发了不能像他们一样取得成功的悲哀。

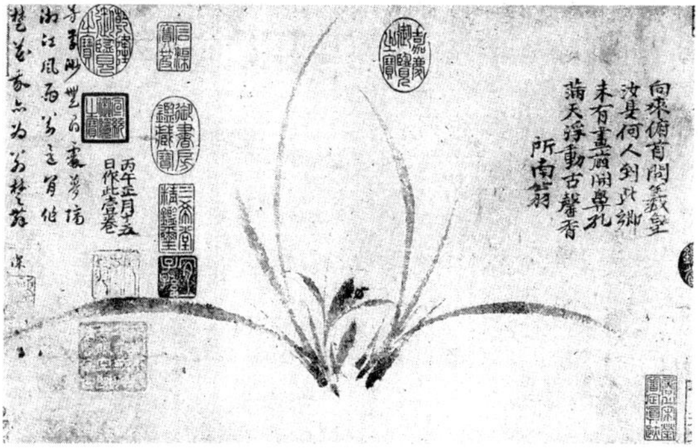

图 13　南宋郑思肖《墨兰图》

郑思肖擅长画水墨兰花。这幅兰花只画花叶而不画土地，寓意中国的领土已被夷狄蒙古人侵占。大阪市里美术馆藏。据徐邦达编《中国绘画史图录》（上海人民美术出版社，1989 年）。

其他宋末元初的遗民，以谢枋得为首，据传改名换姓者也为数不少。例如，谢翱在《书文山卷后》中，表明自己也要学习文天祥变更姓名以流

① 《湖山类稿》卷二，《景印文渊阁四库全书》本，台湾商务印书馆，1986 年，集部，第 127 册。

亡的决心：

> 魂飞万里程，天地隔幽明。死不从公死，生亦无此生。丹心浑未化，碧血已先成。无处堪挥泪，吾今变姓名。①

“碧血”象征着崇高的节操，使用了周代忠臣苌弘因进谏君王而自杀后，血化碧玉的典故。

最后，再来读一首文天祥的作品。《过零丁洋》作于堪称宋朝坛浦之战的崖山海战中，此时文天祥已为敌军所擒，拒绝写书劝降正在继续抵抗的宋军，而作了此诗交给敌将：

> 辛苦遭逢起一经，干戈落落四周星。山河破碎风抛絮，身世飘摇雨打萍。惶恐滩头说惶恐，零丁洋里叹零丁。人生自古谁无死，留取丹心照汗青。②

“零丁洋”为崖山附近海域。惶恐滩为流经其故乡江西赣州的赣江急流之处，文天祥曾率军转战于此。诗中地名恰与自己的心情重合，最后一联则倾诉了自己为宋王朝不辞万死的忠诚。

遗民是拒绝出仕当朝的人，换一种说法的话，他们是根据其所选择的遗民立场而试图抵抗当朝权力的人。他们被自己曾出仕的王朝笼络

---

① 《晞发遗集》卷上，《景印文渊阁四库全书》本，集部，第127册。
② 《文山集》卷十九，《景印文渊阁四库全书》本，集部，第123册。

更深，故离当今王朝权力越远越好。这是一种在现实中已不复存在的虚幻的权力笼络。他们的语言带有浪漫主义的回响，是一种将自己奉献于幻影的发声，在其浪漫主义中令人感到一种难以回避的窒息，恐怕这是因为他们奉献自我的对象是那王朝统治权力的阴影吧！

结语——从权力的外部说起

近代以来，让文学与权力保持距离的看法广为流行。若立足于这种近代文学观立场，古代中国的文学都应被否定吧！因为它们几乎产生在权力内部，是在以皇帝为顶点的权力体系中被创作、阅读的。在中国古代，这种观点是否成立姑且不论，但并非完全没有挣脱权力藩篱的尝试。有关这种尝试的大部分内容，将在本部分第二章《“私”的文学》与第二部分中重点阐述。下文只简单介绍一下在“民间”或“俗文学”中寻找脱离之路的尝试。

“真诗在民间”——以此为口号的诗歌运动在明代风行一时。例如，李梦阳(1472—1529)[①]在为自己的诗集《弘德集》作序时这样说：

> 夫诗者，天地自然之音也。今途咢而巷讴，劳呻而康吟，一唱而群和者，其真也，斯之谓“风”也。孔子曰：“礼失而求之野。”今真诗乃在民间。

---

① 李梦阳，字献吉，号空同子，庆阳(甘肃省庆阳)人。“前七子”之一，因提倡“文必秦汉，诗必盛唐”的复古主义而知名。有《空同集》。

民间是与文官社会相异的庶民社会。明代文人认为民间才有真诗，即所谓的“民谣”。李梦阳《杂调曲注》中也有“今录其民谣一篇，使人知真诗果在民间”的叙述。此后，如李开先（1502—1568）[①]搜集市井艳情之歌，所作《市井艳词序》曰：“风出谣口，真诗只在民间。”冯梦龙（1574—1646）[②]也搜集山歌，支持这种行为的都是“真诗在民间”的观念。

这样的讨论，打破了旧的文学传统框架，显示出开拓新的表现领域的动向，可视为一种在权力之外进行文学创作的尝试。但值得注意的是，他们“真诗”所谓的“真”，实际上还是出自儒家经典《诗经》中的文学观念。上引李梦阳、李开先言论中出现的“风”这一概念，出自《诗经》，风即民谣。虽然，他们本欲在脱出权力之外的民间寻求“真诗”，但由于将《诗经》中的歌谣视为理想的真诗，在不知不觉中，他们在想象中描绘的“民间”，又回到了经典的权威之内。而这已是中国古代文学观试图脱离权威的最高限度了。

到了近代，中国文学研究者在权力以外定位文学的体现，表现为对“俗文学”的发现与称扬。[③] 所谓“俗文学”，简单地说，是指民间创作的、

---

① 李开先，字伯华，号中麓，章丘（今山东省济南）人，因《宝剑记》而知名的文人、剧作家。

② 冯梦龙，字犹龙、子犹，号墨酣斋。吴县（今江苏省苏州）人。编撰有通俗小说“三言”（《喻世明言》《警世通言》《醒世恒言》）等，在明代白话小说发展中发挥了巨大的作用。有关冯梦龙与“山歌”，可参看大木康『馮夢龍〈山歌〉の研究——中国明代の通俗歌謡』，勁草書房，2003 年。

③ 引领“俗文学”的发现与称扬潮流的中心人物是胡适（1891—1962）。1917 年，胡适在《新青年》上发表《文学改良刍议》，倡导白话文对文学的重要性。此外，他还著有《白话文学史》（1928 年）。1918 年，在《新青年》上发表的鲁迅小说《狂人日记》，是这方面最初期的代表作。

不为朝廷所搜集、不为朝廷书库所收录的作品,《三国演义》《水浒传》《西游记》《金瓶梅》《红楼梦》等以白话创作的小说即其中的代表,另外像敦煌文献那样放置于洞窟之中,偶然存世的作品也不少。一般认为这些作品中几乎没有权力的影子,是真实意义上的民间文学。但是,要完全将其置于权力之外的话,应该也不得不颇费踌躇吧！确实,这些作品可能原本产生于权力外部,但一旦形成文字文本,被书写下来,便应当视为已结束了其外部存在的属性,而为权力笼络进来。

图 14 《水浒传》插图

《水浒传》是描写一众好汉聚义梁山、起义造反的小说。它以宋代以来的都市讲史为基础,到明代形成今天的形式。本图是万历刊本《水浒传》第十六回《吴用智取生辰纲》的插图。描绘吴用等梁山好汉打听到宰相蔡京寿礼的行踪,化装为商人埋伏途中,药倒押送士兵并夺取财宝的故事。是中国版画的杰作之一。据郑振铎《中国古代版画丛刊 2》(上海古籍出版社,1988 年)。

再回到本章开头,罗兰·巴特《文学的符号学》中说:"即使言说产生于权力以外的某个场合,其中恐怕也潜藏着权力(支配欲)。"在氏著另一处他又指出:"在言语之内,难以避免地混杂着隶属性与权力。因此,如果将不必服从于任何人视为自由的话,那么不仅是脱离权力之力,连自由也只存在于言语之外。但不幸的是,人类的言语活动没有边界,也没有出口。"[①]据此,只要人类使用语

① 《文学の記号学》,第 16—17 页。

言，便不可能逃脱权力的约束。因此，要逃离权力，大概只能弃去语言。但是，废弃语言的世界，一定是哪里也不存在的乌托邦吧！

这样一考虑，令人想到道家的语言否定观。《老子》第三十二章曰“大音希声”，认为语言最稀少的状态是最符合自然的。《庄子·外物》篇又说：“言者所以在意，得意而忘言。吾安得夫忘言之人而与之言哉！”[①]——语言的存在是为了传递意义，我哪里能够遇到忘言的人而与之谈论呢？老子和庄子否定了语言的价值。这种语言观，与成为统治思想的儒家完全不同。倡导出世的老庄思想，以这样的语言否定论，如实地体现了其有关语言与权力的表里一体的关系。正因为言语与权力密不可分，老庄思想家才会提倡忘却语言。

假如汉代儒家思想未定于一统，儒家典籍未成为经典的话，中国文学与权力的关系将会如何呈现？文学能逃出权力之外获得自由吗？这真是一个非常意味深长的历史的假设啊！

（浅见洋二著、曹逸梅译）

① 陈鼓应：《庄子今注今译》，中华书局，2009年，下册，第772—773页。

第二章 “私”的文学

引 言

我们常将世界划分为各种二元对立的图式，其中之一便是“公”和“私”①，或者换一种说法，叫“外”和“内”也行，即个人以外的广阔公共世界与个人内部的私人空间。如果将围绕中国文学的诸问题也分置于公、私两个领域来考虑的话，第一章《言语与权力》所讨论的多对应于前者，而本章将考察的，则属于后者。那么，何为私？要对此进行正面定义极为困难，此处暂且将公共领域以外的部分、非“公”的部分都视为“私”。

在古代中国文学中，对创作主体士大夫来说，公共领域主要是以皇帝为顶点的权力系统所辐射的领域；而私人领域，则指其权力无法辐射或影响微弱的领域。在中国文学作品中，如何表现私人领域？其与公共

① 关于中国的“公”与“私”，溝口雄三『中国の公と私』(研文出版，1995 年)中，将之与日本进行比较并展开讨论，认为中国的特点是存在着并行发展的两种公私观念，即以国家社会为“公”、以个人为“私”的基于社会性、政治性意义的公私观念，和以公平公正为“公”、以偏邪不正为“私”的属于道德伦理范畴的公私观念。

领域之间有着怎样的紧张关系？本章将选取数个角度进行考察。

顺便要说的是，中国文人士大夫围绕着仕、隐而展开的有关处世选择的讨论，在中国文学中占有重要位置。这里所讨论“公”和“私”，与仕和隐有着一定程度的重合。魏曹植《临观赋》曰“进无路以效公，退无隐以营私”①，即将进（仕）和退（隐）的关系与公和私相提并论。在中国文学对私人领域的表现中，隐逸是一个极为重要的话题，本书第二部分第五章将专文讨论，本章所讨论的问题，大多在根源上与隐逸问题有一定的联系。

第一节　家族的表现形式

首先，让我们来看围绕“家”即家庭（宗族）展开的诸问题。家庭属于公共领域抑或私人领域？关于这个问题，大多数人都会回答属私人领域吧！但这恐怕是进入近代社会以来才有的观念。在受儒家理念支配的古代中国，答案并不这么简单，家的概念也与今日有很大的差异。

先来看朱子学所谓的“八条目”中体现的“家”的观念。《中庸》作为“四书”之一，在南宋时受到朱熹重视，其中提出了有关道德修养的八条要求——“致知、格物、正心、诚意、修身、齐家、治国、平天下”，前四条都是就提高和加深自己的精神修养而言，后四条则是我们要讨论的问题所在。这里所说的“身”“家”“国”“天下”，表现了以自己为圆心，将德行呈同心圆状逐渐扩展至外部世界。“身”属于私人领域，“国”与“天下”则属

① 赵幼文校注：《曹植集校注》，人民文学出版社，1984年，第505页。

公共领域，“家”即家庭，被置于它们之间。在这样的理念之下，自然不能断言“家”一定属于私人领域。应当认为，家既属于私人领域，同时也属于公共领域，也即是说，家乃公共领域与私人领域的交界处。

父祖的谱系

家庭中处于根基位置的是父祖（包括已故的祖先）。父祖尚具有很强的“公”的特性。文学作品在表现父祖时，具有从公共领域的角度予以强调的倾向。以汉代韦孟（前 228—前 156）[①]《讽谏》诗为例。此诗收入《文选》卷十九“劝励”部，当时韦孟任辅佐之职，此诗是他为劝谏沉溺享乐的楚平王之孙刘戊而作——这是在履行他承担的朝廷职务，从这一点来说，此诗原本具有较强的公共性。诗为四言体，继承了《诗经》以来正统庄严的形式，更增强了本诗的公共性。

诗的前半部分叙述了自太古以来的中国历史以及继承此历史的汉王朝的正统性，后半部分以此为基础对刘戊展开批判。将今朝纳入自古至今的历史中予以定位，从而显示出其正统性的表述结构，在宫廷文学中十分普遍。值得注意的是，按照这种结构套路的诗的开头，有以“我祖”为始的以下一段，试举第一章的十句：

肃肃我祖，国自豕韦。黼衣朱绂，四牡龙旂。彤弓斯征，抚宁遐荒。总齐群邦，以翼大商。迭彼大彭，勋绩惟光。[②]

---

① 韦孟，彭城（今江苏省徐州市）人。为汉高祖之弟楚元王傅，历辅其子孙。楚元王之孙刘戊作乱前，韦孟作诗讽谏，不听。辞官迁家至邹（今山东省邹城），后殁于此。

② 萧统编、李善注：《文选》卷一九，中华书局，1977 年，第 274 页。

这节诗歌叙述了韦氏一族的光辉历史，他们发源于殷商豕韦氏，在周朝中枢担任职务。在接下来的第二章中，诗歌继续叙述了本族随着周王室的衰亡而移居彭城的历史。本诗采用了将中国历史与韦氏一族历史交叉叙述的形式，对韦孟来说，中国历史与自己父祖的历史有着不可分割的表里一体的关系。《文选》在上诗之前设有“述德”部，收入了南朝谢灵运(385—433)[①]《述祖德》诗二首，诗歌记述了其祖父谢玄的德业，同样采用了以中国历史为线索陈述祖父事迹的结构。

下面再来看东晋陶渊明(365—427)[②]的《命子诗》。本诗作于其长子出生、取名之际。与韦孟《讽谏》一样采用四言体。一章八句、共十章(每章换韵)，前六章记述父祖的历史，后四章则叙述儿子的出生并抒发因此而生的感慨。此诗不像韦孟诗一样属于公共领域，而是家庭内部之作，以全诗而言，具有较强的私人性。值得注意的是前六章的内容：

悠悠我祖，爰自陶唐。邈为虞宾，历世重光。御龙勤夏，豕韦翼商。穆穆司徒，厥族以昌。

纷纷战国，漠漠衰周。凤隐于林，幽人在丘。逸虬绕云，奔鲸骇流。天集有汉，眷予愍侯。

於赫愍侯，运当攀龙。抚剑风迈，显兹武功。书誓山河，启土开

---

① 谢灵运祖籍陈郡阳夏(今河南省太康县)，出生于会稽郡始宁(今浙江省上虞)，袭父祖之爵为康乐公。在刘宋文坛占有重要地位，由于对朝廷不满，屡屡归乡。后以谋反嫌疑被杀。谢灵运大力创作山水诗，兼通佛教，有《谢康乐集》。

② 陶渊明，名潜，字渊明，号五柳先生，浔阳(今江苏省九江市)人。不惯官场，辞官归隐，有《陶渊明集》。

封。亹亹丞相，允迪前踪。

浑浑长源，郁郁洪柯。群川载导，众条载罗。时有语默，运因隆窊。在我中晋，业融长沙。

桓桓长沙，伊勋伊德。天子畴我，专征南国。功遂辞归，临宠不忒。孰谓斯心，而近可得。

肃矣我祖，慎终如始。直方二台，惠和千里。於穆仁考，淡焉虚止。寄迹风云，冥兹愠喜。①

图 15　明陈洪绶《陶渊明故事图卷》

陶渊明好酒，在彭泽县令任上，曾令公田全部种适合造酒的秫，因为妻子反对，才将一部分公田用于种稻。上图右侧描绘的就是"种秫"的故事中，妻子与陶渊明争论的场面。左侧则描绘了"归去"的故事，即陶渊明辞官归乡的场景。现藏于火奴鲁鲁美术馆。据翁万戈编《陈洪绶》(上海人民美术出版社，1997 年)。

像韦孟和谢灵运的诗一样，本诗以中国历史为纲，回顾了陶氏一族的历

① 逯钦立校注：《陶渊明集》，中华书局，1979 年，第 27—29 页。

史，相继记述了始自尧舜时代的始祖，夏之御龙，殷之豕韦，周之陶叔，汉之陶舍、陶青，东晋之陶侃，及其祖父陶茂、父亲（事迹未详）的事迹。实际上，陶氏乃贫困无名的寒门，史书未载其父之名。虽然史书中有关于其曾祖陶侃的记载，但照实而言，陶侃属于政治暴发户，其身世并不清楚。因此，此诗只不过是以诗的语言记述父祖的谱系，包含了不少夸张和虚饰成分，恐怕陶渊明也有所自觉吧！

虽然不可能完全避免虚构，陶渊明此处回顾父祖的历史，可能是由于儿子的诞生吧！中国古代，人不是作为个人生存于世，而是作为形成绵延不绝的血脉的家族成员而存在。当孩子出生时，人对此会有更深的体会。正因如此，陶渊明开始沉浸于自己家族的历史中。

通常来说，承接上述六章，后半部分“命子”，应该续以夸耀自己的表达。例如，战国时期，楚国屈原（前 343—前 277）[1]《离骚》开头有：

> 帝高阳之苗裔兮，朕皇考曰伯庸。

介绍了父祖的谱系，然后记述父亲给自己取名“平”、取字为“原”，又写道：

---

① 屈原原为楚国大夫，遭谗被逐，漂泊至汉北、沅湘一带，忧愤交加，最终自沉于汨罗江。作为忧国忧民的文人及悲剧英雄，成为后人敬仰的典范。其代表作《离骚》，为“辞”体韵文，是以屈原自己悲剧的一生为线索、托言天界游历的长篇抒情诗。至汉代，将屈原及其后继者宋玉、贾谊等人的辞体作品集结为《楚辞》，与《诗经》并称，为中国文学之经典。另外，作为悲剧的爱国英雄，屈原形象的影响远及近代日本，例如“二二六”事件中的青年将领们在《昭和维新歌》中就以屈原自拟。

纷吾既有此内美兮，又重之以修能。①

图 16　横山大观《屈原图》

图画描绘了屈原手持象征高洁的秋兰彷徨的形象。严岛神社藏。据高阶秀尔《日本美术全集 第 22 卷 洋画与日本画》(讲谈社，1992 年)。

夸饰了自己的美德。但在陶渊明《命子》诗中，表达方式却意外地发生了变化，第七章曰：

嗟余寡陋，瞻望弗及。顾惭华鬓，负影只立。

感叹自己不及祖父，一事无成。以这样自嘲、自虐的口吻进行自画像的表达形式，几乎可以说是空前的吧。接下来，诗中记述自己为降生的儿子取名为“俨”、命字为“求思”，并抒发了自己的感慨。在结尾部分作者写道：

① 王逸注、洪兴祖补注、白化文等点校：《楚辞补注》，中华书局，1983 年，第 3 页。

夙兴夜寐，愿尔斯才。尔之不才，亦已焉哉！

此处也含有自嘲、自虐之音，诗人用一种豁达的语言表达：正因为是不成器的自己所生的孩子，所以终究难以寄予厚望。这种表达方式也是史无前例的。

就全诗来说，陶渊明《命子》诗不像韦孟、谢灵运那样尽情罗列父祖的历史。在韦诗、谢诗中，父祖的历史是作为给予自己荣光的存在而被歌唱，而在陶诗中，则是为了突出自己不争气的形象而存在。此诗中记叙充满荣耀的父祖历史，继承了中国诗歌中已定型的父祖形象，但是将其与自嘲、自虐的感慨并置，从而形成激烈的对立形式，则具有划时代的意义。

对妻子的哀悼——悼亡诗

在家庭中，父祖作为公共领域的一部分，自古以来便在文学作品中得到表现，与此相对，妻子和儿女一般被视为私人领域的存在，不太被书写。《礼记·曲礼上》有言："外言不入梱，内言不出梱。"[①]"外"指男性的公共活动空间，"内"则是指妇女孩子居住的私人空间。属于"内"的妻子儿女的语言不能传播至家的门槛之外，而应隐藏于内。这正是儒家发挥其强烈约束作用的结果吧！[②]

虽说如此，妻子和儿女也并非完全被排挤于文学表现对象之外。那

---

① 杨天宇译注：《礼记译注》，上海古籍出版社，2004年，第14页。《礼记》是编选先秦至汉代有关礼仪典章制度的学说而成的一部经典，西汉戴圣所编。《曲礼》是其中记载具体细小的礼仪规范的篇章。

② 家庭的主要成员还有母亲，母亲的身份介于父祖与妻子之间，是家庭中十分重要的存在，此处暂不涉及，留待以后讨论。

么，在哪些文学作品中会对妻儿进行表现呢？最主要是在妻子、儿女去世之际，为哀悼而作的“哀辞”“墓志铭”等文体中。下文将以西晋潘岳(247—300)[①]《悼亡诗三首》其一为例，这是以诗歌形式创作的哀悼文学。此诗作于其妻杨氏丧满之时，寄托对亡妻的思念：

荏苒冬春谢，寒暑忽流易。之子归穷泉，重壤永幽隔。私怀谁克从，淹留亦何益。僶俛恭朝命，回心返初役。望庐思其人，入室想所历。帏屏无仿佛，翰墨有余迹。流芳未及歇，遗挂犹在壁。怅怳如或存，周惶忡惊惕。如彼翰林鸟，双栖一朝只。如彼游川鱼，比目中路析。春风缘隙来，晨霤承檐滴。寝息何时忘，沈忧日盈积。庶几有时衰，庄缶犹可击。[②]

“比目”是指只有一只眼睛，必须两条相依才能游泳的鱼。末句出自《庄子·至乐》，庄子之妻去世，他不但不悲泣，反击缶而歌。当他人责难说不严肃时，庄子回答说死乃人不可避免的归处。

在中国，诗歌所表现的对象基本上是公共领域的活动。因此，基于儒家的伦理观与文学观，一般认为在属于公共领域的诗歌中表达男女之情是不相宜的。但在潘岳之后，因妻子逝世而寄托思念的“悼亡”诗成为了传统诗歌的一个题材。关于此点，川合康三在其《中国的恋歌》中作了

① 潘岳，字安仁，荥阳郡中牟(今河南省中牟县)人。与陆机并为西晋乃至六朝宫廷文学代表文人，兼擅诗赋，且是历史上著名的美男子，堪称中国版在原业平。有《潘黄门集》。

② 《文选》卷二三，第330页。

如下说明："在悼亡诗中表达男女之情，之所以能为士大夫所允许，是因为即使站在儒家立场上，夫妇间的爱情也是被视为构成世界秩序之基础的重要情感。"①如果还要另举一个理由的话，这大概是由于悼亡诗源于悼念死者这一文学脉络中吧！在人类社会中，葬丧礼仪的重要性不言而喻，中国儒家经典《仪礼》中，设有关于葬礼的篇章，作为支撑社会的根本礼仪被置于非常重要的地位。因此，悼念死者的行为原来就具有公共性，作为对活动于私人领域的妻子的悼念，以悼念亡妻为主题的诗歌也因此被接受了（前文所举的为悼念妻子而作的哀辞、墓志铭等，作为葬礼的一环，也具有极强的公共性）。总而言之，悼亡诗其实就是丈夫在公共场合无须顾忌地表达对妻子的思念，是在妻子葬礼上的丧主致辞。

潘岳《悼亡诗》的基调是对亡妻的殷切的思念。其情感真率，毫无伪饰，所以也能打动我们的心。但其中似乎存在某种细微的违和感，比如"私怀谁克从，淹留亦何益。僶俛恭朝命，回心返初役"四句，诗人认为应该割断对妻子的思念，献身于"朝命"，将"朝命"即自己在私人领域的使命放在优先位置，而对妻子的思念不过属私人情感，并无益处，应当以"灭私奉公"为目标。《悼亡诗》其三有"改服从朝政，哀心寄私制""投心遵朝命，挥涕强就车"之句②，也反复表达了此意。虽然诗歌表达的是对妻子的悼念，只是书写自己与妻子的关系，但潘岳此诗却导入了帝制之下的朝廷这个第三项。

虽然，就像诗句所呈现的那样，潘岳在《悼亡诗》中表现了私人领域，

---

① 川合康三『中国の恋のうた』，岩波書店，2011年，第105页。

② 《文选》卷二三，第331页。

但它主要还是在与公共领域的对抗关系下来进行描写的。从正面表现了属于私人领域的妻子这一点来说，潘岳《悼亡诗》确实是划时代的，但它并没有完全挣脱公共领域的桎梏，从中也可以看到在占据着主导地位的“公”权力下的中国文学的样貌。

以杜甫为转折点

中国文学中，属于私人领域的家庭何时从公共领域的桎梏中解放出来，表现其自然的姿态？在文学史上，表现家庭形象而具有划时代意义的作品，恐怕应数盛唐诗人杜甫（712—770）的相关诗作。像杜甫这样热衷于反复歌咏妻子儿女的诗人，难以找到他例。众所周知，杜诗在颇多方面都可谓具有划时代意义，在表现家庭的诗歌方面，也很好地印证了此点。下文将以杜甫《北征》一节为例，该诗作于至德二载（757）安史之乱发生后，杜甫赴鄜州（今陕西富县）探亲途中，描写了久别重逢的妻儿的情态：

> 经年至茅屋，妻子衣百结。恸哭松声回，悲泉共幽咽。平生所娇儿，颜色白胜雪。见耶背面啼，垢腻脚不袜。床前两小女，补缀才过膝。海图拆波涛，旧绣移曲折。天吴及紫凤，颠倒在裋褐。老夫情怀恶，呕泄卧数日。那无囊中帛，救汝寒凛栗。粉黛亦解苞，衾裯稍罗列。瘦妻面复光，痴女头自栉。学母无不为，晓妆随手抹。移时施朱铅，狼籍画眉阔。生还对童稚，似欲忘饥渴。问事竞挽须，谁能即嗔喝。翻思在贼愁，甘受杂乱聒。①

① 仇兆鳌注：《杜诗详注》卷五，中华书局，1979年，第399—400页。

诗句描写了久别重逢的妻子儿女的穷苦状态：衣衫褴褛，到处都是补丁，双足满是污垢。女儿们乍见父亲，胆怯地哭泣，待到解开礼物包袱才露出喜悦之色。诗中描写幼小的女儿们模仿母亲化妆（继承自后文将谈到的左思《娇女诗》），生动地表现了女儿们的言行举止。在这部分，杜甫不是从公共领域的角度进行描写，而是以父亲的身份坦率地表达了对儿女的爱意。在诗中，杜甫仿佛摒去了他在战乱中所体味到的艰辛，充分体味着与家人再次团聚带来的欣慰与幸运。

安史之乱爆发后，杜甫后半生开始了颠沛流离的生活，经过秦州（今甘肃天水），翻越剑门进入蜀地（四川省）成都，度过了他漂泊生涯中比较平稳的一段时期。上元二年（761），在成都所作的《进艇》一诗中也描写了妻子的形象：

> 南京久客耕南亩，北望伤神坐北窗。昼引老妻乘小艇，晴看稚子浴清江。俱飞蛱蝶元相逐，并蒂芙蓉本自双。茗饮蔗浆携所有，瓷罂无谢玉为缸。①

开头一联感叹身世漂泊，第二句通过描写眺望北方而伤神，抒发了诗人的忧思。这里所写的“北”，与其说指作者故乡，不如说是指作为仕宦之所的都城长安。虽然从这个层面来说，诗歌表现了某种“公”的意识，但诗人的笔触随即从此宕开，转而歌咏了与妻儿在一起的短暂的安稳生

① 仇兆鳌注：《杜诗详注》卷十，第 819 页。

活：家人们一起乘小艇出游的细微的幸福。接着，诗歌细致地描写了映入眼帘的自然景物，成双成对的蛱蝶，并蒂而开的芙蓉，都被置于自然界毫无缺憾、令人满足的情态之下。在诗的末联，以歌咏对这种细微幸福的满足感作结。

上文所引的杜诗，努力挣脱公共领域的束缚，转向对私人领域的表现（实际上即使想挣脱也无法挣脱，正因如此，此诗在情感表达上才显得更为复杂曲折），恰好与前面所引的潘岳诗歌努力割断私人情感，转向公共领域，形成了鲜明的对照。这种“公”与“私”关系的转换，可以视为杜甫诗中表现家庭形象的新变。

悼亡诗的变容

上文讨论了作为转折点的杜甫，那么杜甫以后，诗人在表现家庭形象时，如何挣脱公共领域的桎梏？下面让我们来看中唐诗人元稹（779—831）[①]的悼亡诗《遣悲怀三首》。这是一组悼念亡妻韦丛的诗，其三言“潘岳悼亡犹费词”，将自己比作潘岳，是有意识地继承潘岳《悼亡诗》而作，在以三首为组诗这一点上，两者也如出一辙。其一曰：

> 谢公最小偏怜女，自嫁黔娄百事乖。顾我无衣搜荩箧，泥他沽酒拔金钗。野蔬充膳甘长藿，落叶添薪仰古槐。今日俸钱过十万，与君营奠复营斋。[②]

---

① 元稹，字微之，郡望河南洛阳（今河南省洛阳市），生于长安。在文学上与白居易为盟友，并称“元白”。撰有传奇《莺莺传》，为才子佳人小说的原型。有《元氏长庆集》。

② 冀勤点校：《元稹集》卷九，中华书局，2010 年，第 112 页。

首联将亡妻比作六朝贵族谢安侄女谢道韫，而将自己比作古代贫士隐者黔娄。在诗中描写了两人的贫困生活，表达了对始终陪伴自己的妻子的感激之情。

在元稹诗中，潘岳的那种“公”的意识几乎已经消失了。潘岳诗歌是在自己、妻子、皇帝（朝廷）三者关系下展开描写，而本诗则专门就自己与妻子二人的关系而展开。另外，潘岳诗中写到了妻子熏香残留的气味与遗留的衣物等，妻子生前的形象则只是模糊地浮现出来。而元稹此诗则主要刻画了妻子生前的神态与言行举止，这也是元诗与潘诗的不同之处。如此真实地还原妻子的形象，很好地体现了在杜甫以后本诗作为悼亡诗在文学史上的地位。

下面再举一例杜甫以后的悼亡诗。唐代以后，宋代诗歌在主题和题材上都有转而表现私人领域的倾向，北宋梅尧臣（1002—1060）[①]即为体现这一动向的先驱。他在妻子逝世后，写作诗歌反复抒发自己的悲伤，这些诗歌中浮现出一个饱尝丧妻之痛的男子寂寞的形象。例如《正月十五夜出回》：

> 不出只愁感，出游将自宽。贵贱依俦匹，心复殊不欢。渐老情易厌，欲之意先阑。却还见儿女，不语鼻辛酸。去年与母出，学母施朱丹。今母归下泉，垢面衣少完。念尔各尚幼，藏泪不忍看。推灯

① 梅尧臣，字圣俞，宣城（古名宛城，今安徽省宣州市）人。开创了宋代诗歌的平淡诗风，有《宛陵集》。

向壁卧，肺腑百忧攒。①

丧妻的梅尧臣在元宵节②夜晚上街游玩，但周遭热闹的景象令他感到不适，所以又回到家中。回家之后，面对妻子遗留下来的幼子们，他们令人爱怜的神态冲击着诗人的胸怀。此诗对幼子的描写、模仿母亲化妆的女儿的样子，都是承袭自杜诗（以及后面将论述的左思诗）。

元稹的悼亡诗在夫、妻二者关系中来描写妻子之死，本诗则又加入了遗留的儿女这第三种因素。因此，诗中的妻子不仅仅作为妻子，而且作为遗留的子女们的母亲而存在。这是首次被杜甫用语言明确加以表现的家庭形象，而梅尧臣正是继承了这一点。亡妻之痛，对于自己的孩子来说也是亡母之痛。作为父亲，让自己儿女感到悲伤是极为痛心的事。如此，则这种悲痛成为多个层次的悲痛，深深地震动着我们的心灵，那如同身临其境的实实在在的现场，真实的家庭形象，不正是我们从

图 17　元宵节观灯的人们

明成化本说唱词话《刘都塞上元十五夜看灯传》插图。

① 朱东润编年校注：《梅尧臣集编年校注》卷十五，上海古籍出版社，2006 年，第 268 页。

② 上元（农历正月十五日）之夜，为张灯、赏灯的节日。在这一天，平时不出门的士女们都上街观灯游玩。在中国的小说、戏曲中，因元宵节男女相会而发生的爱情故事非常多。大概相当于现在日本的平安夜吧。

中感受到的吗？之所以给我们这种感受，是因为这与近代以夫妇子女为中心构成的家庭（小家庭）形象非常接近吧！宋代果然是与我们一脉相连的“近世”啊！

第二节　童年期以及对此的追忆

假如要将人生各个阶段划分为“公”“私”两部分的话，属于公共领域的应相当于成年后出仕的阶段，或者达到《论语》所谓的“志学”年龄以后。那么，属于私人领域的是哪些阶段呢？基本上应该包括尚未出仕或志学的童年期和已经引退的老年期吧！也即是在“外出”谋生自立的前后，置身于“内”（家庭）的儿童时代与老年阶段。本节仅讨论童年期（老年期留待第三节讨论）。

“幼”——童年期

童年期，是指人出生后婴儿期之后的阶段，具体从几岁开始不一定能确指，按虚岁计算的话，三岁左右应当较为合理。在童年期中，最为重要的标志性阶段应当是八至十岁前后。《礼记·曲礼上》将人生分为如下数个阶段：“人生十年曰幼，学。二十曰弱，冠。三十曰壮，有室。四十曰强，而仕。五十曰艾，服官政。六十曰耆，指使。七十曰老，而传。”年十岁开始学习，被称为“幼”。另外，《大戴礼记·保傅》[①]将开始学习的年龄定在八岁：“古者年八岁而出就外舍，学小艺焉，履小节焉。束发（十

---

① 《大戴礼记》和《礼记》一样，是儒家礼学的集成之作，汉代戴德（为《礼记》编者戴圣之叔）所编。《保傅》是记载有关王侯教育的篇章。

五岁)而就大学,学大艺焉,履大节焉。”①

那么,童年期到几岁为止呢?根据《礼记·曲礼上》的划分,“幼”之后的阶段“弱冠”是指二十岁,但毕竟人在十五六岁以后,就难以视为儿童。《大戴礼记·保傅》中,八岁入小学的下一个阶段,是在入大学的十五岁。众所周知,十五岁也是《论语·为政》所言“志学”的年龄。《仪礼·丧服》传云:“夫死,妻稚,子幼。”郑玄注曰:“子幼,谓年十五以下。”据此,还是应以十五岁为童年期的上限。

综上所述,在古代中国,按虚岁来计算,两三岁以上,以八岁前后为主,最大到十五岁,是人的童年期,此说法也与我们现代人的认知基本一致。

老成的儿童

关于中国古代儿童形象如何被认知与表现这一问题,首先需要了解的是,作为儿童,能在文学作品中自我表述的情况是极少的。儿童形象通常是通过成人的眼光来描绘的。成人眼中映射儿童的基本方法,便是本节要探讨的对象。②

---

① 《仪礼·丧服》曰:“年十九至十六为长殇,十五至十二为中殇,不满八岁以下者,皆为无服之殇。”将“殇”分为上中下三个等级,八岁以下的殇的等级最低。“无服”指不需要正式的丧服,也即没有正式的葬礼。未满八岁的儿童,其作为“人”的存在尚未被认可。实际上,人在某种程度上达到自立,即在八岁左右,在此之前,身心尚待成长,属于依附成人的存在。

② 关于中国文学所表现的儿童形象,PEI-YI WU,“Childhood Remembered: Parents and Children in China 800 to 1700”,Anne Behnke Kinney ed,*Chinese Views of Childhood*,University of Hawaii Press(1995),书中引用了韩愈墓志铭及李贽“童心说”等,将此题作了深入考察。关于中国儿童的历史,熊秉真《童年忆往:中国孩子的历史》(台北:麦田出版社,2000年)作了详细论述。

北宋程颐(1033—1107)[①]为其兄程颢所作《明道先生行状》开头部分,便是表现儿童形象的一例:

> 先生生而神气秀爽,异于常儿。未能言,叔祖母任氏太君抱之行,不觉钗坠,后数日方求之。先生以手指示,随其所指而往,果得钗,人皆惊异。

这一轶事记述了程颢早熟的神童形象:在尚未学会说话时,便能将叔祖母簪钗所坠之处指示于人。接下来,文中有如下记载:

> 数岁,诵诗书,强记过人。十岁能为诗赋。十二三时,群居庠序中,如老成人,见者无不爱重。[②]

在此段中,程颢被描写为出类拔萃、"如老成人"的形象,其早熟的表现"数岁诵诗书""十岁能诗赋"等,是在史传中常见的定型化表述。在一定意义上,上面的行状遵循并效法了中国史传中定型化的儿童成长故事框架,并依此记述了程颢的成长过程。换而言之,程颢的成长记录符合儒家规范下理想士人的成长模式。

---

① 程颐,字正则,号伊川先生,与其兄程颢并称"二程",说性理之学,对朱子理学的形成产生了极大的影响。

② 程颢、程颐著,王孝鱼校点:《二程集》卷十一,中华书局,1981年,第630页。

儒家规范下的儿童形象的产生，可以说是基于一种目的论，即在传统政教意识下，儒家希望把儿童培养成有益于国家政治与教化的理想士大夫。在衡量标准方面，学问与德行、早熟与老成是此目的论的焦点。再来看一则有关儿童早熟与老成的事例，《世说新语·言语》[①]所记载的东汉末孔融的童年轶事：

孔文举年十岁，随父到洛。时李元礼有盛名，为司隶校尉，诣门者皆俊才清称及中表亲戚乃通。文举至门，谓吏曰："我是李府君亲。"既通，前坐。元礼问曰："君与仆有何亲？"对曰："昔先君仲尼与君先人伯阳有师资之尊，是仆与君奕世为通好也。"元礼及宾客莫不奇之。太中大夫陈韪后至，人以其语语之，韪曰："小时了了，大未必佳。"文举曰："想君小时，必当了了。"韪大踧踖。[②]

"孔融捷辩"这一成语即源于此。孔融年纪虽小，却能巧妙地愚弄享有盛名的成人，此故事将其童年时的敏捷机智表现得淋漓尽致。

以上所见的这种儿童形象与菲力浦·阿利埃斯（Philippe Ariès）《儿童的世纪——旧制度下的儿童和家庭生活》中所塑造的欧洲古代的儿童

---

① 南朝宋代刘义庆编撰，记载东汉末年至魏晋时期名士的逸闻轶事与玄言清谈，生动反映了六朝贵族社会生态。同时，也是研究当时口语的珍贵资料。

② 余嘉锡笺疏：《世说新语笺疏》，上海古籍出版社，1993年，第56页。

形象有许多重合之处。[①] 近代以后，人们一般认为儿童生活在不同于成人的世界中，纯洁无垢、天真烂漫的形象为众人熟知，所以不能用对成人的标准来衡量(例如，在法律上通常将儿童置于成人法律体系之外，可以说是“法外”的存在)。而在古代，一般将儿童视为属于成人世界的“缩小版的大人”，中国史传中的儿童形象在某种程度上也符合阿利埃斯所持观点，即视为大人世界里的存在，以成人的标准衡量之。所以，“老成的儿童”作为理想的儿童形象受到重视，而“天真顽皮的儿童形象”则遭到否定与排斥，且在传记中很少被提及。

纯真的儿童

当然，“纯真的儿童”形象也并非完全被排除于叙述之外。上文所引的神童孔融轶闻中，就包含了许多儿童的特质。正因为孔融是儿童，其言行举止才被认可，且显得神采奕奕。在中国文学史上，记录纯真儿童形象的作品虽然不是很多，但还是存在的。可称为先驱的一例，是东晋陶渊明的《责子》：

> 白发被两鬓，肌肤不复实。虽有五男儿，总不好纸笔。阿舒已二八，懒惰故无匹。阿宣行志学，而不爱文术。雍端年十三，不识六

---

① Philippe Aries，“L’Enfant et la vie Familiale sous I’Ancient Regime，”*Editions du Seuil*(1960)；日文版为杉山光信、杉山惠美子译『子供の誕生——アンシァン・レジーム期の子供と家庭生活』，みすず書房，1980 年(中文版有沈坚、朱晓罕译：《儿童的世纪——旧制度下的儿童和家庭生活》，北京大学出版社，2013 年——译者注)。本书在历史学领域内，是论述儿童、童年的先驱性著作。书中指出，在欧洲历史上，“儿童”及“童年”的概念直至近代才被首次提出，在一定意义上对人文社会学科产生了重大影响。

与七。通子垂九龄，但觅梨与栗。天运苟如此，且进杯中物。[1]

本诗描绘的是脱离大人理想成长轨迹的儿童形象，诗中“纸笔”一词象征学问，陶渊明毫不讳言其子对此不感兴趣，便是显著的体现。在这里，身为父亲的陶渊明是怀着一种苦涩的心情在注视着他的孩子们的。依照前文的观点，可知陶渊明是站在儒家目的论的立场来审视自己的孩子的。但他并没有据此否定天真淘气的孩子，而是传达了对他们的爱意。诗歌一面以儒家通行规范为前提，一面又站在其对立面上歌咏了孩子们的真实天性。另外，在前节所举的陶渊明《命子》诗中，他嘲笑自己的寡陋，感叹正因为有这样不争气的父亲，故自己的孩子也可能结局潦倒。此诗与《责子》诗在主旨上是相通的。《责子》诗流露出诗人的幽默与哀愁，不是表现观念中的儿童，而是刻画了栩栩如生的孩子形象，不愧是陶渊明的作品。

下面再举一个堪称先驱的例子。西晋左思(250? —305?)[2]在其《娇女诗》中生动地描写了他两个女儿的情态，由于是长篇诗歌，节录如下：

吾家有娇女，皎皎颇白皙。小字为纨素，口齿自清历。鬓发覆广额，双耳似连璧。明朝弄梳台，黛眉类扫迹。浓朱衍丹唇，黄吻澜漫赤。

---

① 逯钦立校注：《陶渊明集》卷三，第106页。

② 左思，字太冲，临淄(今山东省淄博市)人，以作《三都赋》(《文选》卷四)而声名大噪，据传此赋历经十年写成，豪贵之家竞相传写，洛阳为之纸贵(“洛阳纸贵”)。

上文描写了妹妹(纨素)的外貌,以及翻找妆台、胡乱化妆的样子。孩子皆爱模仿大人,这里描写模仿母亲化妆,是前节杜甫、梅尧臣诗中表现的女儿言行举止的原型。诗歌还写了名为“惠芳”的姐姐,紧接着又刻画了姐妹俩顽皮的样子:

> 驰骛翔园林,果下皆生摘。红葩掇紫蒂,萍实骤抵掷。贪华风雨中,倏忽数百适。务蹑霜雪戏,重綦常累积。并心注肴馔,端坐理盘槅。翰墨戢闲案,相与数离逖。动为垆钲屈,屣履任之适。止为荼菽据,吹嘘对鼎䥶。脂腻漫白袖,烟熏染阿锡。衣被皆重地,难与沉水碧。任其孺子意,羞受长者责。瞥闻当与杖,掩泪俱向壁。①

诗歌最后部分出现了“孺子意”一语,如果站在儒家目的论的立场,诗中姐妹二人基于“孺子意”的行为应是被否定的,而诗人却在此持肯定的态度。此诗较以上所举陶渊明的诗歌更为成功地表现了儿童的天真、无邪,这也许是此诗描述对象是女孩的缘故。女孩与男孩相比,受儒家思想的约束相对要弱,目的论模式的束缚自然也就较少。

对逝去时光的乡愁

以上所论述的是成人眼中的儿童形象。本节所要探讨的是,成人在作品中是如何回顾自己的童年并加以表现的。

在儒家传统政教意识规范下,成长为理想士人的儿童形象所基于的

---

① 徐陵编、吴兆宜注、程琰删补、穆克宏点校:《玉台新咏笺注》卷二,中华书局,1985年,第91—93页。

目的论，也适用于回顾自己的童年。东汉王充（27？—？）[①]《论衡·自纪篇》可谓典型的事例：

> 建武三年，充生。为小儿，与侪伦遨戏，不好狎侮。侪伦好掩雀、捕蝉、戏钱、林熙，充独不肯，诵奇之。六岁教书，恭愿仁顺，礼敬具备，矜庄寂寥，有臣人之志。父未尝笞，母未尝非，闾里未尝让。八岁出于书馆，书馆小僮百人以上，皆以过失袒谪，或以书丑得鞭。充书日进，又无过失。[②]

“自纪”即自传，也就是回顾并记录自己的一生。[③] 文章开头描述了儿时的伙伴们不爱学习，而沉溺于捕蝉、爬树等游戏。这些儿童与陶渊明《责子》诗所描述的一样，均属脱离儒家传统规范的儿童形象。王充进一步明确表明了自己与这些贪玩的孩子不同，记录了自己的成长过程：“六岁教书……八岁出于书馆……”其表现的正是向着理想士人方向成长的儿童形象，也是基于目的论的典型的定型化表述。

---

① 王充，字仲任，会稽上虞（今浙江省上虞）人，主要著作有《论衡》，批判了当时流行的谶纬学说，在思想史上占有重要地位。

② 北京大学历史系《论衡》注释小组：《论衡注释》，中华书局，1979 年，第 1670 页。

③ 有关中国的自传文学，可参考川合康三『中国の自伝文学』（創文社，1996 年），本书对王充自传也作了相关考察，见第 34—35 页。又，川合氏对中国自传文学整体特点有如下评论：“在叙述个人历史时，总是缺少一种与自己拉开距离来审视自我的视角。因此在自传中描写的自己总是一贯正确，而回顾自身的种种变化、以非既往之我来看既往之我的自我省察，则几乎没有。”见第 25 页。（本书中译本有蔡毅译：《中国的自传文学》，中央编译出版社，1998 年。——译者注）王充对童年的追忆，正体现了中国自传文学这种从童年至今一贯如此的自我形象。

图 18 清金廷标《戏婴图》

图画描绘了初上学堂的儿童们，不听先生之言，或骑竹马、或吹喇叭，大闹学堂的情景。台北“故宫博物院”藏。据熊秉真《童年忆往》（麦田出版，2000 年）。

那么，在中国古代诗歌中，诗人在追忆自己的童年时，是否存在像左思《娇女诗》及陶渊明《责子》诗描述的那种天真淘气的儿童形象呢？从结论上来说，直到唐代以前这样的作品并不存在。在这方面具有划时代意义的恐怕还得数唐代诗人杜甫。比如下面这首上元二年（761）杜甫五十岁时作于成都的《百忧集行》：

忆年十五心尚孩，健如黄犊走复来。庭前八月梨枣熟，一日上树能千回。即今倏忽已五十，坐卧只多少行立。强将笑语供主人，悲见生涯百忧集。入门依旧四壁空，老妻睹我颜色同。痴儿不知父子礼，叫怒索饭啼门东。①

---

① 仇兆鳌注：《杜诗详注》卷十，第 842—843 页。

全诗四句一段，分为三段。第二段言诗人五十岁时(即《论语》所说的“知天命”之年)所感受到的衰老悄然而至的人生悲哀。紧接着第三段写贫困的家庭状况，对疲于生活而消瘦憔悴的老妻、因饥饿而哭喊的孩子的描写，是杜甫吟咏家庭的惯用手法。在此之前的第一段，诗人回顾了自己的过去：到十五岁“志学”之年仍未脱童稚气，依旧跑来跑去，乐此不疲地爬到树上贪吃梨枣。此诗回顾童年时代的自己是一副天真淘气的形象，这种描写可谓具有先驱性。

由上诗，亦可窥见“志学”之年乃是区分儿童与成人的临界点。人通常十五岁脱离儿童期步入青年期，但那时杜甫却没有真正脱离天真无邪的儿童特质。从儒家的成长模式来说，王充所写的那种贪玩的儿童形象是受到否定的。然而，杜甫并没有从否定的角度审视童年的自己，而是将其当作在饱尝人生苦难之后的心灵慰藉，深情回顾了无忧无虑、天真无邪的儿童时代，满怀留恋地追忆着逝去的童年时光。

在写作上诗数年后，大历元年(766)，杜甫流落至长江沿岸的夔州，并在此度过三年。在此时所作的长篇自传诗歌《壮游》中，他回顾了自己的一生，诗歌的开头和结尾，杜甫这样写道：

往者十四五，出游翰墨场。斯文崔魏徒，以我似班扬。七龄思即壮，开口咏凤皇。九龄书大字，有作成一囊。性豪业嗜酒，嫉恶怀刚肠。脱落小时辈，结交皆老苍。饮酣视八极，俗物多茫茫。……小臣议论绝，老病客殊方。郁郁苦不展，羽翮困低昂。秋风动哀壑，碧蕙捐微芳。之推避赏从，渔父濯沧浪。荣华敌勋业，岁暮有严霜。

吾观鸱夷子，才格出寻常。群凶逆未定，侧伫英俊翔。①

开头部分描写了自己早熟而意气风发的姿态。乍一看这些描写儿童的诗句似乎依旧停留在儒家目的论的框架内，仔细分析却发现这些表述与通常的目的论有较大差异。这种差异体现在，诗人是以结尾处描写的年老落魄的状态来回顾自己的童年的。通常在儒家传统目的论模式下，故事将结局设定为成功者的姿态，并以此来回顾他们的成长经历。而此诗却与通常设定的完全不同，体现了杜甫对曲折痛苦的人生经历的复杂认识。远离朝廷、衰弱多病却一直辗转奔波的杜甫，眼中映射的是光彩夺目的少年时期的美好时光。意气飞扬、充满希望和活力的童年时代与悲惨落魄的现在形成极大落差，作为叙述者的诗人成了自我嘲笑的对象。② 至此可知，此诗应与《百忧集行》的情感基调一致，即杜甫在缅怀已逝去的童年时光。

杜甫的《百忧集行》和《壮游》诗，可以说是文学作品中最早缅怀逝去的童年时光的诗作。杜甫以后，中国文学史上继承这一主题的作品里，清代沈复（1763—？）③《浮生六记·闲情记趣》中有以下一段值得特别提出：

① 仇兆鳌注：《杜诗详注》卷十六，第1438—1446页。

② 川合康三『中国の自伝文学』（参照前注）一书，对杜甫自传诗《壮游》有如下论述："过去与现在之变化，相比时代、境遇带来的变化，更为凸显的是从才华横溢的青年到衰弱多病的老年的自身变化。此诗能够成功地描述杜甫自身的变化，可称之为名副其实的自传诗。"（第216页）

③ 沈复，字三白，号梅逸，苏州人。以游幕为生，主要作品有《浮生六记》，为追忆亡妻、回顾往昔的小品文。

余忆童稚时，能张目对日，明察秋毫，见藐小微物，必细察其纹理，故时有物外之趣。夏蚊成雷，私拟作群鹤舞空。心之所向，则或千或百，果然鹤也；昂首观之，项为之强。又留蚊于素帐中，徐喷以烟，使其冲烟飞鸣，作青云白鹤观，果如鹤唳云端，怡然称快。于土墙凹凸处，花台小草丛杂处，常蹲其身，使与台齐；定神细视，以丛草为林，以虫蚁为兽，以土砾凸者为丘，凹者为壑，神游其中，怡然自得。一日，见二虫斗草间，观之正浓，忽有庞然大物拔山倒树而来，盖一癞虾蟆也，舌一吐而二虫尽为所吞。余年幼，方出神，不觉呀然惊恐。神定，捉虾蟆，鞭数十，驱之别院。年长思之，二虫之斗，盖图奸不从也，古语云“奸近杀”，虫亦然耶？贪此生涯，卵为蚯蚓所哈（吴俗呼阳曰卵），肿不能便，捉鸭开口哈之，婢妪偶释手，鸭颠其颈作吞噬状，惊而大哭，传为语柄。此皆幼时闲情也。[①]

这里所描述的童年时代的追忆，对于我们而言毫无违和感，自然而亲近。日本近代作家中勘助有追忆幼年时光的小说作品《银之匙》，和辻哲郎在解说中如此评价：“《银之匙》神奇而鲜活地描绘了儿童世界。并且，这既不是成人眼光所见的儿童世界，也不是成人带着自身的体验而回想起来的童年时光。而是成人以儿童的身份所体验到的童年世界。”[②]这段评价亦可以一字不易地移之于沈复此文。

---

① 沈复著、俞平伯校点：《浮生六记》，人民文学出版社，1980年，第16页。

② 中勘助『銀の匙』附录解说，岩波文庫，1985年，第193页。

宋诗中的童年时代

从唐代杜甫到清代沈复，经过了近千年的时光。在此期间，以追忆童年时光为主题的作品是如何展开的呢？管见所及，唐代几乎很少明确描写这一主题的作品。中唐白居易（772—846）从出生到十一二岁，一直生活在荥阳（今河南省新郑市），《宿荥阳》是他四十多年后重访此地的作品，诗中"追思儿戏时，宛然如在目"①句，虽然提及对儿童时代的缅怀，却未涉及追忆的具体内容，只是概括性的回忆。

此外，更值得关注的是韦庄（847—910）的《下邽感旧》及《涂次逢李氏兄弟感旧》。韦庄年幼时曾在华州下邽县（今陕西省渭南市）生活过，此二诗皆是抒发寻访此地时的感悟的作品。《下邽感旧》言："昔为童稚不知愁，竹马闲乘绕县游。曾为看花偷出郭，也因逃学暂登楼。招他邑客来还醉，才得先生去始休。今日故人何处问，夕阳衰草尽荒丘。"②《涂次逢李氏兄弟感旧》言："御沟西面朱门宅，记得当时好弟兄。晓傍柳阴骑竹马，夜偎灯影弄先生。巡街趁蝶衣裳破，上屋探雏手脚轻。今日相逢俱老大，忧家忧国尽公卿。"③皆是回忆年幼游戏时光的诗作。沉溺于逃学后去看花，乘竹马，与不务正业的朋友尝试饮酒，插话扰乱课堂，戏弄先生，追赶蝴蝶，捕捉幼鸟等，这些描写均表现出诗人对当时烂漫天真的自己及无忧无虑的童年的爱恋与怀想。

---

① 谢思炜撰：《白居易诗集校注》卷二一，中华书局，2006 年，第 1697 页。

② 韦庄著、聂安福笺注：《韦庄集笺注》，上海古籍出版社，2002 年，第 378 页。

③ 同上书，第 379 页。《太平广记·幼敏》记载："韦庄幼时，常在华州下邽县侨居，多与邻巷诸儿会戏。及广明乱后，再经旧里，追思往事，但有遗踪，因赋诗以记之。"并在此句之后引用这两首诗。参见李昉：《太平广记》卷一七五，人民文学出版社，1959 年，第 1306 页。

杜甫于诗中回顾自己天真童年时光的开创性表现在其后得到承袭，上述韦庄的诗歌是极其重要的例子。虽然数量不多，且记叙的内容也是片断式的，但这种正面表现对童年怀想的作品在宋代诗歌中渐渐出现。首先，北宋苏轼《和子由蚕市》中的一节便是典型的例子：

忆昔与子皆童丱，年年废书走市观。市人争夸斗巧智，野人喑哑遭欺谩。

这是赠答弟弟苏辙(1039—1112)[①]吟咏蚕市之作的诗歌。苏轼兄弟出身于蜀地，蜀地盛行养蚕，每年养蚕之季便开蚕市。诗歌追忆了童年时与弟弟逃学跑去蚕市看热闹的情景：商人们巧舌如簧，农民则最终上当。但对于儿童来说没有什么比得上集市的诱惑，这一场景便通过儿童的目光描写出来。这里所描述的并非勤奋好学的"大人式"的孩子，而是天真无邪的真实的儿童形象。

不容忽视的是，这首诗是兄弟间追忆童年时代的唱和诗。在出仕前，作为兄弟的苏轼与苏辙曾有过一段处于家庭内部的同住一处的生活经验，且有诸多共同的童年回忆。因此，在此主题上，与出仕后相识的友人所不可能共享的，正是这兄弟共有的童年经历。苏轼的弟子黄庭坚

---

① 苏辙，字子由，号颍滨、栾城，眉州眉山县(今四川省眉山)人。与父苏洵、兄苏轼并入"唐宋八大家"，有大量与苏轼唱和之作存世，其中所表现的兄弟情感之笃，在中国文学史上未有他例。有《栾城集》。

(1045—1105)[1]所作《夏日梦伯兄寄江南》也属兄弟间互相唱和的诗作，此诗抒发了梦见在故乡生活的长兄黄大临的感慨：

> 诗酒一年谈笑隔，江山千里梦魂通。河天月晕鱼分子，槲叶风微鹿养茸。[2]

其中值得注意的是，后面写景的一联：在朦胧的月光下，鱼儿在忙着产卵；槲树的嫩叶随风轻轻摇曳，树荫下小鹿头上刚刚长出柔软的嫩角。这两句应当是诗人此时在梦中对故乡情景的追忆，甚至可以理解为黄庭坚儿时与其兄一起看到的情景。那种按捺住心中的喜悦，静静注视着河里的鱼儿和树荫下的小鹿的情形，与其说是成人的想象，不如说是儿童眼中的情景。

下面我们再来看苏轼朋友刘攽(1023—1089)[3]的《苦热》诗。此诗主要写诗人年老不堪酷暑的苦闷心情，其中追忆了不畏炎热的童年时光：

> 忆我童稚岁，烈日犹奔驰。斗草出百品，承蜩睨乔枝。赪颜不

---

① 黄庭坚，字鲁直，号山谷，洪州分宁(今江西省修水)人。北宋末至南宋初，以黄庭坚为典范形成的“江西诗派”，是诗坛的主流，并对后世产生了重大影响。有《豫章黄先生文集》。

② 黄庭坚著，陈永正、何泽棠注：《山谷诗注续补》卷二，上海古籍出版社，2012年，第180页。

③ 刘攽，字贡父，号公非，新喻(今江西省新余)人，刘敞之弟，有《彭城集》。

待濯，流汗始为嬉。自怜筋力便，岂谓天序移。①

描写了在炎炎夏日中，丝毫不在意汗流浃背而热衷于斗草、捕蝉的儿童时光。儿时的诗人，属于王充《论衡·自纪篇》中被否定的天真顽皮的儿童形象。刘敞此诗则没有否定这个顽皮的孩童，而是带着怀念和爱怜来回忆童年的。较之杜甫《百忧集行》，虽然悲哀不如杜诗沉重，但是两诗整体结构却是一致的，即均是在感慨年华老去的同时缅怀无忧无虑的童年时代。

接着看南宋刘克庄(1187—1269)②的《乌石山》，诗歌抒发了重访故乡乌石山而产生的人生如梦、世事无常的感慨：

儿时逃学频来此，一一重寻尽有踪。因漉戏鱼群下水，缘敲响石斗登峰。熟知旧事惟邻叟，催去韶华是暮钟。毕竟世间何物寿，寺前雷仆百年松。③

就像歌曲《故乡》"追逐野兔是在那苍翠的青山，垂钓鲋鱼是在那清澈的河边"④所唱的那样，现如今我们对故乡的印象，也常常会带有童年的回忆。在中国，正式将"令人怀念的故乡"这一意象在诗中加以表现

① 刘敞：《彭城集》卷四，《文渊阁四库全书》本，台湾商务印书馆，1985年。

② 刘克庄，字潜夫，号后村，莆田(今福建省莆田)人，南宋末代表文人，有《后村先生大全集》。

③ 刘克庄著、辛更儒校注：《刘克庄集笺校》卷二，中华书局，2011年，第82页。

④ 高野辰之作词，原文为"兎追いしかの山、小鮒釣りしかの川"。

的，就是下节将要重点叙述的陶渊明。但在其诗中，我们并未发现他对自己童年的缅怀之语。笔者认为伴随童年的记忆来表现故乡意象的作品，直到宋代才开始出现。以上所举苏轼、黄庭坚的诗中，故乡意象正是这样被表现的。刘克庄上诗也描写了与儿时伙伴一起捉鱼、攀岩时的故乡，这正是上引歌曲《故乡》中所歌咏的情景。

上诗的开头有“逃学”一语，说明儿时的刘克庄与伙伴们到乌石山游玩，属逃学行为；之前提到的苏诗中有“废书”一语，说明与弟弟跑去蚕市也是逃学。两者在追忆童年时光时，都不约而同地怀念那不务正业的儿童形象。对成长于中国知识分子家庭的孩子来说，大人们对勉力学习有着严格的要求。但是，爱好玩耍仍是儿童的天性，偶尔摆脱学习想必让他们充满了刹那间解放的喜悦。成年以后再回顾童年，这种体验就成为了无比珍视、不可替代的回忆。

童年观的转变

虽然只是片段式的追忆，这种对童年时代的怀想，为何到宋代开始多起来呢？笔者认为这体现了由唐至宋的过程中儿童观的转变。本节将以杨万里(1127—1206)[①]诗为例对此问题加以阐述。

杨万里爱在诗中描写儿童游戏的情景，例如《闲居初夏午睡起二绝句》其一：

梅子留酸软齿牙，芭蕉分绿与窗纱。日长睡起无情思，闲看儿

---

① 杨万里，字廷秀，号诚斋，吉州吉水(今江西省吉水)人，与陆游、范成大并为南宋代表作家，其诗歌多用俗语，诗风轻快，被称为“诚斋体”。有《诚斋集》。

童捉柳花。[1]

“柳花”即柳絮，柳树种子上的白毛。诗歌描写了儿童追逐飘飞的柳絮的情景，同时，我们也似乎看到了眯起眼睛注视这一情景的诗人形象。

在中国古代，以陶渊明、杜甫为开端，在作品中提及儿童或儿童游戏情景的诗人虽然不少，但杨万里仍是其中有着显著独特性的一位。比如中唐白居易也是在诗中反复描写儿童游戏情景的诗人之一，有“笑看儿童骑竹马”（《赠楚州郭使君》）[2]、“嬉戏任儿童”（《闲坐》）[3]等诗句。但同样描写儿童追逐柳絮嬉戏的情景，我们可将白居易《前有别柳枝绝句，梦得继和云“春尽絮飞留不得，随风好去落谁家”，又复戏答》，与杨万里诗比较：

柳老春深日又斜，任他飞向别人家。谁能更学孩童戏，寻逐春风捉柳花？[4]

同样描写儿童追逐柳花，白诗表明他已经不能像孩子一样追逐柳絮、嬉戏玩耍了，也即白居易在这里强调的是作为成人的自己与儿童之间的差异。白居易另一首《观游鱼》也表现了同样的心态：

---

① 辛更儒笺校：《杨万里集笺校》卷三，中华书局，2007年，第189页。

② 《白居易诗集校注》卷二五，第1954页。

③ 同上书，卷三七，第2795页。

④ 同上书，卷三五，第2660页。本诗实际上是白居易放手爱妓，将爱妓比喻为柳的诗作。

绕池闲步看鱼游，正值儿童弄钓舟。一种爱鱼心各异，我来施食尔垂钩。[①]

图 19　杨万里像

《泮塘忠杰杨氏总谱》所载。据辛更儒《杨万里集笺校》(中华书局，2007 年)。

在杨万里诗中，也有像白诗那样描写诗人与儿童有差异的诗句，比如《梅熟小雨》“留许枝间慰愁眼，儿童抵死打黄梅”[②]二句，叙述的就是看见梅子可以消愁的自己，与不能理解大人心情而将梅子打落的天真无邪的儿童的差异。但是这种诗歌并不多见，通观他的诗集，杨万里表现较多的仍是与儿童同化、诗人与儿童一体化的倾向。例如《鸦》中描写了与儿童一起观看乌鸦、相对发笑的场景：

稚子相看只笑渠，老夫亦复小卢胡。一鸦飞立钩栏角，子细看来还有须。[③]

另一首很好地表现诗人与儿童一体化倾向的是《幼圃》。诗序曰：“蒲桥(杭州地名)寓居，庭有刳方石而实以土者，小孙子艺花窠菜本其中，戏名幼圃。”诗歌描写了其幼孙制作的一个庭园式盆景：

① 《白居易诗集校注》卷二八，第 2206 页。
② 《杨万里集笺校》卷七，第 389 页。
③ 同上书，卷十一，第 575 页。

寓舍中庭劣半弓，燕泥为圃石为墉。瑞香萱草一两本，葱叶蕹苗三四丛。稚子落成小金谷，蜗牛卜筑别珠宫。也思日涉随儿戏，一径惟看蚁得通。[1]

诗人与幼孙一道专心致志地观赏盆景。对幼孙来说，“幼圃”可以说是蜗牛、蚂蚁等昆虫的童话国度。在这里，杨万里也积极参与其中。

可以说，在杨万里表现儿童的这一组诗中，显示了诗人对儿童情趣的共鸣。这种感知，统观宋诗也是相通的，且不单局限于诗，在绘画方面也有展现。例如，在宋代确立了“戏婴”或“婴戏”的绘画题材，主要描绘儿童游戏的场景。右图所示是北宋末宫廷画家苏汉臣（？—？）的《秋庭戏婴图》（图20）[2]，此图描绘了年幼的姐弟俩玩“推枣磨”游戏的情景。人们看着孩童专注于游戏的有趣场景，内心应该会洋溢着幸福与欢乐吧。

图20　宋苏汉臣《秋庭戏婴图》

台北“故宫博物院”藏，据熊秉真《童年忆往》（麦田出版社，2000年）。

---

① 《杨万里集笺校》卷二十，第1028页。

② 苏汉臣，汴京（今河南省开封市）人，曾在徽宗、高宗、孝宗三朝任画院待诏，擅长戏婴、美人图。《秋庭戏婴图》现藏台北“故宫博物院”。相关研究可参考熊秉真：《童年忆往》，麦田出版社，2000年。

第三节　故乡、田园与老年的日常

在人生不同阶段中，与童年期一样同属于前文所说的私人领域的是老年期。那么，老年期是从何时开始的呢？正如前揭《礼记·曲礼上》所言："七十曰老，传（传家事于子孙）。"七十岁即老年期的开始。《礼记》在此之后又曰："大夫七十而致事。""致事"指返还所任官职并引退，也称"致仕"。可见七十岁应为告老退任、从各种社会事务中引退之年。

进入老年，从社会事务中引退，特别是辞官的文人，将置身何处？他们大部分会回到妻儿及族人生活的家庭中。那么，他们安家于何所？多数的情况下，是他们怀着青云之志离开的故乡。[①] 本节讨论的焦点，是文人引退后，回归乡村社会的田园空间的生活，尤其是其笔下所表现的老年生活。

陶渊明

开拓归隐文学主题的文人，是东晋诗人陶渊明（365—427），他被称为"古今隐逸诗人之宗"（《诗品·中品》）。义熙元年（405），四十一岁的陶渊明辞官归乡。这段时期的作品中，以《归去来兮辞》最为有名，其开门见山道："归去来兮，田园将芜胡不归？"此外，还有《归园田居五首》，其一曰：

---

① 不过，文人士大夫回归故里、度过晚年并不是普遍现象，在外地购置家产者也不在少数。此外，还有不少像杜甫、苏轼这样，在没来得及过上安稳的退隐生活就逝于宦游途中的例子。

少无适俗韵，性本爱丘山。误落尘网中，一去三十年。羁鸟恋旧林，池鱼思故渊。开荒南野际，守拙归园田。方宅十余亩，草屋八九间。榆柳荫后檐，桃李罗堂前。暧暧远人村，依依墟里烟。狗吠深巷中，鸡鸣桑树巅。户庭无尘杂，虚室有余闲。久在樊笼里，复得返自然。①

诗中将“俗”的官场世界，喻为“尘网”“樊笼”，网和笼都是束缚人身自由的器物。与此相对，故乡的“园田”“丘山”则可以说是回归自然、荡涤灵魂的世界。“自然”即 naturalness 之意，这是一个容许自我个性、能够“守拙”的世界。这个“守拙”的说法最能体现陶渊明处世观的独特性和划时代性。通常，“拙”应当是被舍弃、否定的，但他却特别肯定这一天性，并决定积极地守护它。

陶渊明笔下自然的田园呈现出何种风景？诗歌从第十句开始描绘了田园风光：简朴整洁的家园，庭院里遍植绿树，周围鸡鸣犬吠，一派平和的乡村景象。在中国文学中，陶渊明最早将这样的农村田园意象用语言加以表现，这种创作是前所未有的。而读到这样的诗句，作为读者的我们也会心驰神往，倍感亲切，因为他所描绘的是随处可见的、每个人都曾置身其中的风景。在陶渊明以后，直到今日的文学、绘画等艺术中，同样的农村田园意象被反复表现着，并不知不觉地融入了这种令人如归故里的感受。

① 逯钦立校注：《陶渊明集》卷二，第 40 页。

陶渊明直至元嘉四年(427)六十三岁逝世为止,在故乡生活了二十余年。此间,他一面享受作诗、读书、饮酒之乐,一面亲事农作活动,这些在他的诗中皆有体现。在中国,官僚即弃去农事而出仕之人,做官被称作"代耕"(出自《礼记·王制》与《孟子·万章下》),意为做官后可获得俸禄,代替农耕。"代耕"一语形象地体现了陶渊明的经历。陶渊明曾有短暂的出仕经历,结果由于不适应官场生活,毅然回归田园。正如他诗中所言的"代耕非本望,所业在田桑"(《杂诗十二首》其八)[①],"代耕"归根到底不过是"代",并非自然的理想状态,只有"耕"才符合理想。归乡之后,陶渊明自视为农夫,在《归田园居五首》其三中他写道:

> 种豆南山下,草盛豆苗稀。晨兴理荒秽,带月荷锄归。道狭草木长,夕露沾我衣。衣沾不足惜,但使愿无违。[②]

陶渊明在诗中塑造了自己不畏夕露沾衣、荷锄行走于田间的形象。当然,在陶渊明以外是否还有其他农民和他一起劳动不得而知,也存在实际上使用雇工而他自己只在一旁观看的可能性。虽存在这种怀疑,但可以肯定的是陶渊明通过诗歌语言塑造了"亲自从事农事的文人"这一自我形象。文人的这种农夫形象,也是最先由陶渊明明确赋形。

陶渊明自视为农民,且毫无隔阂地融入周围的农村交际中。其归乡后的诗歌中有不少描写了他与农民的交往。例如《归园田居》其二:

---

① 逯钦立校注:《陶渊明集》卷二,第 119 页。

② 同上书,第 44 页。

时复墟里人，披草共来往。相见无杂言，但道桑麻长。[1]

像这样与农民进行交流的文人，在陶渊明以前从未出现过。他在这方面的划时代意义，无论如何强调也并不为过。

杜甫与白居易

上文所举的陶诗虽然堪称田园诗的典范，但在六朝时期影响并不大。当时盛行宫廷文学的华丽风气，对陶诗的评价并不高。[2] 直到唐代，尤其到杜甫与白居易时，陶渊明才真正得到较高的评价。

杜甫在去官漂泊的后半生里，开始在诗中表现出对陶渊明的兴趣。例如，在乾元二年(759)在秦州所作的《遣兴五首》其三中，陶渊明落魄的形象映射出杜甫自身之潦倒，从中可以读到杜甫对陶渊明的深深共鸣。那么，这种共鸣是否促使杜甫也同陶渊明一样创作田园诗呢？杜甫后半生颠沛流离，其中在成都与夔州滞留的数年，生活较为安定。这段时期，杜甫自己从事农业活动，也与附近的农民有过亲切的交往，创作了不少以此为题材的诗歌。[3] 就此点而言，杜甫可称为陶渊明的继承者。但是，他们之间的差别也是非常明显的。譬如，杜诗中常透露着苦涩悲哀

---

① 逯钦立校注:《陶渊明集》卷二，第 41 页。

② 六朝时期对陶诗评价不高，可以从《文选》选录其诗歌数目看出端倪:《文选》选陶诗共七题八篇(此外，还收录《归去来兮辞》)，远远少于陆机十九题五十二篇、谢灵运三十二题四十篇。

③ 关于杜甫以农耕生活为主题创作的诗歌，详参古川末喜『杜甫農業詩研究』，知泉書館，2008 年。(该书中译本有董璐译:《杜甫农业诗研究》，西北大学出版社，2018 年。——译者注)

的情绪，而很少有陶诗中的那种幸福感（或可称为满足感）。杜甫直至最后病殁于旅途，也始终未能回到故乡，可以说并不具备写作像陶渊明那样的田园诗的条件。

白居易给予陶渊明极高的评价，并以其后继者自居，在《效陶潜体诗十六首》其十二中写道："我从老大来，窃慕其为人。"[①]这组诗歌作于元和八年（813）服母丧期间，此时白居易退居都城长安近郊的下邽（今陕西省渭南市），虽然此地离官场世界仅一步之遥，但令白居易对陶渊明的生活方式产生了深深的共鸣。

元和十二年（817），白居易被贬江州（今江西省九江市），回顾退居下邽的生活，他作了《孟夏思渭村旧居寄舍弟》，下面我们来看这篇长诗的前半部分：

> 啧啧雀引雏，梢梢笋成竹。时物感人情，忆我故乡曲。故园渭水上，十载事樵牧。手种榆柳成，阴阴覆墙屋。兔隐豆苗大，鸟鸣桑椹熟。前年当此时，与尔同游瞩。诗书课弟侄，农圃资僮仆。日暮麦登场，天晴蚕拆簇。弄泉南涧坐，待月东亭宿。兴发饮数杯，闷来棋一局。[②]

诗歌描写了简朴平静而令人满足的村居生活，即使只从诗句用语来考

---

① 白居易著、朱金城笺校：《白居易集笺校》卷五，上海古籍出版社，1988 年，第 306 页。

② 同上书，卷十，第 560、561 页。

察，也可以清晰地看到，诗中深深打上了陶渊明故乡式的田园意象的烙印。白居易虽然描写了村居的农事活动，诗中却没有将自己塑造为陶渊明式的亲事农耕的文人形象。他将农活委任“僮仆”，而自己则只是“游瞩”，过着潜心诗书、饮酒、下棋的生活。这也正是白居易与陶渊明的决定性差异所在。

在上诗中被白居易视为故乡的下邽，以今天的观念来看，并不能算作他真正的故乡。正如前节所提到的，白居易出生于郑州新郑县，并在那里生活了十余年。若将生养之所视为故乡的话，那么称新郑县为白居易的故乡才合适。但下邽是白氏家族墓地所在，白居易还曾考虑过死后归葬下邽。所以，从最终归宿的层面来看，称下邽为故乡也并无不可。不过，白居易最终选择了洛阳履道里为终老之地，并未回到下邽。①

如上所述，白居易最终既没有回到生养自己的故乡新郑，也没回到家族墓地所在的下邽，而是在洛阳度过了晚年。通观唐代，这种情况并不限于白居易，自官场隐退后，回归故乡的文人意外地少，可见归乡终老并不是普遍的生活方式。虽未作精确调查，但直到北宋，这一情形也没有太大变化，例如著名的文人苏轼和黄庭坚皆未能归乡，而是在宦游中结束了晚年。但是，到了南宋，事情却渐渐发生了变化。

陆游

在美国宋史研究界，对南宋士大夫阶层有所谓的“地方化、乡绅化”

---

① 关于白居易“故乡”的问题，可参考澤崎久和『白居易詩研究』（研文出版，2013 年）第八章「白居易の詩における〈故郷〉」。顺便提及，白居易籍贯太原（今山西省太原市），但这只是其父祖居所，他自己并未在此生活过。

的观点。[1] 虽然目前有关此点还有较大的争议，但就南宋代表文人陆游、杨万里而言，纵观其一生，地方化、乡绅化的倾向确实十分明显。他们在出仕以后频繁地回到故乡（陆游总计 6 次、杨万里 9 次），且在致仕后在故乡度过了较长的晚年，确实已显示出后来被称为“乡绅”[2]的地方精英的部分特质。

先举陆游（1125—1209）[3]为例。陆游所处的南宋，淮河以北的领土被女真民族建立的金王朝所占据，即所谓的“半壁天下”。在对金政策上，当时朝廷中枢大多主和[4]，但底层官员中强硬的主战派不在少数，陆游即为其中代表。因此他经常因遭遇弹劾和罢官，而有过多次乡居时期。

陆游因科举（礼部试・进士科）不利（后赐同进士出身）[5]，仕途从地

---

① 参照：Robert Hymes, Statesmen and Gentlemen: The Elite of Fu-chou（抚州）、Chang-his（江西）in Northern and Southern Sung, Cambridge University Press, 1986; Peter K. Bol, This Cluture of Ours: Intellectual Sransition in T'ang and Sung China, Stanford University Press, 1992（《斯文：唐宋思想的转型》，刘宁译，江苏人民出版社，2001 年）。与此相反的观点，参考包伟民：《精英们“地方化”了吗——试论韩明士〈政治家与绅士〉与“地方史”研究方法》，《唐研究》第一一卷，北京大学出版社，2005 年。

② 明清时期，普遍存在以地方名士承担地方自治之责的现象，这些名士被称为“乡绅”，也即处于官府与庶民之间，起到沟通斡旋作用的阶层。

③ 陆游，字务观，号放翁，山阴（今浙江省绍兴市）人，有《剑南诗稿》《渭南文集》。关于陆游，可参看小川環樹『陸游』（筑摩書房，1974 年）、村上哲見『陸游』（集英社，1983 年）。

④ 主和派代表人物为当时宰相秦桧，在他的主导下，宋金之间签订了一系列不平等条约，秦桧也因此成为恶名昭著的卖国贼。与此相反，主战派的代表人物是战功卓著、被秦桧以“莫须有”罪名杀害的悲剧英雄岳飞。岳飞庙在南宋都城杭州，墓前塑有秦桧夫妇跪像，直到今日，犹存谒庙之人唾其面的风俗。

⑤ 陆游落第与秦桧直接相关。在省试（礼部试）之前的解试（锁厅试）中，陆游以第一名及第，居于参加同场考试的秦桧之孙秦埙前，因而结怨于秦桧，据陆游自己后来的记载，这是他落第的直接原因。

方起步，历经中央政府各种书记官，曾任镇江府（今江苏省镇江市）、隆兴府（今江西省南昌市）通判。乾道二年（1166），因被弹劾，免职归乡。乾道五年（1169），再召为夔州（今重庆市奉节县）通判，淳熙八年（1181），再次被弹劾归乡。淳熙十三年（1186），权知严州事，淳熙十五年（1188）任满归乡。同年十月，任军器少监，次年（淳熙十六年，1189）转礼部郎中，十一月又一次被弹劾归乡。此后，虽曾有过短暂出仕于临安的经历，但直至八十五岁逝世，在故乡度过了约二十年的退隐生活。

图 21　陆游像

上海图书馆藏本《山阴陆氏族谱》所载。据钱仲联《剑南诗稿校注》（上海古籍出版社，1985 年）。

如上文所见，陆游曾频繁地归乡生活，在这些时期内，他常常在诗中描写陶渊明式的田园生活。例如，淳熙八年（1181）乡居时所作的《小园四首》其一：

> 小园烟草接邻家，桑柘阴阴一径斜。卧读陶诗未终卷，又乘微雨去锄瓜。[1]

诗歌吟咏了晴耕雨读的生活状态。从第三句中，可以看到陆游以陶渊明为典范，将自己塑造成亲事农耕的文人的自我意识。

---

① 钱仲联校注：《剑南诗稿校注》卷十三，上海古籍出版社，1985 年，第 1041 页。

如前所述，官僚是离开农村出仕的文人，陆游的家族皆具有这样的经历。在他为邻居农业家陈氏所作的《陈氏老传》中，有如下记载：

> 予先世本鲁墟农家，自祥符间去而仕，今且二百年，穷通显晦所不论，竟无一人得归故业者。室庐桑麻果树沟池之属，悉已芜没。族党散徙四方，盖有不知所之者。过鲁墟，未尝不太息兴怀，至于流涕也。①

回顾反省了自己弃农出仕的经历，表现出遗憾之意。文中哀叹田园缺乏耕者，荒草丛生，与陶渊明《归去来兮辞》的开头"归去来兮，田园将芜胡不归"，可谓同一机杼。

陶渊明的田园诗以回归自然的喜悦为感情基调，总的来说，陆游描写故乡农村生活的诗也洋溢着幸福之感。例如下面这首《江村初夏》，作于绍熙二年(1191)，此时陆游已正式离开仕途，属于晚年之作：

> 紫葚狼籍桑林下，石榴一枝红可把。江村夏浅暑犹薄，农事方兴人满野。连云麦熟新食麨，小裹荷香初卖鲊。蘋洲蓬艇疾如鸟，沙路芒鞋健如马。君看早朝尘扑面，岂胜春耕泥没踝。为农世世乐有余，寄语儿曹勿轻舍。②

---

① 马亚中、涂小马校注：《渭南文集校注》卷二三，浙江古籍出版社，2015 年，第 3 册，第 39 页。

② 《剑南诗稿校注》卷二二，第 1666 页。

诗歌前八句描写了初夏时节，乡人们勤于农事的情景。接下来四句将官场生活与乡居的自在愉悦进行比较，对儿孙们发出了回归田园的呼唤。

陆游描写乡居生活的诗歌中，有很多像陶渊明一样描写自己混迹农夫间、与之共同劳作的作品。作于同一年的《晚秋农家》就是显著的例子：

> 我年近七十，与世长相忘。筋力幸可勉，扶衰业耕桑。身杂老农间，何能避风霜？夜半起饭牛，北斗垂大荒。①

图 22　耕织图

《耕织图》描绘按农事历从事种稻、养蚕等农活的情景。南宋楼璹图绘《耕织图》四十五幅，各图附有描写图绘内容的五言八句诗一首。上图出自清代宫廷画家焦秉贞应康熙之命重绘的《耕织图》，描画撒谷播种，田畔小路上画有运送谷种的儿童和追逐着他的小狗，左上留白处题写楼璹之诗。据《耕织图诗（杭州史料别集丛书）》（当代中国出版社，2014 年）。

第二句中的“世”指官场，即由像陆游一样的文人士大夫构成的社会空间。但在诗中，陆游表示自己与这个社会空间已经互相遗忘，这种表达与陶渊明“世与我而相违”可谓同一旨趣。陆游与官场断绝联系后，其生存空间便转向乡村社会，诗中“身杂老农间，何能避风霜”正

① 《剑南诗稿校注》卷二三，第 1695 页。

清楚地显示了这一点。[1]

在中国历代诗人中，很难找到像陆游这样热心与农民交往的诗人，其频繁度远在陶渊明之上。例如陆游八十一岁作于开禧元年(1205)的《山村经行因施药五首》其四：

> 驴肩每带药囊行，村巷欢欣夹道迎。共说向来曾活我，生儿多以陆为名。[2]

当时的文人多通药学，有医者之能。尤其陆游的祖父陆佃和父亲陆宰都精通博物学，药学乃其家学，在上诗中陆游描写的就是自己赠药给近邻村民、替他们治病的经历，从诗中我们也可以感受到当地乡民对陆游的爱戴和亲近。当然，由于诗歌出自陆游本人之手，村民实际上如何看待陆游我们不得而知。但即使诗中所述要打点折扣，诗人是不是真的希望生活于此间也暂且不论，我们仍旧能从诗中感受到幸福确凿无疑的形式，仍旧能感受到诗人描写与村民交往时所传达出的脉脉温情吧！

杨万里

下面再来看生活于同时代的陆游的友人杨万里(1127—1206)。杨万里有比陆游更为频繁的乡居经历，自绍兴二十四年(1154)进士及第至

---

① 颇具兴味的是，陶渊明与陆游均不将与他们交往的乡村社会纳入“世”的范畴。但是，如果乡村社会不属于“世”的话，到底算什么呢？在不属于“世”的乡村社会，到底和哪些人交往？怎样交往？围绕“世”的表达，从一个侧面显示了中国古代文人士大夫的社会观。

② 《剑南诗稿校注》卷六五，第 3674 页。

绍熙三年(1192)六十六岁致仕退隐期间,或为父母服丧,或因转任而短暂乡居,杨万里共有九次长短不一的乡居经历。[①]

杨万里绍熙三年(1192)致仕,开禧二年(1206)以八十岁高龄逝世,期间与家人一起在故乡度过了十四年。在他绍熙四年所作的《三三径》诗序中,写道:"东园新开九径,江梅、海棠、桃、李、橘、杏、红梅、碧桃、芙蓉九种花木,各植一径,命曰三三径云。"记载自己在屋舍东园新开九条散步的小道,各植花木,作为隐居之所,诗曰:

> 三径初开自蒋卿,再开三径是渊明。诚斋奄有三三径,一径花开一径行。[②]

诗歌前两句记述了前人在庭院中开辟三径的事迹,汉代蒋诩和陶渊明都曾开辟三径,分植松、竹、菊三种植物,作为隐居时散步之道。杨万里在庭院中开辟九径,正是沿袭他们的做法,诗歌也显示了陶渊明对隐居田园的文人的典范影响。

庆元元年(1195),杨万里有描写东园的《新晴,东园晚步》:

> 一日秋阴一日晴,山禽相贺太丁宁。不愁白发千茎雪,随喜黄

---

① 南宋官员归乡频率比较高,还须考虑"待阙"制度的影响。"待阙"即等待职位空缺。南宋仅余"半壁天下",官员数量理应减少。但实际上反而呈现增多的趋势,出现人员过剩的现象。为了解决这一现实问题,便出现了官员任满之后归乡等待空缺转任的现象,可以说是一种"工作分享"的形式。

② 《杨万里集笺校》卷三六,第1846页。

庭一卷经。晚雾薄情憎远岭，夕阳死命恋危亭。孤吟莫道无人觉，松竹喧传菊细听。①

诗歌抒发了在东园散步时心中涌起的感慨。日复一日以草木为伴，度过栖隐的时光，这是杨万里晚年诗歌中所表现的日常生活状态。另外，颈联中将雾霭与夕阳进行拟人化描写，这种表现方式，也是杨万里诗歌的典型特点。

隐居生活是孤独的（上诗言因有松竹菊相伴故不觉孤独，应当视为诗歌修辞的运用），与文人士大夫之间的交往，也仅限于诗文唱酬。但是，由于回到故乡，与当地居民的交往也变得密切起来。陶渊明诗中所描写的那种与村民的交流，在杨万里诗中得到了更为浓墨重彩的表现。例如，庆元元年（1195），杨万里在一次去邻村散步时作了下面这首题为《中途小歇》的诗：

山僮问游何许村，莫问何许但出门。脚根倦时且小歇，山色佳处须细看。道逢田父遮侬住，说与前头看山去。寄下君家老瓦盆，他日重游却来取。②

诗歌描写了诗人与村民间质朴的交往，从中可以窥见乡村社会中亲密的人际关系。杨万里的诗歌中，几乎没有描写过自己参与农耕的经历，这

① 《杨万里集笺校》卷三七，第1919页。

② 同上书，卷三七，第1925页。

是他与陆游的不同之处。但是，在将自己视为故乡所在的地方社会的一员这一点上，他们之间是没有太大差别的。

老人与儿童

陆游与杨万里离开官场后，在家乡的农村度过了漫长的晚年，创作了大量以日常生活为题材的诗歌。两位诗人都以传世诗歌卷帙浩繁著称（陆游约一万首，杨万里约四千二百首）[①]，其中多数作于晚年[②]。以卷数而论，陆游集八十五卷，晚年所作超过六十四卷；杨万里集四十二卷，晚年所作十二卷。这些诗歌基本都是经过他们自己按写作年代整理、编纂，恰如记录其晚年生活的日记一般。如此详尽的老年记录确实十分罕见，这可能在人类思想史上也有着重要的价值吧。陆游和杨万里晚年诗歌中所记述的老年人的日常生活究竟呈何种样态？下面将进一步从几个角度加以阐述。

所谓乡村社会的田园空间，可以说是老人与儿童居住的空间。青年远离故乡，赴京求仕；壮年任职官场，各处旅居。滞留故乡农村的，除了操持家务的妇女外，就只有未到出仕年龄的儿童及辞官退居的老人。实际上，自古以来，老人与儿童在文学与绘画中就时常被组合在一起，成为构成乡村社会不可或缺的要素。例如，西晋张协（255？—310？）[③]在《七

---

① 陆游和杨万里都有焚弃少作的经历，因此实际创作的数量比存世作品更多。唐代留存诗歌最多的诗人为白居易，约二千八百首；杜甫约一千四百五十首；李白约千首左右。虽然宋代留存传世的文献远过前代，但陆游、杨万里存世作品数量之巨仍旧令人瞩目。

② 就陆游而言，指淳熙十六年（1189）、六十五岁以后；就杨万里而言，指绍熙三年（1192）、六十六岁以后。

③ 张协，字景阳，安平武邑（今河北省武邑）人。《七命》之“七”为文体名，《文选》中还收录有汉代枚乘《七发》、魏曹植《七启》。

命》中称道昔代盛世为："玄齠巷歌，黄发击壤。"[1]陶渊明《桃花源记》有云："黄发垂髫，并怡然自乐。"[2]都描绘了儿童欢歌，老人雀跃，一派祥和的乡村生活情景。陶渊明《和郭主簿二首》其一中也描写了与幼子生活的愉悦场景：

弱子戏我侧，学语未成音。此事真复乐，聊用忘华簪。[3]

陆游和杨万里乡居时期描写田园生活的作品中，也经常出现老人与儿童的形象。他们自己作为老人，经常与儿童相伴，创作了很多与儿童一起游戏的诗歌。陆游、杨万里的此类诗歌，让笔者想起日本江户时代后期良宽和歌中的"霞立つ永き春日を子どもらと手鞠つきつつこの日暮らしつ（飞霞春日长，聊与稚子戏。童谣乐度日，手鞠自随意）"。下面，让我们来看陆游在《遣兴》中对这种情景的描绘，该诗作于庆元五年(1199)，诗人时年七十五岁：

扫尽衣尘喜不胜，村居终日醉腾腾。闲投邻父祈神社，戏入群儿斗草朋。幽径有风偏爱竹，虚堂无暑不憎蝇。悠然又见江天晚，隔浦人家已上灯。[4]

① 《文选》卷三五，第498页。
② 《陶渊明集》卷六，第165页。
③ 同上书，卷二，第60页。
④ 《剑南诗稿校注》卷四十，第2540页。

嘉泰二年(1202),陆游七十八岁,在下面这首《定命》中幽默地描绘了自己老年的情景:

> 定命元知不可移,更兼狂疾固难治。履穿衣弊穷居日,齿豁头童大耋时。耕钓诗多悲境熟,功名梦少感年衰。今朝雨歇春泥散,剩伴儿童斗草嬉。①

顺便提及,作为退隐的知识分子,陆游还为家乡村民的孩子开办书塾,作于绍熙三年(1192)的《秋日郊居》中写道:

> 儿童冬学闹比邻,据案愚儒却自珍。授罢村书闭门睡,终年不著面看人。

本诗自注道:"农家十月乃遣子入学,谓之冬学,所读杂字、《百家姓》之类,谓之村书。"②可见,当时在江南农村已有面向富余农民的蒙学书塾。虽然只是局部现象,但其出现远远领先于日本江户后期才产生的寺子屋③,确实令人惊讶。

杨万里也创作了许多与儿童一起玩耍的诗歌。庆元元年(1195),他六十九岁时所作的《与伯勤、子文、幼楚同登南溪奇观,戏道旁群儿》中,

---

① 《剑南诗稿校注》,卷五十,第3018页。

② 同上书,卷二五,第1783页。

③ 译者注:寺子屋是日本江户时代为庶民开设的初级教育机构,由武士、僧侣、医生和神职人员等任教师,教授写、读、珠算等。

生动描写了自己与儿童一起玩捉迷藏游戏的欢乐场景：

> 鬖松睡眼熨难开，曳杖缘溪啄紫苔。偶见群儿聊与戏，布衫青底捉将来。①

由上述诗句我们可以充分感受到，与陆游诗中一样的乡村田园空间里老人和儿童共同生活的祥和氛围。

孤独与衰弱

上文叙述了诗人笔下洋溢着浓浓幸福感的老年田园生活。事实上，从官场引退后的生活，并不只充满欢乐。亲友一年年减少，孤寂之感与日俱增，身心俱衰，疾病来袭，是老年生活的真实情况。下文将围绕陆游和杨万里诗歌中有关衰老主题的负面描写展开论述。

在中国文学中，“衰老”的主题，很早就被表现，表现“哀伤迟暮”的作品尤为发达。中国文人常把自己当作老年人来表现，这已经成为文学表现的一种固定模式。也正因此，以往的“衰老”文学存在极为强烈的观念性倾向，那种贴近现实生活的真实表现极少。陆游和杨万里则是从当事人更为具体的实际感受出发，并非从外部而是深入内部地对“衰老”主题进行了表现。

---

① 《杨万里集笺校》卷三七，第1922页。在乡村社会，交友关系也会受到限制，几乎很少有文人之间的交往应酬。与此相对，本诗所体现的亲族交际则十分引人注目。陶渊明《杂诗十二首》其四也有“亲戚共一处，子孙还相保”之句，描写了亲族间其乐融融的生活情景。

试看陆游作于庆元五年(1199)的《老叹》,诗人此时七十五岁:

> 八十未满七十余,山巅水涯一丈夫。长鸣未免似野鹤,生意欲尽如枯株。临安宫阙经营初,银鞍日日醉西湖。不须细数旧酒徒,当时儿童今亦无!①

诗歌通过将意气风发的青春时光与暮年衰老进行对比,抒发了衰暮之年的感慨。曾经的亲友日渐凋零,长寿带给诗人的是无尽的孤独。

再来看杨万里的《午睡起》,该诗作于嘉泰二年(1202)七十六岁时,描写了冷清单调的生活场景,流露出诗人晚年深深的孤寂之感:

> 永昼能不倦,亭午思小睡。竹床热如晒,展转竟无寐。起来搔白首,百匝绕檐际。政当眊矂中,忽有一奇事。一风北户来,穿度南窗外。窗外蕙初花,披拂动香气。老夫得一凉,洒然有生意。来日当此时,未知复何似。②

诗歌以极其清淡的笔调表现了老年百无聊赖的生活。简而言之,这首诗细腻地传达出老年人对时间流逝的感觉:在活着不再有任何目的与义务、单调乏味的晚年生活中,光阴仿佛停止了流动,将来与过去的轮廓也渐渐远逝,所能感受到的只有无所事事的此刻,在日复一日地重复着。

---

① 《剑南诗稿校注》卷四一,第 2587 页。

② 《杨万里集笺校》卷四一,第 2153 页。

所谓老年，便是委身于这样的时光里吧。

人一旦进入暮年，便无法回避身心的衰老，且常常疾病缠身。在中国文学中，对这种衰老进行忠实而具体的表现，杜甫发其嚆矢。大历四年(769)，其晚年之作《清明》言道：

此身飘泊苦西东，右臂偏枯半耳聋。①

更为年老的大历五年(770)作品《小寒食舟中作》中写道：

春水船如天上坐，老年花似雾中看。②

因病体衰，右臂不能活动自如，耳不聪、目不明的状态，都是诗人真切的亲身体验。

下面来看杨万里在《五月十六夜，病中无聊，起来步月》中，对衰老的描写：

抛官放浪十三年，底事今年病懒残。旧健肯饶梅摘索，新羸翻羡竹平安。③

---

① 仇兆鳌注：《杜诗详注》卷二二，第1970页。
② 同上书，卷二三，第2062页。
③ 《杨万里集笺校》卷四二，第2208页。

春天刚到便在严寒中开放的梅花，可谓对自己要求严格的花。虽然年轻体健之时对此点是认同的，但如今年高力衰时反而羡慕竹子的安稳。描写由于体力与精神变化而带来嗜好的变化，是杨万里诗中表现衰老常见的方式。在另一首同样作于嘉泰四年(1204)的《淋疾复作，医云忌文字劳心，晓起自警》中，他描写了自己衰老与疾病缠身的形象：

> 半似枯禅半似痴，也无何虑与何思。偶看清晓双双蝶，飞遍黄花一一枝。[①]

确切地说，诗中表现的是衰老带来的精神上的恍惚。而此状态，正是从当事人的角度出发忠实且深层次表现的。在表现“衰老”主题上，这可谓对中国诗歌空间的新探索。

陆游的《书耄》也深度表现了由衰老带来的精神恍惚。“耄”原指过了八十岁以后的年纪，即《礼记·曲礼上》所说的“八十、九十曰耄”。此诗作于嘉定二年(1209)，陆游八十五岁。先来看其前半部分：

> 我老耄已及，终日惟冥行。邻里少间阔，便若昧平生。家人每过前，亦或忘其名。昏昏等作梦，兀兀如病酲。[②]

诗中记叙自己连家人、邻居也不复能识的昏聩状态，表现了衰老日至，记

---

① 《杨万里集笺校》卷四二，第 2223 页。

② 《剑南诗稿校注》卷八十，第 4345 页。

忆力和体力日渐衰弱的情形。

个人的身体状况，可以说是离公共领域最远、“公”权力的触角最难以进入的领域，换句话说，也就是最具私人性的领域。陆游和杨万里晚年诗歌对“衰老”的描写，就是对这一领域的表现。

宋诗对日常性的发现

上文论及的陆游、杨万里，以及南宋同时代诗人范成大（1126—1193）[①]，其作品在日本江户时代的汉诗作者中都广受欢迎。此时日本处于所谓“德川三百年太平盛世”，盛行细致表现农村日常生活的诗风，与南宋的这几位作家在观念上想必有着某些共通之处吧。

在中国文学史上，宋代诗歌一向以“紧贴生活”[②]“诗歌的日常化”[③]而受到关注，此期诗歌惯于表现日常生活场景，诗歌题材有反映生活细节的倾向。可以说，中国文学到宋代以前，形成了一定的类型。而到了宋代，则开始注意表现不为此前文学类型所取的日常生活世界。这也可以说是“私”文学的一种。南宋叶梦得《石林诗话》中所见的下面这则记载，就很好地体现了这一潜流：

> 黄鲁直……得句云：“马龁枯萁喧午梦，误惊风雨浪翻江。”自以

---

① 范成大，字致能，号石湖居士，吴县（今江苏省苏州市）人。与陆游、杨万里、尤袤并称“南宋四大家”，以《四时田园杂兴》等田园诗而知名，有《石湖诗集》。

② 参考吉川幸次郎『宋詩概説』，岩波文庫，2006 年，第 29—38 页。（中译本有郑清茂译：《宋诗概说》，联经出版，2012 年。——译者注）

③ 山本和義『詩人と造物——蘇軾詩論考』，研文出版，2002 年，第 314—329 页。（中译本有张剑译：《诗人与造物：苏轼论考》，中国社会科学出版社，2013 年。——译者注）

为工……余始闻舅氏言此，不解风雨翻江之意。一日，憩于逆旅，闻旁舍有澎湃鞺鞳之声，如风浪之历船者，起视之，乃马食于槽，水与草龃龉于槽间，而为此声，方悟鲁直之好奇。①

文中所引诗句出自黄庭坚《六月十七日昼寝》。叶梦得起初不理解黄诗何以将马食枯萁喻为“风雨浪翻江”，直到后来自己亲历其境，才恍然大悟。为什么叶梦得先前无法体会黄庭坚诗句所表现的情景？这是由于以前的文学作品中从未表现过这种景象。也就是说，黄庭坚此诗描写了以前的文学范围从未表现过的日常世界的细节，拘泥于从前的表现习惯，当然就无法理解此诗。

黄庭坚的诗歌确实突破了从前诗歌的表现范围，但他所描写的绝不是非现实的空想世界。坦率地说，他所表现的不过是人们日常生活中最为普通的场景，抓住的是平常的现实生活的某个侧面。实际上，后来叶梦得也发现，黄庭坚所描写的情境，就在自己身边。只是由于黄诗表现了此前诗歌从未描写过的平常的日常世界，形成了理解的隔膜，促成了上述逸话的产生。

到了南宋时期，诗歌表现的“紧贴生活”与“日常化”得到了更深更广的发展。陆游、杨万里等诗人的作品中都有不少诗例，下面列举杨万里的作品为例进行说明。首先来看《冻蝇》，这首诗歌栩栩如生地刻画了蝇虫沐浴着冬日暖阳的情态：

① 叶梦得撰、逯铭昕校注：《石林诗话校注》卷上，人民文学出版社，2011年，第33—34页。

隔窗偶见负暄蝇，双脚挼挲弄晓晴。日影欲移先会得，忽然飞落别窗声。①

诗中描写了冬日阳光下苍蝇撞击着窗纸的情态，诗人还留心到了苍蝇双足互相摩挲的细节，这是此前诗歌中从未表现过的场景。读到这首诗，任谁都会想起小林一茶的俳句吧："やれ打つな蝇が手をすりあしをする(不要打哪，苍蝇搓他的手，搓他的脚呢)。"一茶是否读过杨万里此诗不可确知，但从中依旧可以看到杨万里诗歌间接影响的痕迹。杨万里还有许多像这样充满俳谐之趣的作品，其作品在日本江户后期十分流行，应该与他诗歌的这一特点大有关系。

在前一节中，讨论到了杨万里常以与儿童同化的眼光进行创作，本诗亦可称典型。津津有味地注视着苍蝇双脚摩挲场景的那种感受力，与其说是成人的观察，不如说是儿童的兴味。杨万里有许多描写小动物的诗歌，不仅仅写苍蝇，还描写过蜻蜓、蜘蛛、蝴蝶、蚂蚁等，这些是具有儿童眼光的诗人才会表现的内容。我们再来看他另一首咏苍蝇的《秋蝇》：

秋蝇知我正哦诗，得得缘眉复入髭。欲打群飞还歇去，风光乞与几多时。②

---

① 《杨万里集笺校》卷一一，第573页。

② 同上书，卷一四，第714页。

此诗淋漓尽致地表现了“诚斋体”幽默的创作风格。近代日本作家尾崎一雄《虫子二三事》中，记载了一则趣事：作者卧床之时，苍蝇飞到额头上，被他夹在眉头紧锁的皱纹间而捉住。[①] 杨万里此诗所描写的场景与此相似，正是日常生活中一刹那的细节，连佯装糊涂的笔致也如出一辙。尾崎一雄是所谓私小说的代表作家，私小说是“私”文学的极致表现，笔者认为杨万里的诗歌也与之近似。杨万里描写故乡田园日常生活的诗歌，可称为是中国版的《虫子二三事》。

第四节　“私”的极限——文学与狂狷

最后，本章将讨论“私”文学最为极端的表现。“私”的极限具体指什么？其中之一就是不能见容于公共领域、为其所排斥的事物，例如狂狷。文士的狂狷之气通常遭遇排斥、抹杀的命运，堪称历来为公权力所忌讳的典型代表，这一点在中国古代也不例外。下文重点讨论中国文学作品中对狂狷的表现。

“佯狂”

首先，我们来看知识分子的“佯狂”举止。“佯狂”即装成发狂的样子，特别指某些方外或隐逸之士为了避世，装作狂人之态。他们之所以佯装狂人，主要是为了逃离以公权力系统为代表的世间规则的约束，获得真正的自由。

---

① 尾崎一雄『暢気眼鏡　虫のいろいろ』，岩波文庫，1998 年，第 124 页。

当知识分子直接面对国家权力的倾轧时，应该采取何种做法？可能会有婉言顺行，在体制内委屈求存的方式。而如果知识分子想要坚守自己的观点，就必须逃至体制外。最常见的途径，是“隐逸”或者“亡命”（后者本部分第一章已经讨论过，前者将在第二部分第五章讨论），“佯狂”作为除此二者之外的又一种方式，自古以来颇受知识分子关注。

《论语·微子》一篇中，提到了出仕于著名暴君商纣王朝廷的三位仁者：“微子去之，箕子为之奴，比干谏而死。”[①]三人针对纣王的暴政分别采取了不同的做法。微子离开了朝廷，即亡命而去；比干则选择直言进谏，最终被杀（比干是未能成功逃离体制的案例，或者应当称为拒绝逃离体制的案例）。而箕子应对的方式，是装作狂人，最终被贬为奴，也即“佯狂”。《论语》中没有使用“佯狂”一词，但此后《楚辞·惜誓》中有“箕子被发而佯狂”[②]之句，《史记·殷本纪》中有“箕子惧，乃佯狂为奴”[③]的记载。

《论语·微子》中关于狂人的事迹并不止上文这一则，例如对被称为“楚狂”的接舆，有如下记载：

> 楚狂接舆歌而过孔子曰：“凤兮凤兮！何德之衰？往者不可谏，来者犹可追。已而已而！今之从政者殆而！”孔子下，欲与之言。趋

---

① 杨伯峻译注：《论语译注》，中华书局，1980年，第192页。
② 《楚辞补注》，第230页。
③ 《史记》卷三，中华书局，2013年，第139页。

而辟之，不得与之言。[1]

本则记叙孔子路遇狂人接舆，接舆用歌谣感叹德运的衰败以及在衰世涉足政治的危险。从文中可以清楚地看到，接舆并非真正的狂人，而是深谙世事，佯装狂态以逃避政治危险的智者。[2]

此后，"狂"逐渐成为在野士人的特质之一，许多文人都爱在作品中标榜自己的狂态。例如李白在《庐山谣寄卢侍御虚舟》中写道："我本楚狂人，凤歌笑孔丘。"[3]被目为"诗仙""谪仙人"的李白，在诗中以楚狂接舆自拟，抒发了高远脱俗的志向。

杜甫也是在诗中描写自己的狂狷的诗人之一。如前文所述，杜甫未能致君尧舜、入朝为官，在颠沛流离中度过了一生。上元元年(760)，他卜居成都郊外的草堂，写作了题为《狂夫》的诗：

万里桥西一草堂，百花潭水即沧浪。风含翠筱娟娟净，雨裛红蕖冉冉香。厚禄故人书断绝，恒饥稚子色凄凉。欲填沟壑惟疏放，自笑狂夫老更狂。[4]

---

① 《论语译注》，第193页。《论语·微子》一篇中有不少与隐逸相关的内容，显示出道家思想的影响。在本则中，"佯狂"是与隐逸类似的处世方式。顺便提及，《庄子》中也有与《论语》类似的楚狂接舆逸话。

② 与"佯狂"类似的行为，还有"佯愚"。《论语·公冶长》中有"甯武子，邦有道则知，邦无道则愚。其知可及也，其愚不可及也"一则，记载卫国大夫甯武子面对乱世，则装成愚昧的样子。甯武子的"愚"是佯装出来的"愚"，因此孔子说这是普通人所做不到的。

③ 瞿蜕园、朱金城校注：《李白集校注》卷十四，上海古籍出版社，1980年，第863页。

④ 《杜诗详注》卷九，第743页。

“填沟壑”可谓最不祥的结局，此时杜甫虽面临这一命运，诗中却丝毫没表现出哀叹之音。他嘲笑自己简直就是狂夫，一面直面悲惨的命运，一面却依旧过着纵情任性的生活。杜甫特有的自嘲、自虐精神通过这种略带幽默的方式表现出来。

“畸”——徐渭及其狂气

无论李白还是杜甫，其狂态均是佯装出来的，他们只是把自己作为狂人表演出来，并非真正发狂。那么，是否存在着真正的本性带有狂气的文人呢？是否存在由内而外地流露出自身狂气的作品呢？下文将讨论这类为数不多的真正的狂士代表徐渭(1521—1593)①。当然，徐渭也许不能称为完全意义上的真正狂人，因为完全的狂人无法写作，但他确实终生为随时发作的狂疾所困扰。

徐渭，字文长，山阴(今浙江省绍兴市)人，号田水月、天池山人、青藤道人等。活动于明代后期正德、嘉靖、隆庆、万历年间，传统诗文以外，兼擅戏曲、书画，不仅是多才多艺的文士，也是少有同类的“畸人”。徐渭自己也承认其“畸”，并将晚年自编的年谱命名为《畸谱》②。

或许很难见到像徐渭年谱《畸谱》那样“畸”的年谱。年谱以“渭生观桥大乘庵东，时正德十六年”开头，在关于童年时代的记载中，已有不少异于常人之处。例如，六岁时“入小学。书一授数百字，不再目，立诵师所”，八岁“稍解经义”。不过，这些还只算传统自传中常出现的儿童成长

---

① 关于徐渭，可参考：内山知也『明代文人論』第六章「徐渭の狂気について」，目耳社，1986年；内山知也监修、明清文人研究会编『徐文長』，白帝社，2009年。

② 《畸谱》收入《徐渭集》补编部分，中华书局，1983年，第1325—1331页，下文引用此文，不再出注。

的早熟事迹(参考本章第二节)。较为特别的是,有关八岁的记载,在上面的叙述后,极其自负地引用了老师对自己的称赞:“昔人称十岁善属文,子方八岁,校之不尤难乎?噫!是先人之庆也,是徐门之光也,所谓谢家之宝树者,非子也耶?”

不过,更值得注意的是在《畸谱》四岁条写道:“十三嫂(十三为排行,表示一族同辈兄弟的出生顺序)杨死,能迎送吊客。”记载四岁的自己已能帮助接待参加嫂子葬礼的宾客。我们自然可以将其看作是文人笔下常见的早熟儿童形象,但是那渲染着浓重的死亡阴影的葬礼,对它的描写又不禁让人感到其中包含着些许异样的东西。对死亡的体验,甚至可以追溯到徐渭出生之年:“是年五月望,渭生百日矣,先考卒。”可以说,徐渭的人生就是在死亡阴影的笼罩下开始的。

以徐渭的一生为中心,《畸谱》中还记载了某些更为复杂的事件。例如,十岁条有如下记载:

> 苗宜人,渭嫡也。教爱渭,世所未有也,渭百其身莫报也。然是年,似夺生我者。乃记忆耳,不知是是年否。

本段表达了对嫡母苗氏(“宜人”是对官宦之妻的敬称)养育教导自己的感念之情。值得注意的是,徐渭在这里还提到了自己的生母。徐渭的生母为苗氏的婢女,因此徐渭实为父亲与下人所生。这种情况在古代士人社会中虽非特例,但并非不会给当事人留下心理创伤。尤其通过上文的叙述,可知嫡母曾夺其生母,将之卖入别家为奴。徐渭所用“夺”,微妙地传达出了他对嫡母隐约潜藏着的芥蒂之心。[1]

徐渭此后与生母的关系，年谱中记载不多。二十九岁条有："幸迎母以养，买杭女胡奉之。"雇佣人胡氏，照顾生母。此后，四十八岁条载："生母卒，出襄事。"虽然只有这样零星的记载，但笔者认为这反倒体现出徐渭对生母深深的思念。

从青年到壮年时期，徐渭堪称命途多舛，先后遭遇了两位异母兄长（徐淮、徐潞）早逝，科举落第，婚姻失败，因上司牵连成为政治犯等一系列变故。以下，依据《畸谱》记载，来看与其科举落第有关的内容。

图 23　青藤山人小像

徐渭的自画像。"青藤"是徐渭之号，"山人"为山中隐者之意，在文人中广为使用。据万历刊本《徐文长三集》卷首。

与科举有关的记载，从二十岁开始："渭进山阴学诸生，得应乡科。"考中秀才，成为县学生员参加乡试，最终落第。《畸谱》中虽未记载这次乡试失败，但其《自为墓志铭》中有"试于乡，蹶"[2]之语。二十三岁条记载："科癸卯，北。"又落第。二十六岁条记载："科丙午，北。"再次落第。二十九岁条载："己酉科，北。"第四次落第。

---

① 顺便提及，徐渭十四岁时，嫡母病亡。当年他写道："苗宜人卒。病渐剧时，渭私磕头，不知血，请以身代。请医路，卜人语以谶语恶，不食三日。嫂怜渭，好语之，稍粥。"记载自己以身恤母尽孝的经历。以现代人的眼光来看，也许认为这种行为不合常理，中国现代作家鲁迅有揭发孝道弊害的作品《狂人日记》，书中批判了割肉啖亲的奇异孝行。

② 《徐渭集》卷二六，第 638—639 页。徐渭在四十五岁自杀未遂时自撰的墓志铭，可以将其视为做好死亡准备的遗书。在徐渭以前，有陶渊明、王绩、杜牧等不少文人也曾作过此类的自撰墓志铭。

如此反复，先后经历了八次乡试失败。四十一岁条载：“应辛酉科，复北。……与科长别矣。”最终放弃参加科举。科举失败的文人，多数以游幕或塾师为生，徐渭最终也步上此途。

下面再来看徐渭的婚姻情况。徐渭一生先后三次娶妻。第一次娶潘克敬之女。二十岁条在记载科考失利后，有“归聘潘女”之语。翌年载“夏六月，婚”，入赘潘家，婚后在潘克敬任所广东生活。后归绍兴。二十五岁，生子徐枚。翌年，妻潘氏殁：“妇潘死，十月八日寅也。”三十九岁时续娶杭州王氏，此次仍为入赘。这次婚姻，双方相处极其不洽，不久即离异，三十九岁记事曰：“夏，入赘杭之王。劣甚，始被诒而误，秋，绝之。至今恨不已。”对王氏衔恨不止。次年第三次结婚，娶张氏。四十岁条载：“聘张。”四十一岁条载：“取张。”但此次再婚并未带来幸福的生活，下文将围绕他与张氏极其不幸的生活展开叙述。

徐渭四十一岁娶张氏时，经历了第八次乡试落第，紧接着放弃科考，此点前文已有涉及，下面来看该年记事中前文省略的部分：

> 四十一岁，取张。应辛酉科，复北。自此祟渐赫赫，予奔应不暇，与科长别矣。

“祟”即癔症，狂疾发作之意。徐渭四十一岁，“祟”渐次变得严重起来。从这一年开始，《畸谱》中反复记载了他为“祟”所苦的经历，这一病态最终发展至自伤乃至自杀。

四十五岁条载：“病易，丁剚其耳。”“易”即“瘍”，为精神疾病的一种。

在此疾发作时，徐渭曾以钉自刺其耳。在《海上生华氏序》中，他也记录了此次狂疾发作的情形：

> 予有激于时事，病瘈甚，若有鬼神凭之者，走拔壁柱钉可三寸许，贯左耳窍中，颠于地，撞钉没耳窍，而不知痛。逾数旬，疮血迸射，日数合，无三日不至者，越再月以斗计，人作虮虱形，气断不属。①

"华氏"是此时为徐渭疗疾的医生。从此文的记载来看，伤情颇为严重，幸而没有刺中要害，最终得以治愈。除此以外，据徐渭同乡陶望龄（1562—1609）《徐文长传》记载，传说徐渭曾自椎击碎其肾囊。虽不能完全确定哪种记载符合实情，但他曾有过自伤行为则是可以确定的。他究竟出于什么原因患病自伤，《畸谱》中没有明言，上文所引《海上生华氏序》中归之于"时事"。陶望龄《徐文长传》则认为是由于徐渭幕主胡宗宪被捕，他担心受到牵连惊惧过度所致。

所谓的"祟"病最终将徐渭带往濒临死亡的境地。隆庆元年（1567），徐渭四十六岁，他的狂疾发作，最终殃及旁人，据年谱记载："易复，杀张下狱。"——狂疾再次发作，以致杀害妻子张氏，被捕入狱。中国家庭中也存在所谓的家庭暴力，而此案无疑是其中最恶劣的结局了。至于徐渭为何杀妻，虽有关于张氏轻浮的各种说法，但都无从考证。总之，即使在

---

① 《徐渭集》卷十九，第555页。

男尊女卑的中国古代社会，杀妻也是无可置疑的犯罪行为。此后，徐渭囚于狱中数年，据《畸谱》载："四十七岁，狱。""四十八岁，狱。""四十九岁，狱。""五十岁，狱。""五十一岁，狱。""五十二岁，狱。"万历元年(1537)，徐渭五十三岁，因保释而出狱。在度过数年较为安定的生活后，五十八岁条载："祟见，归复病易。"六十一岁条又载："诸祟兆复纷，复病易，不谷食。"此后直至七十三岁去世，"祟"都始终与徐渭相伴。

"梦中女子的素足……"

上文主要根据《畸谱》，复述了徐渭坎坷乖违的一生，从中浮现出来的徐渭形象，的确令人心酸。徐渭之"畸"，可以说是与他的凄惨命运相伴相生的，其中最令人痛心的无疑是杀妻惨剧。如上文所述，杀妻的原因，据传是因徐渭怀疑张氏不贞。这一传言，在徐渭去世不久后即成为小说故事的题材。明代冯梦龙(1574—1646)[1]所编的男女情事集《情史》卷十三中，记载了如下逸闻：

> 渭为人猜而妒。妻死后再娶，辄以嫌弃。续又娶小妇，有殊色。一日，渭方自外归，忽户内欢笑作声，隔窗斜视，见一俊僧，年可二十余，拥其妇于膝，相抱而坐。渭怒，往取刀杖，趋至欲击之，已不见矣。问妇，妇不知也。后旬日，复自外归，见前少年僧与妇并枕昼卧于床。渭不胜愤怒，声如吼虎，便取铁灯檠刺之，中妇顶门而死，遂坐法系狱。后有援者获免。一日闲居，忽悟僧报。伤其妇死非罪，

① 冯梦龙，字犹龙、子犹，吴县(今江苏苏州)人，著有《喻世明言》《警世通言》《醒世恒言》等，在明代白话小说史上占有重要地位。

赋《述梦诗》。[1]

在这则逸闻前半部分，还交代了事件的起因：徐渭游于杭州某寺庙，寺僧无礼，徐渭怀恨在心，构陷寺僧，导致其被判死刑。因此，杀妻起源于寺僧亡灵为复仇而与其妻私通。这则逸闻的内容当然不是事实。但徐渭其人，却的确具备招致这类传闻的“畸”特质吧！

下面我们来看看冯梦龙记载的逸闻中提及的两首杂言古诗《述梦》。其一曰：

伯劳打始开，燕子留不住。今夕梦中来，何似当初不飞去。怜羁雌，嗤恶侣。两意茫茫坠晚烟，门外乌啼泪如雨。

“伯劳”即鵙。古乐府诗中有“东飞伯劳西飞燕”之句，此后演变为成语“劳燕分飞”，喻指男女离别。本诗开头两句使用此典，以伯劳鸟比喻男子，以燕子比喻女子，描写了他们不幸的别离（第一句尤为艰涩，本意难求）[2]。诗中伯劳指的就是诗歌的作者徐渭，那个曾经被他抛弃的女子（据冯梦龙逸闻则指被杀之妻张氏）出现在他的梦中。她到底是为何而来呢？是怜悯这个抛弃自己的孤独的男子？还是在嘲笑这个虐待自己

---

① 冯梦龙评辑，周方、胡慧斌校点：冯梦龙《情史》卷十三，江苏古籍出版社，1993 年，第 426 页。

② 将恩爱的夫妻拆散，称为“棒打鸳鸯”。此诗中，“打开”应当是指男子对女子使用暴力的行为。

的恶侣如今凄惨的样子？虽然希望探知女子的来意，但随着黎明降临，梦中一切都消失不见。回过神来，诗人发现泪水早已打湿了自己的脸庞。再来看第二首：

跣而濯，宛如昨，罗鞋四钩闲不着。棠梨花下踏黄泥，行踪不到栖鸳阁。[1]

“栖鸳阁”指男女恩爱生活之所。本诗后半部分描写了无法到达此处的焦虑，极为形象地刻画出了梦中世界特有的焦虑感。那个为了到达栖鸳阁而陷入泥泞中的人，到底是徐渭，还是被他所抛弃的女子，抑或兼指两人？诗中没有明确说明，不过应该还是指被徐渭所弃的女子吧。

那么，第二首的开头两句究竟表达了什么呢？诗句描写了一个女子，褪去布袜，赤足浸入水中的画面。女子濯足水中的情景，南朝宋代诗人谢灵运曾在《东阳溪中赠答》描写过：“可怜谁家妇，缘流洗素足。”[2]此后，女子水中濯足的形象，作为一种具有色情意味的意象被中国诗歌所继承，例如，李白《越女词》中有“东阳素足女”之句，《浣纱石上女》中有“两足白如霜”之句。[3] 谢灵运和李白的诗句围绕越女展开，表现的是一种田园牧歌式的健康的色情。他们笔下的越女素足，处在清澈的溪水边、浣纱的劳动场景中，因此给人一种明净的印象。但是，徐渭上诗描写

---

① 《情史》卷十三，第426页。此二诗见《徐渭集》卷五，第120—121页。
② 《玉台新咏笺注》卷十，第473页。
③ 以上两首并见瞿蜕园、朱金城校注：《李白集校注》，卷二五，第1499、1500页。

的女子之素足意象，不禁让人感到一种凄凉。这也许是因为他所描写的女子是早已不属于此岸世界的死者之故。诗歌第三句描写了女子脱下的罗鞋。“四钩”本意为东北、东南、西南、西北四个方向(《淮南子·天文训》)，在这里形容到处都是，散落一地。随处抛掷的罗鞋，形容出了这位不在人世的女子悲伤的情态。下句中的棠梨花，一般种植于坟墓之畔，象征着死亡。[①] “黄泥”意指黄泉的泥淖。总之，第二首诗歌，描写了在幽暗的黄泉之下，女子光着双足，踏着冰冷泥泞的道路的情景，传达出她的幽怨与哀伤。

并且，诗中这位素足女子的形象，仍“宛如昨日”一般，以丝毫未变的姿态出现在诗人的追忆中。追忆好比一层一层拨开被时间云翳覆盖着的过去，令过去如同褪下罗鞋、露出素足一般，出人意料地呈现。徐渭这两首诗描写的就是这样一种追忆的体验，不得不说这样的体验的确令人唏嘘不已。追忆是献出失去之物的行为，失去之物又被作为失去之物再次加以确认，换言之，是再次失去的行为。

如上文所述，从徐渭自撰年谱《畸谱》中，不难看出其逐渐趋“畸”的命运。而当我们读到这部逐年历述自身不幸命运的年谱时，也会感到某种痛苦吧。这种痛苦，自然是因为所记述事情中包含着痛，但不仅仅只有这些。因为年谱这种形式，是将过去的东西一一记录呈现，其本身便伴随痛苦。我们从徐渭《畸谱》中所感受到的痛苦，也包括这一点吧。成

---

① 白居易《寒食野望吟》：“丘墟郭门外，寒食谁家哭？风吹旷野纸钱飞，古墓累累春草绿。棠梨花映白杨树，尽是死生离别处。冥寞重泉哭不闻，萧萧暮雨人归去。”附带提及，不着鞋履的赤足形象，也是死者亡灵的标志。

为“畸”者，应当说通常是因为其背后有着不得不背负的痛苦，就仿佛出现在他梦中的那个曾经被其抛弃、如今早已亡故的女子那雪白的素足所带来的痛苦一样。

“掷珠”

上文已经追述了徐渭因痛苦而趋“畸”的人生。那么，徐渭是如何结束这样的一生的？陶望龄在《徐文长传》中记叙了他的晚年生活情形：

> 时大言曰：“吾杀人当死，颈一茹刃耳，今乃碎磔吾肉！”遂病发弃归。既归，病时作时止，日闭门与狎者数人饮噱，而深恶诸富贵人，自郡守丞以下求与见者皆不得也。尝有诣者伺便排户半入，渭遽手拒扉，口应曰：“某不在。”人多以是怪恨之。……年七十三卒。①

裹着薄薄的狂气面纱之下浮现出来的是一个孤独老人的形象。万历十八年，徐渭七十岁，离去世还有三年的他，以《十月望，十二月朔，百舌群鸣连日；腊朔之夜，雷电彻晓，大雨两月；乡村人来说虎食人，经秋不去》为题，作了下诗：

> 万历十八年，十二月之朔，百舌声声叫如昨。
> 如朋唤友互答应，乃是气机使然诺。

① 陶望龄：《徐文长传》，收入《徐渭集》附录，第1340—1341页。

百舌小鸟尔，颛顼使之敢不听？
雷电本大物，蛰藏已久矣。
何为十一月，彻夜殷殷令人惊？
电入我窗两三划，我疑是灯还未灭。
起看灯花已落油已干，始知是电耳，非关灯之残。
气候变迁亦常事，山林老翁闲料理。
十月十一月，连月苦大水。
十二月来还未止，猛虎食人如食豕。
百物价高宁倍蓰，我也左听右出耳。
信知十说九是诡，不饮不啖拼已矣。
宾来宾去无将迎，携榼提壶见好情。
谑谈不把苍毛麈，偶语惟禁白玉京。
几筵屏帐无家火，鞋袜衣衫多补丁。
噫嘻吁！百鸟之语谁能解，百舌鸣冬或报瑞年来。
世事怪反常，常反怪。
安得公冶来，为鸟译出令人快？
我所解者提胡卢，枝头劝我邻家沽。
提胡卢，不知吾，少青蚨。①

本诗的主旨难以捉摸。例如，一般的诗歌涉及虎食人题材，要么会表达

① 《徐渭集》卷五，第163页。

对民众的同情，要么则隐含对政治现状的批判。但是，本诗则轻易地背弃了这种传统："我也左听右出耳"——就像该句所表达的一样，此诗可谓随兴而作。全诗信笔写来，不断转换话题，体现了作者毫无关注点、不得要领的心态。整首诗歌完全看不到对结构的安排与考虑，押韵也变幻自如，稍稍显得有些杂乱无章。

若照实说，这首诗表现出一种颓废敷衍的态度，这种风格贯穿于徐渭五十二岁被赦出狱以后的整个诗歌创作中。骆玉明、贺圣遂所作《徐文长评传》中指出，徐渭诗风最显著的一个特色便是"颓放"。[①] "颓放"，换句话说，就是放恣，放漫、怠惰之意，是一个表示态度颓废敷衍的词语。在中国诗史上，如此程度的颓放是比较罕见的，这也体现出徐渭之"畸"。当然，其诗歌并不只是单纯的颓放，而是以颓放为外壳包裹着深深的绝望。作为表现徐渭颓放形象的代表作，下面这首自题画作的七言绝句《葡萄》，颇具意味。徐渭创作了大量这类题画诗，本诗作于万历年间：

> 半生落魄已成翁，独立书斋啸晚风。笔底明珠无处卖，闲抛闲掷野藤中。[②]

诗中"笔底明珠"比喻自己作品内蕴的美质。《论语·子罕》篇中，孔子与弟子子贡有以下一番问答：

① 骆玉明、贺圣遂：《徐文长评传》，浙江古籍出版社，1987 年，第 220 页。
② 《徐渭集》卷十一，第 400—401 页。

子贡曰："有美玉于斯，韫椟而藏诸？求善贾而沽诸？"子曰："沽之哉！沽之哉！我待贾者也。"①

在对话中，孔子将能让自己实现政治抱负的统治者比喻为买玉的人，殷切地盼望出现这样的人。徐渭将自己的文才喻为"明珠"，正与孔子将自己的才能喻为"玉"，同一机杼。在中国文学中，这种珠玉之喻为所有文人共同使用。

徐渭和孔子一样，在早年曾希望将自己的"明珠"待价而沽。事实上，虽未能及第，他也曾数度应举。不过，到创作此诗时，他早已对"卖珠"感到绝望了。故诗歌后两句写道：既然无人收买，不如干脆抛掷了吧！因此，徐渭晚年的"颓放"，可以说是一个无奈抛掷自己如同明珠般才华的文人自然流露出的形象吧。

图 24　徐渭《葡萄图》

在左上留白处有题诗。故宫博物院藏。据徐邦达编《中国绘画史图录》(上海人民出版社，1989 年)。

结语——"私"的近代性

作为与私人领域紧密相关的问题，本章第三节和第四节分别讨论了中国文学中表现的"老年"与"狂气"。若在此基础上更前进一步的话，涉及的问题应当就是"死亡"了。在第四节中，虽然只将狂气作为表现私人

① 《论语译注》，第 91 页。

领域的极限，但关于“死亡”的表现也可作如是观。米歇尔·福柯（Michel Foucault）在其《认识的意志》中，关于死亡与权力的关系，有如下论述：“现如今，权力能够确立它对于生、对于生所展开的全部局面的掌控。死亡是权力掌控的界限，是权力的触手无法抓住的节点。死亡是权力掌控的界限，是从权力掌控之下逃脱的瞬间。死亡是存在最为隐秘、最具个人性之处。”[①]福柯指出，死亡是“公”权力的统治不能触及到的最隐秘、最具个人性的领域。本章所讨论的文学中有关老年、狂气的表现，也是这样隐秘的、具有个人性的领域。至此，本文已讨论过“隐逸”“亡命”“佯狂”三种逃离权力控制的方式，以福柯的观点来看，最为极端的逃离方式应该是死亡，也即自杀。

那么，中国文学如何表现死亡？是否存在以赴死者视角、从内部表现死亡的作品？值得注意的是，西晋陆机《挽歌诗三首》[②]其二，就是站在被埋葬的死者角度，来进行书写的作品：

重阜何崔嵬，玄庐窜其间。旁薄立四极，穹隆放苍天。侧听阴沟涌，卧观天井悬。广霄何寥廓，大暮安可晨。人往有反岁，我行无归年。昔居四民宅，今托万鬼邻。昔为七尺躯，今成灰与尘。金玉素所佩，鸿毛今不振。丰肌飨蝼蚁，妍姿永夷泯。寿堂延螭魅，虚无

① ミシェル・フーコー『知への意志』，渡辺守章译，新潮社，1986年，第175页。（中译本有佘碧平译：《认知的意志》，收入《性经验史》，上海人民出版社，2000年。——译者注）

② 陆机，字士衡，吴郡吴县（江苏苏州）人，为吴地名门世族。吴亡后出仕西晋，与潘岳同为西晋贵族宫廷文坛所重，最终被馋遇害。

自相宾。蝼蚁尔何怨，螭魅我何亲。拊心痛荼毒，永叹莫为陈。[1]

挽歌是送葬者牵挽灵车时所唱的歌谣，后转变为哀悼死者的歌谣。上诗中，陆游为墓中埋葬的死者代言，抒发了被幽闭于地下、不能再次回到人世间的痛苦。诗歌像折口信夫的《死者之书》一样，以独白的方式展开描写。诚然，死者无法开口，人们也无法真正从内部表现死亡，因此，本诗的描写其实是以虚构的死者的视角展开的。对属于公共领域交流手段的语言来说，死亡是无法表现的隐秘领域，是私人领域的极限。但即便如此，自古以来，代替死者陈述其思想，或倾听死者的声音，不就是文学承担的使命之一吗？例如，第一章第一节所举的《诗经》中表现与周文王进行沟通的诗歌，就采取了倾听死者声音的姿态。上文所引的挽歌，也同样可看作承担代言使命的作品。本章第四节讨论过的徐渭《述梦》诗，如果将其看作为亡妻而作的话，也当作如是观。

图 25　北魏石棺

棺的右壁描绘了骑龙的人物形象，左壁描绘了骑虎的女性形象，被认为表现了墓主夫妇升仙的场景。洛阳古代艺术馆藏。曾布川宽、冈田健编《世界美术大全集・东洋编 第3卷 三国・南北朝》（小学馆，2000年）。

最后，本章所讨论的问题究竟是什么呢？虽然文中列举

① 《文选》卷二八，第406—407页。

了各种各样的现象，但归根结底，这些都属于中国古代文学中极为有限的对私人领域（个人领域）的表现方式。并且，这种情况可能并不仅限于中国。“私”的意识，是直至近代才首次浮现出来的问题领域。从这个意义上来看，可以认为“私”意识是区分古代与近代社会的重要标志之一。

如第四节中所讨论的狂气问题。文中举了徐渭作为中国文学中从内部出发深度表现个人狂气的例子，但实际上正式加以实践还要等到近代。以鲁迅（1881—1936）的《狂人日记》[①]为例。《狂人日记》是一部自述式的日记体小说，通过一个被“人吃人”妄想所纠缠的“狂人”的自述，描写了“狂人”的心理。在小说中，鲁迅以狂气作为反抗封建礼教的手段，具有极其重要的意义。像《狂人日记》这样，以发狂为题材、伴随着沉重问题意识的严肃作品，在古代文学中直至最后也没有产生。

图 26　鲁迅

1933 年摄影。此时鲁迅在上海，直面时代危机，投身言论活动。据《鲁迅全集》第 8 卷（人民文学出版社，2005 年）。

“私”意识显然是近代社会的产物。或者，可以这样表述：近代化是一个从公共领域的束缚中解放出来，不断析出私人领域的丰富多彩的表现形态、并赋予其不可动摇的地位的过程。

（浅见洋二著、曹逸梅译）

---

① 《狂人日记》初刊于《新青年》第四卷第五号，1918 年。后收入《呐喊》（新潮社，1923 年；再版改为北新书局，1926 年）。日译本有『阿 Q 正伝・狂人日記』（竹内好译，岩波文庫）等。另外，狂人自述式日记的构思来源于果戈里《狂人日记》。

第二部　事实与空想

第三章　史书与小说

第一节　“史”为何物

《史记》所记晋国建国神话从以下的内容开始：

> 晋唐叔虞者，周武王子而成王弟。初，武王与叔虞母会时，梦天谓武王曰：“余命女生子，名虞，余与之唐。”及生子，文在其手曰“虞”，故遂因命之曰虞。武王崩，成王立，唐有乱，周公诛灭唐。成王与叔虞戏，削桐叶为珪以与叔虞，曰：“以此封若。”史佚因请择日立叔虞。成王曰：“吾与之戏耳。”史佚曰：“天子无戏言。言则史书之，礼成之，乐歌之。”于是遂封叔虞于唐。唐在河、汾之东，方百里，故曰唐叔虞。

此处所记之周武王乃“武王伐纣”之武王，即令太公望为军师，灭掉殷朝的周朝建国者，将耽溺于“酒池肉林”之乐的“无道君主”纣王与美女妲己一起杀死的周武王。如果上述是史实的话，它大概发生于公元前一一〇〇年左右，是距今约三千一百年前的古老事迹。殷朝灭亡后，武王也死了，年幼的长子成王继位。成王与其弟叔虞(叔即弟之意)玩耍时，云："以此封若。"史官把这句话记录下来，以"君无戏言"的原则要求成王兑现诺言，于是叔虞受封唐国，遂有唐叔虞之名，晋国由此诞生。

今天我们常常不带特别的疑惑去使用由两个汉字构成的"历史"这一术语。但是，如果要对这一词语加以定义的话，它到底是什么意思？"历史"其实是和制汉语，是明治时期日本人对"history"一词的创造性翻译。虽然在今天的中文中，由日语再输入的"历史"一词被用得极为理所当然，然而自不待言，此词本为"history"的翻译语，在中国古典典籍中并不存在。尽管我们经常说"中国是历史之国"，然而，古代中国并没有"历史"一词。由此，也可以说没有"历史"这一概念。

中国古典典籍中的"史"是什么？

后汉许慎所著字书《说文解字》释"史"云："记事者也。从又持中。中，正也。""史"即记录下正确之事。另外，在甲骨文中，"史""吏""使""事"皆为同源汉字，"史"原本仅指"传达文书的使者"。尽管由于意义分化，在后代形成了"吏(文书的处理者)""史(文书)""使(文书的传达者)"三个不同的汉字，但其基干仍是"吏"这一"右手"与"书箧"组合起来的会意文字。[1] 总之，可以说"文字所记之事"为"史"，"所记之人"为"吏"，

---

① 《说文解字》将汉字的构成分为"六书"，即"指事""象形""形声""会意""转注""假借"，其中由独体字组成新意义的文字为"会意"。

"传达记录"为"使","双手捧上记录"为"事"。[1] 此外,南朝梁刘勰在其文学理论著作《文心雕龙》第十六《史传》中云:"史者,使也。执笔左右,使之记也。古者,左史记事者,右史记言者。言经则《尚书》,事经则《春秋》。"换言之,在王的左右各有书记官,左边的书记官记录王的行为,右边的书记官记录王的言语。王的言语成为《书经》,行为成为《春秋经》。在中国古典典籍中,这段说明最确切地概括了"史"是什么。要之,"史"就是"记录王的言行"。如果按照时间顺序排列的话,这些记录就成为"史书";如果通过官员向百姓发布的话,这些记录就成为"王命(即法令)"。

《史记》卷八十一《廉颇蔺相如列传》记载了著名的"渑池之会"的场景,如下:

> 其后,秦伐赵,拔石城。明年复攻赵,杀二万人。秦王使使者告赵王,欲与王为好会于西河外渑池。赵王畏秦,欲毋行。廉颇、蔺相如计曰:"王不行,示赵弱且怯也。"赵王遂行,相如从。廉颇送至境,与王诀曰:"王行,度道里会遇之礼毕,还,不过三十日;三十日不还,则请立太子为王,以绝秦望。"王许之,遂与秦王会渑池。
>
> 秦王饮酒酣,曰:"寡人窃闻赵王好音,请奏瑟。"赵王鼓瑟。秦御史前书曰:"某年月日,秦王与赵王会饮,令赵王鼓瑟。"蔺相如前曰:"赵王窃闻秦王善为秦声,请奏盆缻秦王,以相娱乐。"秦王怒,不

① "事"中含有"史"。

许。于是相如前进缻，因跪请秦王。秦王不肯击缻。相如曰："五步之内，相如请得以颈血溅大王矣！"左右欲刃相如，相如张目叱之，左右皆靡。于是秦王不怿，为一击缻。相如顾召赵御史书曰："某年月日，秦王为赵王击缻。"

秦之群臣曰："请以赵十五城为秦王寿。"蔺相如亦曰："请以秦之咸阳为赵王寿。"秦王竟酒，终不能加胜于赵。赵亦盛设兵以待秦，秦不敢动。

秦王和蔺相如所说的"音""声"皆指音乐。然而，如上述周朝太史尹佚所言"(王言)乐歌之"，"乐""音""声"分指不同的音乐种类。"乐"是"礼乐"的概称，指在正式场合演奏的符合礼仪规范的音乐；"音"是"瑟(女性演奏的乐器)"所象征的私人音乐；"声"指像"秦声(秦国的歌谣)"那样带有方言的民谣。因此，"寡人窃闻赵王好音，请奏瑟"，这是将赵王当作侍奉私宴的乐师。与此相应，蔺相如云"赵王窃闻秦王善为秦声，请奏盆缻秦王，以相娱乐"，则是将秦王当作乡巴佬来看待。此外，针对秦国臣属"请以赵十五城为秦王寿"的话，蔺相如以"请以秦之咸阳为赵王寿"来回答。这貌似"以赵之十五城换秦之一城"，然而，由于咸阳是秦国的首都，因此赵国的"让步方案"必然会遭到秦国的拒绝。如此一来，秦国面对赵国，实际上一点也没占上"盟主名分"的优势。这就是"渑池之会"所记之事。

这里的重点是，秦国在行使"盟主名分"时，不以武力示威，而是通过"书记官记录"这一着实迂回的方式。之所以这么做，其前提是书记官的记录将会被当作"王命"在全国发布，还将会被整理成书、流传后世。尽管不能判断上述记载是否是史实，但可以确定，在编纂《史记》的汉代就有将王的言行记录下来、编纂成史书、使之流传后世的通识。而且，使上述“渑池之会”流传至今的《史记》一书，原题为《太史公书》。“太史公”即书记官之意。记载周成王言语的也是“太史尹佚”，记载秦王或赵王言语的也是两国的“御史”。一谈到“中国史书”，我们就会把“史传”①当作记录、整理帝王言行的档案资料，或是“为帝王解说”的臣子们的事迹。笔者在高中学习“世界史”中的中国史时，总是不得不记下皇帝的名字，这是因为“中国的史书”皆可以说是“以皇帝为中心的档案文献”。而且，着实令人惊奇的一点是：中国文明自黎明期开始，相当于上述“太史”“御史”“太史公”的书记官们就承担了与《史记》描述大致相同的职务，他们作为“书契者”生活在王的身边。

图 27　卜辞之一例

依据藤枝晃《文字的文化史》

请看图 27。这是京都大学人文科学研究所收藏的甲骨文字。正如藤枝晃《文字的文化史》（岩波书店，1971 年）的释读，此图从右开始、自上而下的内容为（从左向右似亦可解）：

癸丑卜永贞旬亡祸

① 刘勰《文心雕龙》“史传”条释“本纪”曰：“比尧称典，则位杂中贤；法孔题经，则文非元圣。故取式《吕览》，通号曰纪。纪纲之号，亦宏称也。故《本纪》以述皇王。”又云：“‘传’者，‘转’也；转受经旨（按：‘经’或可转读为‘纪’）。”

癸巳卜永贞旬亡祸王占日牛……

癸卯卜永贞旬亡祸

癸亥卜永贞旬亡祸

癸酉卜永贞旬亡祸王……

癸巳卜永贞旬亡祸……

殷王把自己的祖先当作神灵祭祀，每逢其诞生日（即十日一次）①，例行让专门从事占卜的“贞人”举行占卜活动。因此，第一行“癸丑卜永贞旬亡祸”可释读为：“癸丑之日，贞人永占卜，十日之内无祸。”每行开头有“癸”字，这是因为祖先的诞生日在“癸”这一太阳日。另外，可以推测“永”是“贞人”的名字（“癸丑”是第一行的话，“癸巳”则是四十日后，从“癸卯”到“癸亥”有二十天，从“癸酉”到“癸巳”也距离二十天。对此，藤枝晃谈到：“占卜也有休息之日吧，或者其他‘贞人’也参与占卜，未知孰是？”）。这种“十干、十二支日期法＋卜＋□＋贞＋旬亡祸”体式，成为卜辞的基本文式。董作宾《甲骨文断代研究例》（1932 年）探明“□”的部分是“贞人”的名字，他还探明特定“贞人”的名字只出现在特定王的特定卜辞之中，据此为各甲骨文断代以及殷王谱系研究奠定了基础。另外，日本的松丸道雄还进一步注意到，写在卜辞上的“贞人”之名虽相同，但字形结构与风格不同，此外，还存在“贞人”之名虽不同但字形结构与风格

① 如卜辞或金文所刻“父乙”“祖癸”，王所祭之神名以“父或祖＋十干”来表示，占卜日期选在神的诞生日，即“该‘十干’之日”举行。神的诞生日以十日神话为基准，每十日举行一次。

相同的情况。他以此为着眼点，指明在王身边除了“贞人”团体外，还存在另一个只承担契刻的“书契者”团体(《甲骨文字》，1959年)。松丸道雄还指出：“相对于卜辞中出现过上百个‘贞人’之名，其书体不过十数种，这些数字应是殷代两百数十年间，王朝卜辞的‘书契者’人数吧。”“书契者”原则上是“一时一人”。[①] 如果这样的话，将文字刻于甲骨上的并不是贞人，流传至今的大多数卜辞也不是占卜时所刻的。此外，如“图27”所示，在至少九十天中就有多次占卜被刻于同一甲骨之上，这种“多次占卜的奇妙汇合”实际上是卜辞的常态，图27并非特例。综合考虑这些情况，“图27”的卜辞不是“贞人永”在每次占卜之际刻下的，而大概是有别于“贞人”的、“一时代一人”的“书契者”在占卜之后汇总刻下的。今天残存的甲骨文大多数不是占卜时所用的“实物”，而大概是汇总数次占卜结果的“誊刻物”。根据甲骨文的发掘报告等资料，像“图27”那样的甲骨文是以数百、数千枚为一束堆积在某处出土，据此可推测在王的身边分别存在“贞人”团体和“书契者”，“书契者”对“贞人”团体的占卜结果进行“誊刻”，然后把这些甲骨文收放在某个合适的场所保管。由此可知，这里所说的“书契者”作为书记官，与后世的“太史”“御史”“太史公”担任同样的职责。可以说，所谓的卜辞并非从废弃堆里出土的每次占卜所用的甲骨。

我们来比较一下，中国文明形成的“史即王的记录”的观念与西欧文明的史学之父——希罗多德的历史观念。希罗多德《历史》一书从下面这段著名的话开始：

---

① 参考松丸道雄「〈甲骨文〉における〈書體〉とは何か」，『書道研究』，美術新聞社，1988年。

这是哈利卡尔那索斯人希罗多德调查、探求(历史)的成果,他之所以要把这些写出来,是由于担心人类的诸多功业因年久日深而被遗忘,希腊人和异邦人(非希腊人)的那些值得赞叹的丰功伟绩,特别是他们发生战争的原因不再为世人津津乐道。[①]

樱井万里子对希罗多德《历史》的开头部分进行如上翻译之后,紧接着进行了如下的解说:

在作品开头,希罗多德在自报姓名时,用了作为著述方法的、具有"调查、探求"之意的"历史"一词。这是所知最早的、意为"历史"的英语词汇"history"的希腊语语源。这里的"历史"用作"调查、探求"之意,与我们现在所用的"历史"一词包含的内容意涵并不完全一致。

"我们现在所用的'历史'一词包含的内容意涵",具体是指什么?很遗憾,笔者在此不能详细展开。然而,谁都可以清晰地看出,希罗多德所说的"历史"与司马迁所说的"史"之间的"内容意涵"存在着很大的差异。如果说中国的"史"是"帝王言行的档案",那么希罗多德的"历史"则是"调查、探求"之意,而且与"调查、探求谁"相比,他更强调"谁去调查、探求"。中国的书记官多是以"匿名"的形式,面向未来,持续地记录、整理"现在的王的言行"。这不是"史"而是"史官"记录的内幕。与此相对,希

① 参考桜井万里子『ヘロドトスとトゥキュディデス』(《希罗多德与修昔底德》),山川出版社,2006年。

罗多德常常将目光投向过去，将探求“过去的功业”当作“历史”。在希罗多德身边流传着可称为“英雄叙事诗”的特洛伊战争、波斯战争等多种多样的“传说”。这些“传说”“英雄叙事诗”（应该可以直接概括为“神话”）的真实情况如何？对希罗多德而言，对它们的调查、探求之旅就是“历史”。在中国与希腊的“历史认识”之间，不仅存在着“从现在到将来”与“从现在到过去”这一矢量的差异，还横亘着“支配的实证”与“神话的考察”——一言以蔽之，即“史书之目的”之间的分歧。如上所述，这两个文明圈开创的“历史学”并不是同种学问，因此其实质也有所隔膜。

第二节　历史的文体

中国的“史传（历史书）”以什么顺序进行书写、书写什么？我们稍加详细地来了解这一“文体特征”。以下是《史记》卷五十五《留侯世家》，即与陈平共同辅佐汉高祖刘邦，并得以保全天寿的“明哲保身”之人——张良的“传记”。

> 上欲废太子，立戚夫人子赵王如意。大臣多谏争，未能得坚决者也。吕后恐，不知所为。人或谓吕后曰：“留侯善画计策，上信用之。”吕后乃使建成侯吕泽劫留侯，曰：“君常为上谋臣，今上欲易太子，君安得高枕而卧乎？”留侯曰：“始上数在困急之中，幸用臣策。今天下安定，以爱欲易太子，骨肉之间，虽臣等百余人何益？”吕泽强要曰：“为我画计。”留侯曰：“此难以口舌争也。顾上有不能致者，天

下有四人。四人者年老矣，皆以为上慢侮人，故逃匿山中，义不为汉臣。然上高此四人。今公诚能无爱金玉璧帛，令太子为书，卑辞安车，因使辩士固请，宜来。来，以为客，时时从入朝，令上见之，则必异而问之。问之，上知此四人贤，则一助也。”于是吕后令吕泽使人奉太子书，卑辞厚礼，迎此四人。四人至，客建成侯所。

汉十一年，黥布反，上病，欲使太子将，往击之。四人相谓曰：“凡来者，将以存太子。太子将兵，事危矣。”乃说建成侯曰：“太子将兵，有功则位不益太子；无功还，则从此受祸矣。且太子所与俱诸将，皆尝与上定天下枭将也，今使太子将之，此无异使羊将狼也，皆不肯为尽力，其无功必矣。臣闻‘母爱者子抱’，今戚夫人日夜侍御，赵王如意常抱居前，上曰‘终不使不肖子居爱子之上’，明乎其代太子位必矣。君何不急请吕后承间为上泣言：‘黥布，天下猛将也，善用兵，今诸将皆陛下故等夷，乃令太子将此属，无异使羊将狼，莫肯为用，且使布闻之，则鼓行而西耳。上虽病，强载辎车，卧而护之，诸将不敢不尽力。上虽苦，为妻子自强。’”

于是吕泽立夜见吕后，吕后承间为上泣涕而言，如四人意。上曰：“吾惟竖子固不足遣，而公自行耳。”于是上自将兵而东，群臣居守，皆送至灞上。留侯病，自强起，至曲邮，见上曰：“臣宜从，病甚。楚人剽疾，愿上无与楚人争锋。”因说上曰：“令太子为将军，监关中兵。”上曰：“子房虽病，强卧而傅太子。”是时叔孙通为太傅，留侯行少傅事。

汉十二年，上从击破布军归，疾益甚，愈欲易太子。留侯谏，不听，因疾不视事。叔孙太傅称说引古今，以死争太子。上详许之，犹欲易之。及燕，置酒，太子侍。四人从太子，年皆八十有余，须眉皓白，衣冠甚伟。上怪之，问曰："彼何为者？"四人前对，各言名姓，曰"东园公""角里先生""绮里季""夏黄公"。上乃大惊，曰："吾求公数岁，公辟逃我，今公何自从吾儿游乎？"四人皆曰："陛下轻士善骂，臣等义不受辱，故恐而亡匿。窃闻太子为人仁孝，恭敬爱士，天下莫不延颈欲为太子死者，故臣等来耳。"上曰："烦公幸卒调护太子。"四人为寿已毕，趋去。上目送之，召戚夫人指示四人者曰："我欲易之，彼四人辅之，羽翼已成，难动矣。吕后真而主矣。"戚夫人泣，上曰："为我楚舞，吾为若楚歌。"歌曰：

"鸿鹄高飞，一举千里。羽翮已就，横绝四海。横绝四海，当可奈何！虽有矰缴，尚安所施！"

歌数阕，戚夫人嘘唏流涕，上起去，罢酒。

中国"史传"的文体特征有以下三点：

(1) 以时间为顺序，记述了"何时""何处""谁""说了什么""做了什么"。在中国古典著作中，时间是不可逆的。

(2) 与其说"传记""史传"是按照从幼年到死亡的顺序来描写某个人物的生涯，倒不如说它以特定的事件为中心，在事件的过程中呈现出人物的言行、功业。一般不对"幼年期"展开记述，不太以"成长"或"变化"的观点来捕捉人生。

(3) 频繁使用说话、对话和直接叙述法，个人心理或事件背景大体也都采用直接叙述。记述者的补充或评论以“论赞”的形式放在“传记”之后(极少数在“传记”之前)。

按照这三点来看《留侯世家》的话,明显可见,上述虽是张良之“传”,但却未完全记载他的“人生”。上述的中心主题是“刘邦为何无法废除太子”,作者无非是从“张良的谋略”这一视点展开事件记述。此外,在记述方法上,作品先通过“直接叙事法”提出“张良的谋略”,后文则依次展示实现这一“谋略”的过程。中国的史传原则上“按照时间顺序记述”,这里有意识地运用这一原则,建构起完成预言的惊险故事。而且,完成预言的各个过程也全以“直接叙述法”呈现出来,最后以戚夫人伴舞的歌谣结束,宛如从现场发来的报道。

如果将《史记》的“文体”与《水浒传》之类的明代白话小说的“文体”进行对比的话,可以发现二者有惊人的相似性。与“调查、探求”相比,中国的“史书”更像“戏剧”或“故事”。

第三节 “小说”的诞生

如上所述,“历史”一词是所谓的“和制汉语”。尽管今天我们通常使用的“小说”这一术语也同样是“和制汉语”,然而,“小说”的情况比较复杂。因为在中国古典典籍中本来就有“小说”一词,由于它与 novel 或 story 意思相近(这也是“小说”这一“和制汉语”被当作翻译语来使用的原因),因此作为翻译语的“小说”与原本就存在的“小说”二者在概念上容易产生混淆。我们经常会把古典典籍中的“小说”当作“fiction”的同义词来理解。

例如,《汉书》卷三十《艺文志·诸子略》对“小说”有这样的说明:

> 右小说十五家,千三百八十篇。小说家者流,盖出于稗官,街谈巷语,道听途说者之所造也。孔子曰:“虽小道,必有可观者焉。致远恐泥,是以君子弗为也。”

这里以“街谈巷语”“道听途说”,即“在大道或小巷旁所说、所闻之事”来解释小说。就“街谈巷语”“道听途说”来看,尤其是在日本,人们往往会把小说与“民间”或“大众”“庶民”的概念联系起来,将它等同于“民间故事”“传说”“神话”。但是,需要注意的是,《汉书·艺文志》“小说家者流,盖出于稗官”的说法。“稗官”即书写“稗史”的“书记官”,是“吏”的一种。《汉书·艺文志》原本是对皇帝图书馆所藏书籍进行整理、分类(参考第一章第二节)的产物。因此,小说虽然可能出于“街谈巷语、道听途说”,但却是官方的一种“记载”,“记载”的目的是为皇帝治世提供参考资料。“小说”是官方写出的一种“报告书”“异闻”,而不是“民间故事”“传说”“神话”,也不是 fiction。

例如,今天一般被当作“古代小说集”的二十卷本《搜神记》[①],收录了一篇题为《李寄》或《东越闽中蛇怪》(卷十七)的小说,记载了下面的故事:

---

① 《搜神记》虽为晋代干宝所编,但现存二十卷本《搜神记》乃明人辑本,此本多大程度上保存原书面貌,至今仍有很多疑问。本文所引《李寄》文本依据《法苑珠林》所收内容。

东越闽中有庸岭，高数十里。其下北隙中，有大蛇，长七八丈，围之一丈，土俗常惧。东冶都尉及属城长吏，多有死者。祭以牛羊，故不得福。或与人梦，或喻巫祝，欲得啖童女年十二三者。都尉令长，并共患之，然气厉不息。共请求人家生婢子，兼有罪家女养之。至八月朝祭，送蛇穴口，蛇辄夜出，吞啮之。累年如此，前后已用九女。尔时，预复募索，未得其女。将乐县李诞家，有六女，无男，其小女名寄，应募欲行。父母不听。寄曰："父母无相，唯生六女，无有一男，虽有如无。女无缇萦济父母之功①，既不能供养，徒费衣食，生无所益，不如早死。卖寄之身，可得少钱，以供父母，岂不善耶？"父母慈怜，终不听去。寄自潜行，不可禁止。

寄乃告请好剑及咋蛇犬。至八月朝，便诣庙中坐，怀剑，将犬。先作数石米糍蜜麨灌之，以置穴口。蛇夜便出，头大如囷，目如二尺镜，闻糍香气，先啖食之。寄便放犬，犬就啮咋，寄从后斫得数创。疮痛急，蛇因踊出，至庭而死。寄入视穴，得其九女髑髅，悉举出，咤言曰："汝曹怯弱，为蛇所食，甚可哀愍！"于是寄女缓步而归。越王闻之，聘寄女为后，拜其父为将乐令，母及姊皆有赐赏。自是东冶无复妖邪之物，其歌谣至今存焉。

上面故事描写了一位孝女击退大蛇的始末，这是一个与日本"八岐大蛇"相似的英雄传说。在这个传说中，出现了灾害之神、牺牲品少女、作为英

① 缇萦乃人名，是西汉文帝时的孝女。

雄助手的宝剑和神犬、作为谷神象征的糯米糍饼，讲述了少女在谷神的协助下取得王后之位的故事，包含了与开国或王权相关的各种各样的神话主题。这一神话主题广泛流传在随舟漂流即可抵达日本的闽中（今福建省）地域。对日本的研究者而言，这是一个颇有意趣的话题。但是，如果从记录者的记述意图或叙述方式来看的话，上述故事是典型的“报告”，而不是传说。故事的记述者好比是在“实地”进行采访的通讯员，他用的是通讯员的“文体”。这是以时间为顺序，将“何时”“何处”“谁”“说了什么”“做了什么”井然排列的史书文体，而不是“以在实地讲述故事的口吻来写的”。上述故事篇末“其歌谣至今存焉”，明言这一传说以“歌谣”这一韵文体式流传下来。但是，如果从原文来看，上述故事却以朴素的散文体写成，既没有押韵，也没有歌谣特有的“语调”。这位报告者大概是在消化故事之后，结合直接叙述法和简洁的散文文体来进行叙述。他这么做并不是为了营造出身临其境之感，而是采用“史传”“报告书”的常规套路直述“言行”。为了显示自己的报告并非虚假，他在末尾加上附言，以此证明这个故事来源确凿，是真正的“街谈巷语”。由此可见，记录者并没有书写“fiction”的意识。

如果不担心被误解的话，可以这么说：中国古典小说，包括唐传奇或“四大奇书”等白话小说，归根到底都没有超越“史传”或“报告书”的“文体”。与其说中国古典小说没有创造出作为故事的“新文体”，倒不如说它们是模仿“史传”或“报告书”而写成的。从作者方面来看，他们也希望自己的作品被当作“史实”或“事实报告”来读。对他们而言，某个故事具有被报道的价值，是因为它是“事实”，而不是“有意思”。在上述击退大蛇的故事中，记述者担心的不是内容的非现实性，而是自己将会沦为故事作家。与内容的现实性相比，更需要确保的是传闻的可靠性——这是涌动在中国“小说”暗流里的记述者的意识。因此他们加上了“其歌谣至今存焉”，以示自己并非“创作者”。因此，在中国故事世界中诞生的真正有才华者，当他们将创意、设想融入作品时，与其说他们朝着穷尽想象力的方向努力，倒不如说，他们将故事伪装成“街谈巷语”之事实，在“小说”中寄托其他寓意。

来看一下陶渊明的《桃花源记》：

晋太元中，武陵人捕鱼为业。缘溪行，忘路之远近。忽逢桃花林，夹岸数百步，中无杂树，芳草鲜美，落英缤纷，渔人甚异之。复前行，欲穷其林。林尽水源，便得一山。

山有小口，仿佛若有光。便舍船，从口入。初极狭，才通人。复行数十步，豁然开朗。土地平旷，屋舍俨然，有良田、美池、桑竹之属。阡陌交通，鸡犬相闻。其中往来种作，男女衣着，悉如外人。黄发垂髫，并怡然自乐。

见渔人，乃大惊，问所从来。具答之。便要还家，为设酒杀鸡作食。村中闻有此人，咸来问讯。自云先世避秦时乱，率妻子邑人来此绝境，不复出焉，遂与外人间隔。问今是何世，乃不知有汉，无论魏晋。此人一一为具言所闻，皆叹惋。余人各复延至其家，皆出酒食。停数日，辞去。此中人语云：“不足为外人道也。”

既出，得其船，便扶向路，处处志之。及郡下，诣太守，说如此。

太守即遣人随其往，寻向所志，遂迷，不复得路。

南阳刘子骥，高尚士也，闻之，欣然规往。未果，寻病终。后遂无问津者。

据《晋书·隐逸传》载，陶渊明名潜，字渊明，大概于公元427年（六十岁时）去世。陶渊明是代表中国文学的大诗人，在日本，他也以《归去来兮辞》或《饮酒》诗而知名。上述《桃花源记》，也作为集中体现他文学特征的杰作而闻名古今。① 关于《桃花源记》，近年兴膳宏《中国名文选》（岩波新书，2008年）第五章"陶渊明《桃花源记》"提出了高妙的问题。此文在参考小川环树研究的基础上，展开了意味深长的论述，下面引用此文的部分内容：

陶渊明的文学，初见平淡，实则复杂多彩。……《桃花源记》也很好地发挥了这一方面的特征。虽然它描写的是憧憬太古纯朴之世的故事，但里面却包含了对战乱之下现实社会的幻灭与反抗。虽然在同时代的故事中，也有理想化的长生不老的仙人故事，但陶渊明的梦想则是更贴近身边现实的理想社会。那里与他居住的农村相似，人们辛勤耕作，生活宁静，可闻鸡鸣犬吠之声。与现实社会不同的是，这一和平的日常生活并未因战乱而遭到破坏。

《桃花源记》的"记"是一种文体，天生就用来记录事实的本相。

---

① 今天通常读到的《桃花源记》末尾附有五言诗《桃花源诗》，有说法认为此诗乃后人所加。本文对此诗割爱不录。

> 然而，在唐代之前，除了这部作品外，几乎没有其他的例子。而且，作者用“记”来表现并非直接见闻的虚构故事，这多少有些讽刺……

小川环树氏题为《从神话到小说——中国的乐园表象》的论文，分析了魏晋以后五十一篇游仙故事，列出它们的八个共同要点。小川环树的分析有益于了解《桃花源记》的故事特征，现摘其概要如下：

(1) 仙乡在山中或海中。

(2) 到达仙乡的途中要穿过洞穴。

(3) 到达仙乡之人虽然被赠予仙药，但吃的却是其他食物。

(4) 出现美女，与之结婚。

(5) 被传授某种道术或赠予物品。

(6) 思念故里，归乡。

(7) 仙乡里的时间比现实世界的时间慢得多。

(8) 再访仙乡大多以失败告终。

《桃花源记》符合其中的(1)(2)(6)(8)条，不符合(3)(4)(5)(7)条。后者的共同点是，它们都与长生不老的主题相关。这些可谓“仙乡谈”不可或缺的要素。例如《幽冥录》这部小说集记载的刘晨、阮肇寻访天台秘境的故事，几乎都具备了这些要素。与此相对，陶渊明的“记”虽然运用了仙乡谈的框架，但却完全摘掉了与长生不老有关的主题。这也是这篇“记”的个性所在。

读完《桃花源记》，笔者觉得最重要的是——正如这个故事以“晋太元中，武陵人捕鱼为业”为开头——它以时间顺序将“何时”“何地”“谁”

“说了什么”“做了什么”井井有条地排列成典型的“报告书”。兴膳宏抓住这一点，认为：“《桃花源记》的‘记’是一种文体，天生就用来记录事实的本相。”正如兴膳宏所指，这篇文章的文体或语调并不特殊，其特殊性在于，它虽然符合小川氏分析的(1)(2)(8)的内容①，但又不符合其中(3)(4)(5)(6)(7)这些“仙乡谈”的特点。总之，虽然故事的“入口”“出口”与“仙乡谈”一致，但“中间的内容”却仿佛变成了其他东西。这一表现手法，我们通常称之为“戏仿”(parody)。

《桃花源记》以“从异界归来之男子的记录”这一体裁进行书写。正如小川环树所言，“异界谈”是指寻访“仙女们在山中或海中的世界”乃至“冥界”，然而在《桃花源记》中，这一“异界”不是别的，而是“人们居住的世界”。这是第一个令人意外的地方。此外，与其说这是渔人对“异界”的见闻，倒不如说他自身作为“异人”，成为当地人好奇、质问的对象。尽管他受到款待并被要求绝口不提“桃花源”，然而他从“异界”出来后，却直接去找太守。居住在桃花源中的人，为躲避秦末动乱而逃亡，他们厌恶政治干涉，固有“不足为外人道也”之说。渔人虽然赞美此地生活，但他却在归途留下记号，心无旁骛地奔向官府。说到“渔人”，我们最先想到的恐怕是《楚辞·渔父》篇中的“渔父”形象吧。②《楚辞》中的渔父对屈原所唱的“沧浪之水清兮可以濯吾缨，沧浪之水浊兮可以濯吾足”之歌，说的是一种随机应变的处世之道。《桃花源记》中出现的渔人，也是

---

① 此文并未记述第(6)条“思念故乡”的场景，此条可不计在内。

② 《楚辞》一书主要收集中国战国末期在楚地流行的一种独特歌谣，包括被认为是屈原所作的《离骚》《九歌》《天问》《九章》《远游》《卜居》《渔父》《九辩》《招魂》《大招》诸篇。《渔父》也被认为是后代仿作。

一位顺应“政治”的告密者，一位忘恩负义的“俗人”。

《桃花源记》是一种“戏仿”。它描写的既不是“仙乡”也不是“冥界”，而是逃避官府的隐居之人的村庄，以及渔人向官府告密的愚蠢行径。陶渊明用保管在官府的“小说”文体记录这一愚行。从某种意义来说，陶渊明将渔人的“告密”写成“异闻”，并采用了向上级长官报道的文体，记录了逃离政治、如海市蜃楼般消失的“村庄”。不言而喻，这里包含了对太守或渔人的尖锐讽刺。逃离权力支配的渺渺村落，坚决地拒绝太守的期望。陶渊明的创意、设想，没有将“小说”写成“fiction”，而是故意沿用既有的“文体”，将此文体所固有的支配意向转为讽刺的方向。

此外，后世将《搜神后记》这部“志怪小说集”的编者托名陶渊明，由此可见，他在“志怪”或“小说”领域也颇有名气。下面介绍一篇收录在《搜神后记》中，被认为是典型之作的志怪小说，以供参考。这篇小说的主人公卢充是生活在汉代的真实人物，然而《法苑珠林》[①]开头却云：“晋时有卢充，范阳人。”总之，卢充被错当作晋代人。《法苑珠林》之所以犯这一错误，或许是因为“卢充”的故事引自《搜神后记》，而《搜神后记》则误被认为出于晋代陶渊明之手。此外，南朝宋刘义庆《世说新语》也记载了与卢充有关的事迹，梁刘孝标引此故事作为注解，由此可判断这部小说在六朝时代相当知名。“卢充”的故事可能是一篇远在陶渊明之前就已被写成、并为他所熟悉的“小说”。陶渊明可能参考这篇志怪小说写下了《桃花源记》。

---

① 《法苑珠林》凡百卷，由唐代释道世编纂，是一部分类记载佛教重要事项，并广泛搜集、论证逸闻轶事的类书。

晋时有卢充，范阳人。家西三十里，有崔少府坟。年二十时，先冬至一日，出宅西猎戏。见有一獐，便射之。射已，獐倒而复走起。充步步趁之，不觉远去。忽见道北一里门，瓦屋四周，有如府舍。不复见獐。到门中，有一铃下，唱客前。复有一人，捉一襆新衣，曰：“府君以此衣将迎郎君。”充便取著以进。见少府，语充曰：“尊府君不以仆门鄙陋，近得书为君索小女为婚，故相迎耳。”便以书示充。充父亡时，充虽小，然亦识父手迹。便即歔欷，无复辞托。崔便敕内：“卢郎已来，便可使女郎庄严，就东廊。”

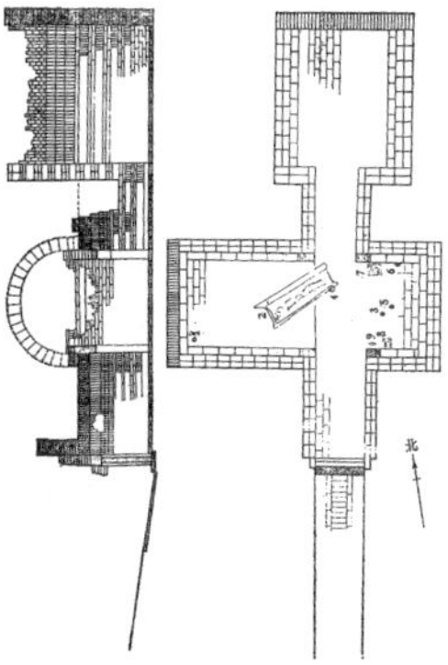

图 28　发掘于洛阳的东汉坟墓简图

中国古墓有建成地下宫殿的习俗。以此图来看，左侧弧形以上的部分建在地面上。卢充通过下方的墓道进入墓内。依据《洛阳古代墓葬壁画》（中州古籍出版社，2010 年）。

图 29　守护墓道的卫士

唐中宗长子李重润墓内壁画。依据《中国唐墓壁画集》（岭南美术出版社，1995 年）。

至黄昏，内白：“女郎严饰竟。”崔语充：“君可至东廊。”既至廊，妇已下车，立席头，即共拜。时为三日，供给饮食。三日毕，谓充曰："君可归去。若女有相生男，当以相与，生女当自留养。"敕外数车送客。充便辞出。崔送至中门，执手涕零。出门见一独车，驾青牛，又见本所著衣及弓箭，故在门外。寻遣传教，将一人捉襆衣，与充相问曰："姻缘始尔，别甚怅恨。今致衣一袭，被褥自副。"充便上车去，驰如电逝，须臾至家。

母问其故，充悉以状对。别后四年三月三日，充临水戏，忽见傍水有独车，乍沈乍浮。既而上岸，四坐皆见，而充往开其车后户，见崔氏女与其三岁男儿共载。女抱儿以还充，又与金鋺别，并赠诗一首曰：

煌煌灵芝质，光丽何猗猗。
华艳当时显，嘉会表神奇。
含英未及秀，中夏罹霜萎。
荣耀长幽灭，世路永无施。
不悟阴阳运，哲人忽来仪。
今时一别后，何得重会时。

充取儿、鋺及诗毕，妇车忽然不见。充后乘车诣市卖鋺，冀有识者。有一婢识此鋺，还白大家曰："市中见一人乘车，卖崔女郎棺中金鋺。"大家即是崔氏亲姨母也。遣儿视之，果如婢言。乃上车叙其姓名，语充曰："昔我姨姊少府女出而亡，家亲痛之，赠一金鋺著棺中，可说得鋺本末。"充以事对，儿亦悲咽，便赍还白母。母即令充家迎儿还。五亲悉集。儿有崔氏之状，又有似充之貌。儿、鋺俱验。

姨母曰："此我外甥也。"即字温休。温休者，是幽婚也。① 儿大为郡守，子孙冠盖，相承至今。其后植，字子干，有名天下。②

第四节 《南柯太守传》——唐代传奇小说的发展（一）

在中国文学中，有几部描写"梦的世界"的小说给人留下了深刻的印象，比如以"邯郸梦"而知名的《枕中记》和以"南柯梦"而知名的《南柯太守传》。正如经常有这样的论点——"在《枕中记》的影响下出现了《南柯太守传》"——前后诞生的这两部作品，经常被放在一起比较。这两部作品都是写"打盹时在梦中经历人生的故事"，确实有一些共同点。但是，《枕中记》保存在《文苑英华》卷八百三十三"寓言"类中，而《南柯太守传》则保存在《太平广记》卷四百七十五"昆虫三"中。由此可见，二者的创作意图不同，托梦寄寓的世界观也有所差异。本节通过这两部作品概述唐代小说的发展情况。

首先介绍《南柯太守传》。

东平淳于棼，吴楚游侠之士。嗜酒使气，不守细行。累巨产，养

---

① 汉字以"声母＋韵母"的形式来标识读音。从文字游戏来看，将"温（O＋on）""休（K＋iu）"二字的声母与韵母重新组合正好形成"幽（O＋iu）""婚（K＋on）"。"幽婚"指冥界的婚姻。

② 《法苑珠林》卷七十五"十恶篇·感应缘"引上述"卢充"故事之后，注记"右此一验出《续搜神记》"。此《续搜神记》应是《搜神后记》。

豪客。曾以武艺补淮南军裨将，因使酒忤帅，斥逐落魄，纵诞饮酒为事。家住广陵郡东十里，所居宅南有大古槐一株，枝干修密，清阴数亩。淳于生日与群豪大饮其下。

唐贞元七年九月，因沈醉致疾。时二友人于坐扶生归家，卧于堂东庑之下。二友谓生曰："子其寝矣！余将秣马濯足，俟子小愈而去。"生解巾就枕，昏然忽忽，仿佛若梦。见二紫衣使者，跪拜生曰："槐安国王遣小臣致命奉邀。"生不觉下榻整衣，随二使至门。见青油小车，驾以四牡，左右从者七八，扶生上车，出大户，指古槐穴而去。使者即驱入穴中。生意颇甚异之，不敢致问。忽见山川、风候、草木、道路，与人世甚殊。前行数十里，有郛郭城堞。车舆人物，不绝于路。生左右传车者传呼甚严，行者亦争辟于左右。

又入大城，朱门重楼，楼上有金书，题曰"大槐安国"。执门者趋拜奔走。旋有一骑传呼曰："王以驸马远降，令且息东华馆。"因前导而去。俄见一门洞开，生降车而入。彩槛雕楹，华木珍果，列植于庭下；几案茵褥，帘帏肴膳，陈设于庭上。生心甚自悦。复有呼曰："右相且至。"

生降阶祗奉。有一人紫衣象简前趋，宾主之仪敬尽焉。右相曰："寡君不以弊国远僻，奉迎君子，托以姻亲。"生曰："某以贱劣之躯，岂敢是望。"右相因请生同诣其所。行可百步，入朱门。矛戟斧钺，布列左右，军吏数百，辟易道侧。生有平生酒徒周弁者，亦趋其中。生私心悦之，不敢前问。右相引生升广殿，御卫严肃，若至尊之所。见一人长大端严，居正位，衣素练服，簪朱华冠。生战栗，不敢仰视。左右侍者令生拜。王曰："前奉贤尊命，不弃小国。许令次女瑶芳，奉事君子。"生但俯伏而已，不敢致词。王曰："且就宾宇，续造仪式。"有旨，右相亦与生偕还馆舍。生思念之，意以为父在边将，因殁虏中，不知存亡。将谓父北蕃交逊，而致兹事。心甚迷惑，不知其由。

图 30　明汤显祖《南柯记》插图

《南柯记》是一部取材于《南柯太守传》的戏曲。坐在图中央的是槐安国王，站在两个侍从正对面的是淳于棼。依据《汤显祖集》(上海人民出版社，1973 年)。

是夕，羔雁币帛，威容仪度，妓乐丝竹，肴膳灯烛，车骑礼物之用，无不咸备。有群女，或称华阳姑，或称青溪姑，或称上仙子，或称下仙子，若是者数辈。皆侍从数千，冠翠凤冠，衣金霞帔，彩碧金钿，目不可视。遨游戏乐，往来其门，争以淳于郎为戏弄。风态妖丽，言词巧艳，生莫能对。

复有一女谓生曰："昨上巳日，吾从灵芝夫人过禅智寺，于天竺院观右延舞《婆罗门》。吾与诸女坐北牖石榻上，时君少年，亦解骑来看。君独强来亲洽，言调笑谑。吾与穷英妹结绛巾，挂于竹枝上，君独不忆念之乎？又七月十六日，吾于孝感寺侍上真子，听契玄法师讲《观音经》。吾于讲下舍金凤钗两只，上真子舍水犀合子一枚。时君亦讲筵中，于师处请钗合视之，赏叹再三，嗟异良久。顾余辈曰：'人之与物，皆非世间所有。'或问吾氏，或访吾里。吾亦不答。情意恋恋，瞩盼不舍。君岂不思念之乎？"

生曰："中心藏之，何日忘之。"群女曰："不意今日与君为眷属。"复有三人，冠带甚伟，前拜生曰："奉命为驸马相者。"中一人与生且故。生指曰："子非冯翊田子华乎？"田曰："然。"生前，执手叙旧久之。生谓曰："子何以居此？"子华曰："吾放游，获受知于右相武成侯段公，因以栖托。"生复问曰："周弁在此，知之乎？"子华曰："周生，贵人也。职为司隶，权势甚盛。吾数蒙庇护。"言笑甚欢。俄传声曰："驸马可进矣。"

三子取剑佩冕服，更衣之。子华曰："不意今日获睹盛礼。无以相忘也。"有仙姬数十，奏诸异乐，婉转清亮，曲调凄悲，非人间之所闻听。有执烛引导者，亦数十。左右见金翠步障，彩碧玲珑，不断数里。生端坐车中，心意恍惚，甚不自安。田子华数言笑以解之。向者群女姑姊，各乘凤翼辇，亦往来其间。至一门，号"修仪宫"。群仙姑姊亦纷然在侧，令生降车辇拜，揖让升降，一如人间。撤障去扇，见一女子，云号"金枝公主"。年可十四五，俨若神仙。交欢之礼，颇亦明显。

生自尔情义日洽，荣曜日盛。出入车服，游宴宾御，次于王者。王命生与群寮备武卫，大猎于国西灵龟山。山阜峻秀，川泽广远，林树丰茂，飞禽走兽，无不蓄之。师徒大获，竟夕而还。

生因他日启王曰："臣顷结好之日，大王云奉臣父之命。臣父顷佐边将，用兵失利，陷没胡中，尔来绝书信十七八岁矣。王既知所在，臣请一往拜觐。”王遽谓曰：“亲家翁职守北土，信问不绝。卿但具书状知闻，未用便去。”遂命妻致馈贺之礼，一以遣之。数夕还答。生验书本意，皆父平生之迹，书中忆念教诲，情意委曲，皆如昔年。复问生亲戚存亡，闾里兴废。复言路道乖远，风烟阻绝。词意悲苦，言语哀伤。又不令生来觐，云：“岁在丁丑，当与汝相见。”生捧书悲咽，情不自堪。

图 31　唐代宫女

唐中宗长子李重润墓内壁画。依据《中国唐墓壁画集》(岭南美术出版社，1995 年)。

他日，妻谓生曰：“子岂不思为政乎?”生曰：“我放荡不习政事。”妻曰：“卿但为之，余当奉赞。”妻遂白于王。累日，谓生曰：“吾南柯政事不理，太守黜废，欲藉卿才，可曲屈之。便与小女同行。”生敦授教命。王遂敕有司备太守行李。因出金玉、锦绣、箱奁、仆妾、车马，列于广衢，以饯公主之行。生少游侠，曾不敢有望，至是甚悦。因上表曰：“臣将门余子，素无艺术，猥当大任，必败朝章。自悲负乘，坐致覆悚。今欲广求贤哲，以赞不逮。伏见司隶颍川周弁，忠亮刚直，守法不回，有毗佐之器。处士冯翊田子华，清慎通变，达政化之源。二人与臣有十年之旧，备知才用，可托政事。周请署南柯司宪，田请署司农。庶使臣政绩有闻，宪章不紊也。”王并依表以遣之。其夕，王与夫人饯于国南。王谓生曰：“南柯国之大郡，土地丰壤，人物豪盛，非惠政不能以治之。况有周、田二赞。卿其勉之，以副国念。”夫人戒公主曰：“淳于郎性刚好酒，加之少年，为妇之道，贵乎柔顺。尔善事之，吾无忧矣。南柯虽封境不遥，晨昏有间，今日暌别，宁不沾巾。”生与妻拜首南去。

登车拥骑，言笑甚欢。累夕达郡。郡有官吏、僧道、耆老，音乐、车舆，武卫、銮铃，争来迎奉。人物阗咽，钟鼓喧哗，不绝十数里。见雉堞台观，佳气郁郁。入大城门，门亦有大榜，题以金字，曰“南柯郡城”。见朱轩棨户，森然深邃。生下车，省风俗，疗病苦，政事委以周、田，郡中大理。

自守郡二十载，风化广被，百姓歌谣，建功德碑，立生祠宇。王甚重之，赐食邑，锡爵位，居台辅。周、田皆以政治著闻，递迁大位。生有五男二女。男以门荫授官，女亦聘于王族。荣耀显赫，一时之盛，代莫比之。

是岁，有檀萝国者，来伐是郡。王命生练将训师以征之。乃表周弁将兵三万，以拒贼之众于瑶台城。弁刚勇轻进，师徒败绩。弁单骑裸身潜遁，夜归城。贼亦收辎重铠甲而还。生因囚弁以请罪。王并舍之。

是月，司宪周弁疽发背，卒。生妻公主遘疾，旬日又薨。生因请罢郡，护丧赴国。王许之。便以司农田子华行南柯太守事。生哀恸发引，威仪在途，男女叫号，人吏奠馔，攀辕遮道者不可胜数。遂达于国。王与夫人素衣哭于郊，候灵舆之至。谥公主曰“顺仪公主”。备仪仗，羽葆鼓吹，葬于国东十里盘龙冈。

是月，故司宪子荣信，亦护丧赴国。

生久镇外藩，结好中国，贵门豪族，靡不是洽。自罢郡还国，出入无恒，交游宾从，威福日盛。王意疑惮之。时有国人上表云："玄象谪见，国有大恐。都邑迁徙，宗庙崩坏。衅起他族，事在萧墙。"时议以生侈僭之应也。遂夺生侍卫，禁生游从，处之私第。生自恃守郡多年，曾无败政，流言怨悖，郁郁不乐。王亦知之，因命生曰："姻亲二十余年，不幸小女夭枉，不得与君子偕老，良用痛伤。"夫人因留孙自鞠育之。又谓生曰："卿离家多时，可暂归本里，一见亲族。诸孙留此，无以为念。后三年，当令迎卿。"生曰："此乃家矣，何更归焉？"王笑曰："卿本人间，家非在此。"生忽若惛睡，瞢然久之，方乃发悟前事，遂流涕请还。王顾左右以送生。生再拜而去。

复见前二紫衣使者从焉。至大户外，见所乘车甚劣，左右亲使御仆，遂无一人，心甚叹异。生上车，行可数里，复出大城。宛是昔年东来之途，山川原野，依然如旧。所送二使者，甚无威势，生逾怏怏。生问使者曰："广陵郡何时可到？"二使讴歌自若，久乃答曰："少顷即至。"俄出一穴，见本里闾巷，不改往日，潸然自悲，不觉流涕。二使者引生下车，入其门，升自阶，己身卧于堂东庑之下。生甚惊畏，不敢前近。二使因大呼生之姓名数声，生遂发寤如初。

见家之僮仆拥彗于庭，二客濯足于榻，斜日未隐于西垣，余樽尚湛于东牖。梦中倏忽，若度一世矣。生感念嗟叹，遂呼二客而语之。惊骇。因与生出外，寻槐下穴。生指曰："此即梦中所惊入处。"二客将谓狐狸木媚之所为祟。遂命仆夫荷斤斧，断拥肿，折查枿，寻穴究源。旁可袤丈，有大穴，洞然明朗，可容一榻。根上有积土壤，以为城郭台殿之状。有蚁数斛，隐聚其中。中有小台，其色若丹。二大蚁处之，素翼朱首，长可三寸。左右大蚁数十辅之，诸蚁不敢近。此其王矣。即槐安国都也。又穷一穴，直上南枝……即生所领南柯郡也。又一穴，西去二丈……即生所猎灵龟山也。又穷一穴……即生所葬妻盘龙冈之墓也。追想前事，感叹于怀，披阅穷迹，皆符所梦。不欲二客坏之，遽令掩塞如旧。是夕，风雨暴发。旦视其穴，遂失群蚁，莫知所去。故先言"国有大恐，都邑迁徙"，此其验矣。复念檀萝征伐之事，又请二客访其迹于外。宅东一里有古涸涧，侧有大檀树一株，藤萝拥织，上不见日。旁有小穴，亦有群蚁隐聚其间。檀萝之国，岂非此耶？

嗟呼！蚁之灵异，犹不可穷。况山藏木伏之大者所变化乎？时生酒徒周弁、田子华并居六合县，不与生过从旬日矣。生遽遣家僮疾往候之。周生暴疾已逝，田子华亦寝疾于床。生感南柯之浮虚，悟人世之倏忽，遂栖心道门，绝弃酒色。后三年，岁在丁丑，亦终于家。时年四十七，将符宿契之限矣。

《南柯太守传》大概按照以下顺序展开：

① 东平淳于棼是吴楚之地有名的游侠。② 贞元七年九月，他于沉醉之际，被紫衣使者迎至槐安国。③ 槐安国招他为驸马。④ 槐安国王谈及与淳于棼父亲的旧约。⑤ 槐安国的人很早以前就认识淳于棼，而且他的旧友们也住在槐安国。⑥ 淳于棼结婚成为驸马，任南柯太守，不

久就育有五男二女。⑦ 任南柯太守二十年后，檀萝国攻打南柯郡，淳于棼友人周弁在作战中失策败北。周弁随后病殁，淳于棼之妻(即公主)亦于这年病逝。⑧ 淳于棼辞去南柯太守之职，护妻遗骸回国都。国王身边的人非议他有异心。⑨ 国王和王妃劝淳于棼回到原来的世界，他也突然有了之前的记忆。⑩ 淳于棼从二十多年前来槐安国的同一条道路回去。⑪ 回来时，他看到自己还睡在原先屋子的廊檐下，在使者的大声叫唤下才醒过来。⑫ 淳于棼与友人一同在家周围探索之后，意识到自己进入了蚁界。⑬ 正如父亲和国王的预言，淳于棼死于三年后的丁丑之岁。

要而言之，与其说这个故事描写了“梦的世界”，倒不如说是写某个男子在梦中寻访“异界”。另外，在故事框架上，它与上述收在《法苑珠林》的“卢充”故事极其相似。“卢充”小说的情节如下：出外狩猎迷路的卢充，被使者迎进崔氏墓中，他听从父亲的遗言与崔氏女结婚，婚后他又从来路出去，之后他从崔氏手里接过孩子，并解开自己迷一般的经历。作品从卢充的视点出发，按照时间顺序，将这些经历记述下来。同样，《南柯太守传》也始终从淳于棼的视点出发，按时间顺序依次叙述他的经历。从这个意义来看，可以说《南柯太守传》用了与六朝“志怪小说”完全相同的手法，描写了类似的经历。而与“卢充”故事有所不同，这个故事“寻访的异界”不是“墓中的世界”，而是“梦中的世界”。此外，这个故事对“梦的世界”与“现实”的分歧也进行了深刻的关注和描写。这正是《南柯太守传》之所以成为杰作的原因。

图 32　元代小说《武王伐纣平话》插图

此图描写了在神女庙前打盹的殷纣王梦见神女的场景。当时一般认为梦是魂魄作用的结果，魂魄可以从脑壳中溜出来。此图表现了从脑壳吹出的纣王之梦。依据国会图书馆《武王伐纣平话》。

在古代典籍中，因描写“梦的世界”而成为这一故事之背景的，不言而喻是《庄子·内篇·齐物论》中的“蝴蝶之梦”。

> 昔者庄周梦为胡蝶，栩栩然胡蝶也。自喻适志与，不知周也。俄然觉，则蘧蘧然周也。不知周之梦为胡蝶与？胡蝶之梦为周与？周与胡蝶，则必有分矣。此之谓物化。

庄周在梦中变成蝴蝶。“栩栩然（欣喜貌）”适志，并未对变成蝴蝶感到任何疑惑。然而，醒来却发现自己“蘧蘧然（概言之，有实体感）”是庄周。梦中的蝴蝶是实体，庄周自身也是实体。“梦”就像联结两个实体的隧道，在隧道的某个地方，蝴蝶与庄周互相调换。这个变化就叫“物化”。这就是《庄子》的观点吧。与其说《庄子》描写了“梦的世界”，倒不如说它将“梦的隧道”设定为两个世界的联结点。换句话说，蝴蝶的魂魄与庄周的魂魄在某种契机下发生替换，而“梦”正是这一契机。这样来看“蝴蝶之梦”的话，显然《南柯太守传》描写的“梦”也无非是联结“世界”与“世界”之间的隧道。《南柯太守传》的末尾部分这样概括“南柯之梦”：

嗟呼！蚁之灵异，犹不可穷。况山藏木伏之大者所变化乎？

这里所说的“变化”与《庄子·齐物论》的“物化”遥相呼应，是说藏在深山幽谷里的无数“异界”。这个宇宙并不仅仅是人类居住的“现实”世界，而是无数“异界”共存的世界，它们通过“梦”产生共鸣、相互作用，由此构成一个宇宙全体。

淳于棼所见非“梦”，而是通过“梦”这一隧道成为“异界”的人。然而，作者却不得不用六朝以来的传统文体来记述这一“物化”的过程。即运用以时间顺序井然排列主人公言行的记述文体，从某个视点出发，将多维世界的多元时间串联起来描写。例如，主人公于四十四岁之际进入蚁界，在那里结婚，渡过了二十多年的岁月，死于归还之后三年，即四十七岁时。如此一来，他在“异界”返老还童，在那里重度青春岁月。与其说《南柯太守传》的作者李公佐没有将“返老还童”当作“时间的逆流”，倒不如说作者没有考虑到“异界”还存在着另一种时间流。作者仅仅让主人公按照“现实”生活的时间进入“梦”中，固执地让他经历“梦的人生”后，再回归“现实”。中国古典小说皆是如此，时间常常只能向前推进，因此“异界的二十年”不过皆是“梦的错觉”。李公佐“物化”了主人公的“返老还童”，把它描写成“魂魄的交换”与“记忆的变换”。例如，主人公淳于棼进入蚁界后，与那个世界的女子进行交谈，这里描写的就是他的“记忆变换”：

> 复有一女谓生曰：“昨上巳日，吾从灵芝夫人过禅智寺，于天竺院观右延舞《婆罗门》……或问吾氏，或访吾里。吾亦不答。情意恋恋，瞩盼不舍。君岂不思念之乎?”
>
> 生曰：“中心藏之，何日忘之。”

与主人公交谈的女子是“异界”之人。对于自己在现实世界中不可能有的记忆，淳于棼却回答道：“中心藏之，何日忘之。”《南柯太守传》的读者势必会对此节产生“违和感”，大概会认为，这是描写淳于棼的“记忆”从“人间世界”向“异界”的变化。如此一来，主人公是逐渐变化的，最后他终于变成年轻人。作品写到他赴南柯郡之际，云“生少游侠”，此外，当时王妃也告谕公主，“淳于郎性刚好酒，加之少年”。随着故事的进展，主人公变成二十来岁的年轻人。这种变化，就像我们在梦中经常遭遇的，它无法认知或确认，是一种在不知不觉中，只有“意识”发生了替换的变化。这可以说是一种没有客观认识、完全顺应情况的状态。《南柯太守传》将《庄子》的“物化”当作没有时间意识地顺应环境来描写。

成为“蚁界”中人的主人公从梦中觉醒，终于迎来了下面这一“物化”的瞬间：

> 王亦知之，因命生曰：“姻亲二十余年，不幸小女夭枉，不得与君

子偕老，良用痛伤。”夫人因留孙自鞠育之。又谓生曰：“卿离家多时，可暂归本里，一见亲族。诸孙留此，无以为念。后三年，当令迎卿。”生曰：“此乃家矣，何更归焉？”王笑曰：“卿本人间，家非在此。”生忽若惛睡，瞢然久之，方乃发悟前事，遂流涕请还。

笔者认为，上述一节是《南柯太守传》中最凄美动人的一幕。主人公在恢复“现实”的意识之际，为何而哭？作者没有给出理由。然而，没有理由的眼泪，为主人公的觉醒增添了难以名状的现实感。“蚁界”二十多年的岁月，残留下幽微、渺远的记忆。这两方面的意识给他带来了深深的情感起伏，使他一下子觉醒了。进入“蚁界”后，渐渐变化的意识，此时突然伴随着泪水转换过来。通过眼泪来实现“物化”的作者，确非凡手。

第五节　《枕中记》——唐代传奇小说的发展（二）

如上节所述，《南柯太守传》把“梦的世界”当作真实情况来描写，把“现实”与“梦的世界”之间的往来当作“对异次元空间的闯入与回归”来描写。这可以说是一篇用“史传”文体记录《庄子》“物化”的作品。然而，经常被拿来与《南柯太守传》作对比的《枕中记》，则是一篇真正把“梦的世界”当作“梦幻”来描写的作品。

图 33　北宋邯郸所制瓷枕

在小说《邯郸记》写成之前，邯郸就以制造瓷枕闻名。此图的中央上方有一个小孔。在小说中，就是这个孔逐渐变大。依据张子英编著《磁州窑瓷枕》（人民美术出版社，2000 年）。

《枕中记》的内容如下：

开元七年，道士有吕翁者，得神仙术，行邯郸道中，息邸舍，摄帽弛带，隐囊而坐。俄见旅中少年，乃卢生也。衣短褐，乘青驹，将适于田，亦止于邸中，与翁共席而坐，言笑殊畅。久之，卢生顾其衣装敝亵，乃长叹息曰："大丈夫生世不谐，困如是也。"翁曰："观子形体，无苦无恙，谈谐方适，而叹其困者，何也？"生曰："吾此苟生耳，何适之谓？"翁曰："此不谓适，而何谓适？"答曰："士之生世，当建功树名，出将入相，列鼎而食，选声而听，使族益昌而家益肥，然后可以言适乎！吾尝志于学，富于游艺，自惟当年青紫可拾。今已适壮，犹勤畎亩，非困而何？"言讫而目昏思寐。时主人方蒸黍。翁乃探囊中枕以授之，曰："子枕吾枕，当令子荣适如志。"其枕青瓷，而窍其两端。生俯首就之，见其窍渐大明朗。乃举身而入，遂至其家。

数月，娶清河崔氏女。女容甚丽，生资愈厚。生大悦，由是衣装服驭，日益鲜盛。明年，举进士登第，释褐秘校，应制转渭南尉。俄迁监察御史，转起居舍人，知制诰。三载，出典同州，迁陕牧。生性好土功，自陕西凿河八十里，以济不通。邦人利之，刻石纪德。移节汴州，领河南道采访使，征为京兆尹。是岁，神武皇帝方事戎狄①，恢宏土宇。会吐蕃悉抹逻及烛龙莽布支攻陷瓜沙，而节度使王君㚟新被杀，河湟震动。帝思将帅之才，遂除生御史中丞、河西道节度。大破戎虏，斩首七千级，开地九百里，筑三大城以遮要害，边人立石于居延山以颂之。

归朝册勋，恩礼极盛，转吏部侍郎，迁户部尚书兼御史大夫。时望清重，群情翕习，大为时宰所忌。以飞语中之，贬为端州刺史。三年，征为常侍。未几，同中书门下平章事。与萧中令嵩、裴侍中光庭同执大政十余年，嘉谟密命，一日三接。献替启沃，号为贤相。同列害之，复诬与边将交结，所图不轨。制下狱。府吏引从至其门而急收之。生惶骇不测，谓妻子曰："吾家山东，有良田五顷，足以御寒馁，何苦求禄？而今及此，思衣短褐、乘青驹，行邯郸道中，不可得也！"

引刃自刎。其妻救之，获免。其罹者皆死，独生为中官保之，减罪死，投驩州。数年，帝知冤，复追为中书令，封燕国公，恩旨殊异。

---

① "神武皇帝"指玄宗。以下的记载立足当时政治形势，与史书描述一致。

生五子，曰俭、曰传、曰位、曰倜、曰倚，皆有才器。俭进士登第，为考功员外；传为侍御史；位为太常丞；倜为万年尉；倚最贤，年二十八，为左襄。其姻媾皆天下望族，有孙十余人。两窜荒徼，再登台铉，出入中外，徊翔台阁。五十余年，崇盛赫奕。性颇奢荡，甚好佚乐，后庭声色，皆第一绮丽。前后赐良田、甲第、佳人、名马，不可胜数。后年渐衰迈，屡乞骸骨，不许。病，中人候问，相踵于道，名医上药，无不至焉。将殁，上疏曰：

"臣本山东诸生，以田圃为娱。偶逢圣运，得列官叙。过蒙殊奖，特秩鸿私。出拥节旌，入升台辅，周旋内外，绵历岁时。有忝天恩，无裨圣化。负乘贻寇，履薄增忧，日惧一日，不知老至。今年逾八十，位极三事，钟漏并歇，筋骸俱耄，弥留沈顿，待时益尽。顾无成效，上答休明，空负深恩，永辞圣代。无任感恋之至。谨奉表陈谢。"

诏曰："卿以俊德，作朕元辅，出拥藩翰，入赞雍熙。升平二纪，实卿所赖。比婴疾疹，日谓痊平。岂斯沈痼，良用悯恻。今令骠骑大将军高力士就第候省。其勉加针石，为予自爱，犹冀无妄，期于有瘳。"

是夕，薨。……

如上所述，《南柯太守传》收在《太平广记》卷四百七十三"昆虫三"中，《枕中记》收在《文苑英华》卷八百三十三"寓言"中。《太平广记》与《文苑英华》皆是北宋太平兴国年间（976—984）奉太宗敕命编纂的资料集，《太平广记》网罗搜集、分类整理《汉书·艺文志》所谓的"小说"，与之相对，《文苑英华》则以继承中国古典文学的精华——《文选》为目的，主要收集有唐一代的诗文。要言之，《太平广记》所收的是“非虚构的小说”或报告书，而《文苑英华》所选的则是诗文领域的杰作。虽然《南柯太守传》与《枕中记》皆被视为记“梦”之作，然而，在北宋初期，人们对二者的认识应当存在很大的差异——《南柯太守传》被当作描写“蚁界”的“异闻”，而《枕中记》则被当作在“梦中”“寄寓”真实人生的“诗文精华”。

《枕中记》描写的“梦”并非“实态”，而是“梦幻”，这从主人公觉醒的场面描写可见一斑：

> 是夕，薨。卢生欠伸而悟，见其身方偃于邸舍，吕翁坐其傍，主人蒸黍未熟，触类如故。生蹶然而兴，曰：“岂其梦寐也？”翁谓生曰：“人生之适，亦如是矣。”生怃然良久，谢曰：“夫宠辱之道，穷达之运，得丧之理，死生之情，尽知之矣。此先生所以窒吾欲也。敢不受教！”稽首再拜而去。

这部分的构思的确巧妙，它以时间为序，依次揭示主人公觉醒的过程：卢生“薨”于梦中，随即“欠伸而悟”，先是睁眼见到“邸舍”，其次见到“吕翁”，再次见到“店家”，由是悟出五十余年的人生尽为“梦中之事”，随后起身而立。这里没有《南柯太守传》的情感起伏与眼泪，而只是冷静、惊奇地发觉梦幻的非现实性。吕翁徐徐道出：“人生之适，亦如是矣。”这里的“适”是卢生入梦以前强烈追求的“适”，即“满足”之意。正如卢生自己所说，“士之生世，当建功树名，出将入相，列鼎而食，选声而听，使族益昌而家益肥,然后可以言适乎”,此“适”主要指“士的荣誉”及“在社会上的成功”。然而,吕翁却将此“适”转变为“人生之适”与“真正的幸福”,并且反问“此不谓适,而何谓适”。作为贯穿这部作品最重要的主题,“适”从最开始的“男子的满足”微妙地转变成了末尾的“心的宁静”。从追求“心的宁静”之“适”这点来看,《枕中记》不折不扣是《庄子》“蝴蝶之梦”的末裔。《庄子》“蝴蝶之梦”云:“自喻适志与,不知周也。”庄周梦中化蝶,获得“心的宁静”。卢生也因梦幻而获得了同样的宁静。总之,在描写梦的“实态”上,《南柯太守传》可谓是《庄子》“蝴蝶之梦”的后裔,而《枕中记》则在梦中求“适”方面,继承了《庄子》“蝴蝶之梦”的思想。

《枕中记》没有出现像《南柯太守传》那样“憧憬未知世界”的描写。这部作品可以说是“绝望”的故事。主人公因梦得适,然而就算在梦中他也未能如愿,在说完“无任感恋之至”之后,他就死了。《枕中记》常被当作在梦中看破一生、领悟人生无常的故事,但它显然不同于这类司空见惯的作品。卢生经历了“梦”与“现实”两者的幻灭之后,并未随吕翁而去。他已经无路可走了。在故事的结尾,他向吕翁施礼道别。卢生该往何处去?故事结尾只留下漆黑一片。

第六节　异化与解体——唐代传奇小说的发展(三)

下面再介绍一篇与《南柯太守传》或《枕中记》相同,也是描写“梦的世界”的唐代传奇小说——《鱼服记》。在日本,这篇小说作为上田秋成

《雨月物语·梦应的鲤鱼》的故事原型而为人所知[①]，其内容如下：

薛伟者，乾元元年任蜀州青城县主簿，与丞邹滂、尉雷济、裴寮同时。其秋，伟病七日，忽奄然若往者，连呼不应，而心头微暖。家人不忍即殓，环而伺之。经二十日，忽长吁起坐，谓其人曰："吾不知人间几日矣？"曰："二十日矣。"曰："即与我觑群官，方食鲙否？言吾已苏矣，甚有奇事，请诸公罢箸来听也。"仆人走视群官，实欲食鲙，遂以告，皆停飧而来。伟曰："诸公敕司户仆张弼求鱼乎？"曰："然。"又问弼曰："鱼人赵干藏巨鲤，以小者应命，汝于苇间得藏者，携之而来。方入县也，司户吏某坐门东，纠曹吏某坐门西，方弈棋。入及阶，邹、雷方博，裴啖桃实。弼言干之藏巨鱼也，曰'五鞭之'，既付食工王士良者，喜而杀之，皆然乎？"递相问，诚然。众曰："子何以知之？"曰："向杀之鲤，我也。"众骇曰："愿闻其说。"

曰："吾初疾困，为热所逼，殆不可堪。忽闷，忘其疾，恶热求凉，策杖而去，不知其梦也。既出郭，其心欣欣然，若笼禽槛兽之得逸，莫我知也。渐入山，山行益闷，遂下游于江畔。见江潭深净，秋色可爱；轻涟不动，镜涵远空。忽有思浴意，遂脱衣于岸，跳身便入。自幼狎水，成人已来，绝不复戏，遇此纵适，实契宿心。且曰：'人浮不如鱼快也，安得摄鱼而健游乎？'傍有一鱼曰：'顾足下不愿耳。正授

---

① 《梦应的鲤鱼》的故事原型是《薛录事鱼服证仙》（出自明代白话短篇小说集《醒世恒言》卷二十六）。实际上，《薛录事鱼服证仙》改编自《鱼服记》（又名《薛伟》，出自唐传奇小说集《续玄怪录》）。此外，太宰治《鱼服记》也受到了唐代传奇小说《鱼服记》的影响。

亦易，何况求摄？当为足下图之。’快然而去。未顷，有鱼头人长数尺，骑鲵来导，从数十鱼，宣河伯诏曰：‘城居水游，浮沉异道，苟非其好，则昧通波。薛掌意尚浮深，迹思性广，乐浩汗之域，放怀清江；厌巇崿之情，投簪幻世。暂从鳞化，非遽成身。可权充东潭赤鲤。呜呼！恃长波而倾舟，得罪于晦；昧纤钩而贪饵，见伤于明。无或失身，以羞其党，尔其勉之。’听而自顾，即已鱼服矣。于是放身而游，意往斯到；波上潭底，莫不从容；三江五湖，腾跃将遍。

然配留东潭，每暮必复。俄而饥甚，求食不得，循舟而行，忽见赵干垂钩，其饵芳香，心亦知戒，不觉近口。曰：‘我，人也，暂时为鱼，不能求食，乃吞其钩乎！’舍之而去。有顷，饥益甚，思曰：‘我是官人，戏而鱼服。纵吞其钩，赵干岂杀我？固当送我归县耳。’遂吞之。赵干收纶以出。干手之将及也，伟连呼之，干不听，而以绳贯我腮，乃系于苇间。既而张弼来，曰：‘裴少府买鱼，须大者。”干曰：“未得大鱼，有小者十余斤。’弼曰：‘奉命取大鱼，安用小者！’乃自于苇间寻得伟而提之。又谓弼曰：‘我是汝县主簿，化形为鱼游江，何得不拜我？’弼不听，提之而行，骂之不已，干终不顾。

图 34　瓷枕中描绘的鱼

在中国，鱼是富贵、夫妇和谐、书信和自由的象征，经常成为装饰日常生活器皿的主题图案。依据《磁州窑瓷枕》（人民美术出版社，2000 年）。

入县门，见县吏坐者弈棋，皆大声呼之，略无应者，唯笑曰：'可畏鱼，直三四斤余。'既而入阶，邹、雷方博，裴啖桃实，皆喜鱼大。促命付厨。弼言干之藏巨鱼，以小者应命。裴怒鞭之。我叫诸公曰：'我是公同官，今而见擒，竟不相舍，促杀之，仁乎哉?'大叫而泣，三君不顾而付鲙手。王士良者，方持刃，喜而投我于机上。我又叫曰："王士良，汝是我之常使鲙手也，因何杀我？何不执我白于官人?'士良若不闻者，按吾颈于砧上而斩之。彼头适落，此亦醒悟，遂奉召尔。"

诸公莫不大惊，心生爱忍。然赵干之获，张弼之提，县司之弈吏，三君之临阶，王士良之将杀，皆见其口动，实无闻焉。于是三君并投鲙，终身不食。伟自此平愈，后累迁华阳丞乃卒。

《鱼服记》写了地方官薛伟在生病、不省人事之后，忽然醒来，讲述自己病危二十日间所做之梦。以"梦"的体验者为中心来看，薛伟徘徊在死亡线上，醒后回顾自己变身为鲤鱼的经历。由此可见，这个故事以主人公的觉醒为边界，一度逆时间叙述。需要注意的是，这个故事通过直接叙事，回答"子何以知之"这个问题，由此展开梦的叙述。《鱼服记》与《南柯太守传》或《枕中记》不同，后两者是通过"梦的生动体验"来讲述故事。《南柯太守传》或《枕中记》故意淡化梦的导入，主人公在意识清醒的情况下进入"异界"。总之，这两部小说都采取了让读者一起体验主人公之梦的叙述方式。与之相对，《鱼服记》则在"我不能判断是否是梦境"的附加说明之下，将"梦的体验"当作一种回忆来写。作品先写主人公从病危状态醒来时的古怪行为，接着以薛伟的谈话揭开谜底。《鱼服记》故事展开的时间主体是主人公之外的旁白者，他原原本本地叙述了某个男子病倒、不省人事之后，突然醒来所说的离奇经历，从第三者的立场将事件的发展依次写出。在这个故事中，“梦”的体验者与作者明显是分离的，读者与作品中的友人们一起站在旁观者的立场，聆听主人公的“解释”。从这个意义来看，《鱼服记》是对《汉书·艺文志》所谓的“小说”的回归。

《汉书·艺文志》将“小说”当作一类散文，它起源于向官府报告的街谈巷语或奇闻怪论。所谓的“小说”是有关奇闻异事的报告，因此它必然具有两方面的倾向：其一是力图证明所报告的奇闻异事并非虚构；其二是通过探求这些现象产生的原因，试图阐明世界或宇宙的神秘之处。从这个意义来看，《鱼服记》是兼具这两种倾向的典型小说。作者为了确保自己作为报告者的客观态度，大胆地采用直接叙述法，以上演“事实”的史传方式，讲述并非自身经历的主人公之梦。然而，另一方面，他又不得不报道薛伟的奇幻经历，即人变形为鱼、畅游水中，这一荒唐无稽、不合理之事。对此，他让主人公说出得到河伯敕许、穿上鱼服的“前后经过”，将变形的不合理性敷衍过去。这里的河伯是黄河之神、水族世界的皇帝。总之，在神灵的帮助下，主人公才成功地变身为鱼。这样一来，故事的不合理性被消解了，梦的奇妙性也消失了。正如人间世界的皇帝统辖着现世的一切，河伯也统辖着水族世界的一切。人间世界的皇帝与水族世界的河伯，实际上是相同规则的不同体现者。从水族世界的河伯那里获得敕许，与从人间世界的皇帝那里获得官位是一样的。主人公变形的实质无非是，穿上“鱼服”把同一个世界从陆地搬向水中。本想探明“秘迹”之究竟，结果却发现神秘的水族世界不过是人间世界的一种变形。

仅从“穿上鱼服”就变身为鲤鱼这一点来看(“异界”没有独立性,只不过是人间世界的延伸),《鱼服记》的“梦”变成了既非“现实”、也非“梦幻”的“寓言”。这部作品的作者之所以要解释变形的原理,并运用传闻的形式记述故事,可能是为了以此来确保报告者的客观性与合理性。然而,作品也因此失去了面向未知世界的探求欲以及文章创作所应有的生命力。

在唐代的传奇小说中,有一部分作者逐渐失去了旺盛的好奇心和表现欲,而回归到中国传统培育的“现世主义”中,“志怪小说”也几乎失去了存在的意义。面向未知领域的求知欲一旦瓦解,小说就沦为了单纯的闲谈。如上所述,《太平广记》是北宋初期奉太宗皇帝敕命编纂的“小说”总集。这部总集凡五百卷,分为“神仙”“道术”“异僧”“报应”“定数”“梦”“鬼”“妖怪”“精怪”“再生”,以及动物、植物等,共一百五十余类,在各个类目中具有“怪异”特征的小说共有两千五百多篇。说到底,由“神仙”或“道术”“幽鬼”引起的事情,自然属于“怪异”之事。由于原本不知怪奇现象的原因,才称之为“怪异”。然而,这些分类却用已知知识界定“世界”,这就相当于扼杀了对未知领域的求知欲。因此,“小说”便因“现实”“现世”而解体,变成了“寓言”或“闲谈”。

最后介绍一篇,生于唐朝溃乱之际的文人——罗隐(833—909)所写的小说《越妇言》(收入罗隐《谗书》)。

买臣之贵也,不忍其去妻,筑室以居之,分衣食以活之,亦仁者之心也。一旦,去妻言于买臣之近侍曰:“吾秉箕帚于翁子左右者,有年矣。每念饥寒勤苦时节，见翁子之志，何尝不言通达后以匡国致君为己任，以安民济物为心期。而吾不幸离翁子左右者，亦有年矣，翁子果通达矣。天子疏爵以命之，衣锦以昼之，斯亦极矣。而向所言者，蔑然无闻。岂四方无事，使之然邪？岂急于富贵，未假度者邪？以吾观之，矜于一妇人，则可矣，其他未之见也。又安可食其食？”乃闭气而死。

这篇小说是据以下《汉书·朱买臣传》（卷六十四上）的内容而展开的反讽创作。

朱买臣，字翁子，吴人也。家贫，好读书，不治产业，常艾薪樵，卖以给食，担束薪，行且诵书。其妻亦负戴相随，数止买臣毋歌呕道中。买臣愈益疾歌，妻羞之，求去。买臣笑曰：“我年五十当富贵，今已四十余矣。女苦日久，待我富贵报女功。”妻恚怒曰：“如公等，终饿死沟中耳，何能富贵？”买臣不能留，即听去。其后，买臣独行歌道中，负薪墓间。故妻与夫家俱上冢，见买臣饥寒，呼饭饮之……

会稽闻太守且至，发民除道，县吏并送迎，车百余乘。入吴界，见其故妻、妻夫治道。买臣驻车，呼令后车载其夫妻，到太守舍，置园中，给食之。居一月，妻自经死，买臣乞其夫钱，令葬。

《汉书·朱买臣传》中的“越妇”应是因“羞愧”而自杀。罗隐描写的“越妇”也因“羞愧”而自杀。然而，《汉书·朱买臣传》的越妇是因对自己感到羞愧而自杀，与之相对，罗隐描写的“越妇”则是因对只能在妻子面前傲慢的丈夫感到羞愧而自杀。很明显，这一作品类似日本芥川龙之介创作的反讽小说。罗隐取材史书，改写“史实”，在其中寄托“寓意”。如果说这是中国古典小说司空见惯的烂熟手法，那么罗隐的小说是如何做到这一点的？它仅仅是由最小限度的说明与“越妇”的谈话构成。要而言之，如果将上述文字插在《汉书·朱买臣传》的相关地方，亦能读通。那么，从相反的角度来看，罗隐的小说好似截取了史书的一部分而写成。

中国的史书，如前揭《文心雕龙·史传》所云“史者，使也。执笔左右，使之记也。古者，左史记事者，右史记言者。言经则《尚书》，事经则《春秋》”，其出发点都是写谈话或对话。史书的谈话或对话经常带有戏剧的成分，用于刻画事件背后人物的心理或个性。罗隐运用这一手法创作出了巧妙的“寓言”故事。虽然这则故事对当权者进行了讽刺，但是它并没有对新的政治体系或人生进行探索。由此，中国古典小说采取了与现实密切相关的“史传”文体，并开拓出富有寓意的小品文新生路。然而，这些小品文并未超越古典的“传记”，“寓意”也流于琐碎，因此最终也就堕入了文学史的“亚流”。

（高桥文治著、黄小珠译）

第四章　家族的故事

第一节　“长相思”的谱系

曾经有过这种似是而非的论断——中国文明是没有神话的文明。在中国古代，很少有关于天地创造、人类诞生等我们今天看来富有想象力的神话故事，相反，有许多与“空想”相对的、一般被当作是事实的记录。中国自古就留下许多史书，同时又发展出像儒学那样的现世主义思想。鲁迅《中国小说史略》分析在中国文明中“神话”零星仅存的原因，认为中国重视合理主义，神话在早期就被转化为历史，以至于“神鬼之不别”（并不像一神教那样有绝对的神）。从残存的文字资料记录来看，表面上确实可以说，中国“不是神话之国，而是历史之国”。然而归根结底，神话究竟是什么？历史究竟是什么？此外，“神话转化为历史”是指什么？如果说神话是从根源上对某种文明的思想或行为进行创造说明的话，那么可能就不存在“没有神话的文明”之说。“没有神话的文明”与“没有文明的文明”这两种说法表现出同样的矛盾。此外，如果神话周而复始地成为“思考或记忆之原型”的参照，那么正如列维-斯特劳斯(Claude Levi-Strauss)所言，我们对历史怀有一种朴素印象，即它最接近神话的性质。[①] 正如“历史在重复”的命题，我们之所以把“过去”当作分析现在、解释将来的材料，是因为我们不断地把历史当作“周而复始的原型”。从这个意义来看，神话与历史并不对立，既可能把神话当作历史来讲，也可能把历史当作神话来讲，它们是雅努斯(Janus)的两面，或是“同一记忆、思考”的不同名称。我们不得不需要用有别于“或事实或空想”的深刻思维，来重新思考神话与历史实现的社会功能。对于文明而言，何为神话、何为历史的问题，也不得不需要重新加以定义。如果试着这样做的话，就会发现中国文明是我们最应该关注的一种文明。这种文明为何与西欧文明的形态不同？用些许夸张的话来说，这是因为中国文明是一种不断地把历史当作神话来运用的文明。正是在这种文明之中，方才显示出我们不得而知的“神话与历史之关系”。

首先通过一般被分类在“古乐府”或“古诗”中的远古歌谣，来看看中国的“原型神话”如何形成，以及如何被继承。下面所列的是收在《文选》卷二十七的《饮马长城窟行》：

青青河边草，绵绵思远道。
远道不可思，宿昔梦见之。
梦见在我傍，忽觉在他乡。

① 克洛德·列维-斯特劳斯(Claude Levi-Strauss)著、大橋保夫译『神話と意味』，みすず書房，1996年。

他乡各异县，辗转不可见。
枯桑知天风，海水知天寒。
入门各自媚，谁肯相为言。
客从远方来，遗我双鲤鱼。
呼儿烹鲤鱼，中有尺素书。
长跪读素书，书中竟何如。
上有加餐食，下有长相忆。

说到用韵文讲的神话，我们可能会想到《伊利亚特》或《奥德赛》这些所谓的英雄叙事诗。然而，在中国用韵文讲的“原型神话”却是抒情诗。与讲述个别英雄成长的故事相比，中国原型神话擅于通过高度简洁的象征性措辞，来展现非特定人物的普遍状况，以及在这种状况之下人物的紧张情感。按照一般的解释，上述《饮马长城窟行》讲的是生别离的男女。在第二句“绵绵思远道”中，尽情思念远方旅途的是妻子，吟咏“梦见在我傍，忽觉在他乡”的是她的丈夫。两人为何分离？为何没有再会之期？此诗总体可分为两段，前段写不断思念不在场之人。后段从“客从远方来”切入，“远方的旅人”登场了。这位旅客送给女子两条鲤鱼，鱼中出现书信。信中有云“加餐饭”“长相忆”。这位旅客到底是谁？为什么要送两条鱼？此外，为什么将书信放入鱼中？这封书信是谁寄给谁的？这些难道不是不可思议的神秘的内容吗？

这位“旅人”也同样出现在《古诗十九首》（《文选》卷二十九）的第十七与第十八首之中。首先来看第十七首：

孟冬寒气至，北风何惨栗。
愁多知夜长，仰观众星列。
三五明月满，四五蟾兔缺。
客从远方来，遗我一书札。
上言长相思，下言久离别。
置书怀袖中，三岁字不灭。
一心抱区区，惧君不识察。

另外，第十八首的内容如下：

客从远方来，遗我一端绮。
相去万余里，故人心尚尔。
文彩双鸳鸯，裁为合欢被。
著以长相思，缘以结不解。
以胶投漆中，谁能别离此？

这里的“长相思”是一种双关语，因“长”是永远之意，故导出“绵绵”之语。“思”与“丝”同音。“长相思”关联“绵丝”之意。另外，“结不解”可能也有“结下恋情”之意。以上三首古诗都含有“客从远方来”的情节，同时也都用到了“长相思”之语。“长相思”是一种表达“永远思念”的“誓词”，也是古代歌谣的题目。宋代郭茂倩所编《乐府诗集》网罗古代歌谣并对其历史加以解说，此书卷六十一《杂曲歌辞》与卷六十九《杂曲歌辞·长相思》

的解题，分别对“长相思”歌谣进行了说明：

> 杂曲者，历代有之，或心志之所存，或情思之所感，或宴游欢乐之所发，或忧愁愤怨之所兴，或叙离别悲伤之怀，或言征战行役之苦……故总谓之杂曲。自秦、汉已来，数千百岁，文人才士，作者非一。干戈之后，丧乱之余，亡失既多，声辞不具，故有名存义亡，不见所起，而有古辞可考者，则若《伤歌行》《生别离》《长相思》《枣下何纂纂》之类是也。

> 古诗曰：“客从远方来，遗我一书札。上言长相思，下言久离别。”李陵诗曰：“行人难久留，各言长相思。”苏武诗曰：“生当复来归，死当长相思。”长者久远之辞，言行人久戍，寄书以遗所思也。古诗又曰：“客从远方来，遗我一端绮。文彩双鸳鸯，裁为合欢被。著以长相思，缘以结不解。”谓被中著绵以致相思绵绵之意，故曰长相思也。又有《千里思》，与此相类。

要而言之，《长相思》自古是戍边行役之人向家人传达永不变心之意的古老歌谣，因此有很多古诗运用了《长相思》的话语。如果要对上述以“客从远方来”为始的古诗一一加以介绍的话，为了谨慎起见，也要对解题中出现的李陵和苏武的作品加以介绍。今天已经没有人把这两首诗当作是李陵或苏武的作品。应当把它们当作类似《古诗十九首》的古歌谣，或是从古歌谣派生出来的无名氏的“古诗”。内容如下：

携手上河梁，游子暮何之。
徘徊蹊路侧，恨恨不能辞。
行人难久留，各言长相思。
安知非日月，弦望自有时。
努力崇明德，皓首以为期。

结发为夫妻，恩爱两不疑。
欢娱在今夕，嬿婉及良时。
征夫怀往路，起视夜何其。
参辰皆已没，去去从此辞。
行役在战场，相见未有期。
握手一长叹，泪为生别滋。
努力爱春华，莫忘欢乐时。
生当复来归，死当长相思。

正如旧题苏武诗开头所言“结发为夫妻，恩爱两不疑”，此诗歌咏的夫妇别离之情，明显与《饮马长城窟行》或《古诗十九首》相同。而且这首作品文末有“生当复来归，死当长相思”之语，意味深长地暗示出“长相思”这一“誓词”原本是在什么样的场景下使用。“生当复来归，死当长相思”，可能是妻子送别丈夫的话，意思是“如果活下来你一定要回来，如果你死了我必定永远思念你”。“长相思”是家人在死别之际，生者赠给死者的“誓词”。

关于这点还有下面的补充材料。

其一是一篇题为《相思树》的著名古代小说。尽管这篇小说因收录在《搜神记》中而为人所知，但笔者这里所引用的版本则出自唐代佛教故事集《法苑珠林》，内容如下：

> 宋时大夫韩冯，娶妻而美，康王夺之。冯怨，王囚之，论为城旦。妻密遗冯书，缪其辞曰："其雨淫淫。河大水深，日出当心。"既而王得其书，以示左右，左右莫解其意。臣贺对曰："'其雨淫淫'，言愁且思也。'河大水深'，不得往来也。'日出当心'，心有死志也。"俄而冯乃自杀，其妻乃阴腐其衣。王与之登台，妻遂因投台下。左右揽之，衣不中手而死。遗书于带曰："王利其生，妾利其死。愿以尸骨，赐冯合葬。"王怒弗听，使里人埋之，冢相望也。曰："尔夫妇相爱不已，若能使冢合，则吾弗阻也。"宿昔之间，便有交梓木，生于二冢之端，旬日而大盈抱，屈体以相就，根交于下，枝错于上。又有鸳鸯，雌雄各一，恒栖树上，晨夜不去，交颈悲鸣，音声感人。宋人哀之，遂号其木曰相思树。相思之名，起于此也。今睢阳有韩冯城。其歌谣至今存焉。

上述故事收录在《法苑珠林》卷二十七"至诚篇第十九"之"感应缘"（即人的真心感动天的故事）中，讲了韩冯夫妇的相思生出梓木、使墓合为一体的奇迹。这个故事还讲到韩冯夫妇死后灵魂变为鸳鸯（此即鸳鸯传说的起源）。如果将这里的"相思"理解为"超越分离成为一体的力量"或是

"超越死亡而结合的愿力"的话,那么不得不说,前面提到的"长相思"也同样是表达爱的愿力之语。

其二是在汉墓出土的铜镜铭文中,也屡屡出现"长相思"之语。比如,下面的文言文是什么意思?可以说是祈祷死者死后生活幸福的铭文吧。①

常富贵,乐未央。
长相思,勿相忘。

图 35 西汉的镜子

出土于河南省南阳市。在中央方形栏内,从右上开始顺时针方向刻有"长相思 勿相忘 常富贵 乐未央"的铭文。依据《南阳出土铜镜》(文物出版社,2010 年)。

此外,还有下面的铭文:

君有行,妾有忧。
行有日,返无期。
愿君强饭多勉之。
仰天大息,长相思。

上述两首铭文,第一首"央"与"忘"押韵,第二首"期""之""思"押韵。特别是第二首韵文,它与《古诗十九首》在内容上的关联经常为人谈论。来看一下《古诗十九首》的第一首:

① 参考清钱站:《浣花拜石轩镜铭集录》。

行行重行行，与君生别离。
相去万余里，各在天一涯。
道路阻且长，会面安可知。
胡马依北风，越鸟巢南枝。
相去日已远，衣带日已缓。
浮云蔽白日，游子不顾返。
思君令人老，岁月忽已晚。
弃捐勿复道，努力加餐饭。

这可以说是旅途中的丈夫思念家人的诗，也可以说是思念旅途中丈夫的妻子之歌，主体是妻子还是丈夫，目前尚无定论。尽管如此，这首诗因其措辞古拙、感情深厚，自古以来就成为人们传诵的叙情诗极品。以“生别离”一句为着眼点来看，它与《古诗十九首》第十四首《去者日以疏》相同①，皆是以死别的悲哀为基调的“离别与彷徨之歌”。虽然这首诗的主体可以是丈夫或妻子中的任何一方，但是宋代严羽《沧浪诗话·考证》却云“《玉台》作两首”（我们今天看到的《玉台新咏》作一首，不知严羽“《玉台》作两首”之说所据为何）。此外，此诗前八句与后八句的韵脚确实有

① 第十四首：“去者日以疏，生者日以亲。出郭门直视，但见丘与坟。古墓犁为田，松柏摧为薪。白杨多悲风，萧萧愁杀人。思还故里闾，欲归道无因。”关于这首作品的解释有“忠臣去国思君”或“悲乱世、思故乡”等说法，无论哪种说法都认同这是以对死的省察为背景的望乡之作。第一句“去者日以疏”的“去者”应是指死者。“死者一日一日地被淡忘，他的坟墓也渐渐被遗弃。虽然想回到故乡，然而没有归乡之路。”这或许是死后被忘却，迷失归家之途的孤魂发出的悲吟。

所变化，有些解释者为了不因此把它当成两首，将前半段与后半段的主体分设为不同的人物，前半段是在旅途中的丈夫的话，后半段是思念丈夫的妻子的话。笔者上面的译文就是依据“夫妇对话”之说而来。[①] 早期的五言诗基本上是从古歌谣发展而来，将《古诗十九首》第一首诗与上述铭文并观，即可看出二者的相似性。铜镜铭文云“君有行，妾有忧”，又云“行有日，返无期”。“妾”是女性的自称，“返无期”意为没有归还之日。由此可见，《长相思》是赠给死者的“誓词”。

来谈一下笔者的设想吧。中国古代有所谓“长相思”的古歌谣。“长相思”所呈现的并非某个特定的故事，它其实是用来寄托与丈夫死别的歌谣。因此在中国文明中，这类抒情古歌谣具有“原型神话”的功能，并派生出各种各样的“讲述死亡的”歌谣、古诗，随后又催生出小说故事。在中国文明中，不仅叙事诗中的故事成为“原型神话”，而且没有特别情节的抒情诗有时也发挥着“神话母胎”的重要作用。这一“神话母胎”作为古歌谣被传承下来，它支配着人们的观念与情感，从这些观念与情感中，又重新产生讲述“观念起源”的故事。比如，《古诗十九首》中的这一首诗：

迢迢牵牛星，皎皎河汉女。
纤纤擢素手，札札弄机杼。
终日不成章，泣涕零如雨。
河汉清且浅，相去复几许。

---

① 译者注：原著在所引诗歌之下有关于此诗的日文训读与译文，为避免繁琐，译著将此二部分删除。

盈盈一水间，脉脉不得语。

虽然这首诗自古就以描写牵牛、织女而闻名，但推究起来，“牵牛织女的故事”与前揭“相思树”的故事类似，都是讲“被拆散的男女”。在中国文献中，首次提到牵牛织女的是《诗经·小雅·谷风之什》的《大东》篇。[①]诗中有云：“维天有汉，监亦有光。跂彼织女，终日七襄。虽则七襄，不成报章。睆彼牵牛，不以服箱。”此诗没有明示牵牛与织女是否是夫妇。汉代形成的牵牛织女故事，具体内容如何？其详情亦不甚明了。但是，“河汉清且浅，相去复几许。盈盈一水间，脉脉不得语”，《古诗十九首》中的这些诗句很明显地描写了隔着银河、被迫分离的男女的悲哀之情。依托“牵牛织女故事”表达的实际上是夫妇的死别吧。一对男女生死相隔，因“死”这一所谓的禁忌被迫分离。两人虽然可以互相眺望，却不能见面说话。期待着再次相会，于是停下工作的双手，互相凝望。这与《饮马长城窟行》或铜镜铭文依托“长相思”之语展现的世界是相同的。

第二节　焦仲卿之妻的故事

下面介绍一首与“牵牛织女故事”或“相思树故事”相似的爱情叙事诗。这个故事或题为“焦仲卿妻”，或题为“孔雀东南飞”（今天也时常称之为“中国的罗密欧与朱丽叶”）。以《乐府诗集》所收作品为依据，其故

① 《诗经·小雅·谷风之什》被当作是苦于周王朝苛敛诛求的东方人民的叹歌。

事原委如下：

> 汉末建安中，庐江府小吏焦仲卿妻刘氏，为仲卿母所遣，自誓不嫁。其家逼之，乃没水而死。仲卿闻之，亦自缢于庭树。时人伤之，而为此辞也。

这部作品若题为“焦仲卿妻”，则是因故事主人公之名而来；若题为“孔雀东南飞”，则是因为古老的叙事诗有以首句为题的习惯。这首诗由五言句式构成，多达三百五十句，是中国诗歌史上最长的叙事诗。

> 孔雀东南飞，五里一徘徊。“十三能织素，十四学裁衣。十五弹箜篌，十六诵诗书。十七为君妇，心中常苦悲。君既为府吏，守节情不移。鸡鸣入机织，夜夜不得息。三日断五匹，大人故嫌迟。非为织作迟，君家妇难为。妾不堪驱使，徒留无所施。便可白公姥，及时相遣归。”

如上所示，这首歌咏焦仲卿与其妻“爱与死”的作品，以令人印象深刻的“孔雀东南飞，五里一徘徊”开始。虽然我们不太清楚这里的“东南”“孔雀”具体寄寓了什么样的观念、习俗，但应当可以确定这两句暗示了夫妇的别离。之所以这么说，是因为与《焦仲卿妻》同收在《乐府诗集》、题为《艳歌何尝行》的古代叙事诗，也有类似的开头，如下：

飞来双白鹄，乃从西北来。十十五五，罗列成行。妻卒被病，行不能相随。五里一反顾，六里一徘徊。（中略）念与君离别，气结不能言。各各重自爱，远道归还难。妾当守空房，闭门下重关。若生当相见，亡者会黄泉……

图 36　织布的女性

织布与汲水、制面皆是女性最辛苦的劳动。此图虽出自宋代寺院壁画，但坐在机器前的女性却裸露着上半身。描写的应是夏季织布的下层女性。依据《中国美术全集》（文物出版社，1988 年）之“寺观壁画”。

这里歌咏的白鹄每数只排成一列，从西北方向飞来。这个方向显然与《焦仲卿妻》“孔雀东南飞”相同。而且这首《艳歌何尝行》的“妻卒被病，行不能相随”二句，明白说出白鹄“六里一徘徊”的原因是“因病被抛弃的妻子”。由此可知，《焦仲卿妻》中孔雀“五里一徘徊”的原因，明显也是由于被舍弃的妻子。在这部作品的后面部分，被撇下的妻子亦云：“若生当相见，亡者会黄泉。”鸟类的离别可能暗示“夫妇的死别”。[①]

这首叙事诗以独飞而去的美丽孔雀形象开篇，运用民歌列举法讲到“十三能织素，十四学裁衣。十五弹箜篌，十六诵诗书”，随后作品

---

① 关于西北这一方位，《楚辞》卷三《天问篇》云：“西北辟启，何气通焉？日安不到，烛龙何照？”旧注云：“言天之西北有幽冥无日之国，有龙衔烛而照之也。”此旧注引自《山海经》卷八，原文曰：“钟山之神，名曰烛阴，视为昼，瞑为夜，吹为冬，呼为夏，不饮，不食，不息，息为风。身长千里。在无膂之东。其为物，人面，蛇身，赤色，居钟山下。”这是说，天的西北有一片混沌未分、幽冥无日的世界，人面蛇身的龙神支配着这里的一切。从西北飞来的白鹄暗示着死别之意，上面的记述可能呈现出古人这种观念的背景。

终于进入主题。焦仲卿之妻出嫁后没多久就遭到婆婆嫌弃，被迫与丈夫分离。“孔雀东南飞，五里一徘徊”所暗示的“夫妇之别”，由此变成了现实。

府吏得闻之，堂上启阿母：“儿已薄禄相，幸复得此妇。结发同枕席，黄泉共为友。共事二三年，始尔未为久。女行无偏斜，何意致不厚？”阿母谓府吏：“何乃太区区。此妇无礼节，举动自专由。吾意久怀忿，汝岂得自由。东家有贤女，自名秦罗敷。可怜体无比，阿母为汝求。便可速遣之，遣去慎莫留。”府吏长跪告：“伏惟启阿母，今若遣此妇，终老不复取。”阿母得闻之，捶床便大怒：“小子无所畏，何敢助妇语。吾已失恩义，会不相从许。”

古代中国社会有所谓的“七出”之说。比如《孔子家语》（西汉时期收集孔子言论的书籍）卷六《本命解》讲到夫家休掉妻子的七种理由，如下所示：

孔子遂言曰：“女有五不取：逆家子者、乱家子者、世有刑人子者、有恶疾子者、丧父长子者。妇有七出、三不去。七出者：不顺父母者、无子者、淫僻者、嫉妒者、恶疾者、多口舌者、窃盗者。三不去者：谓有所取无所归，与共更三年之丧，先贫贱后富贵。

如果参照这“七出”的话，焦仲卿之妻被休弃的理由是什么呢？面对儿子的哀求，其母说：“此妇无礼节，举动自专由。”这强烈地契合了“不顺父母者”一条。然而作品完全没有具体描写妻子的“不顺”或不检点。在家庭之中，母亲有绝对的地位，当母亲认为“吾已失恩义”（对儿媳没有爱意）之际，她就有充分的理由把儿媳休掉。

然而《孔雀东南飞》让笔者感触最深的是，这部作品描写的人物关系不是“恋人”，而是“夫妇”。比如说，《罗密欧与朱丽叶》描写的是未婚青年男女殉情的故事。从某种意义来看，他们的最终目标是“结婚”，为达到此目标而意外身亡。此外，在另一欧洲经典之作《特里斯坦与伊索尔德的故事》中，伊索尔德是特里斯坦的伯父马克王的妃子，这是横亘在他们“结婚”之间的最大“禁忌”。总之，《罗密欧与朱丽叶》也好，《特里斯坦与伊索尔德的故事》也好，讲的都是想结婚而不能如愿的男女的故事。然而，《焦仲卿妻》则为已婚的两人设下“新的禁忌”，讲的是被拆散的夫妇双双赴死的故事。为何中国“被禁忌的爱情故事”不是“未婚男女”，而非得是“夫妇的悲剧”呢？

我们再稍微回顾一下《孔雀东南飞》中夫妇的对话。

> 府吏默无声，再拜还入户。举言谓新妇，哽咽不能语。“我自不驱卿，逼迫有阿母。卿但暂还家，吾今且报府。不久当归还，还必相迎取。以此下心意，慎勿违吾语。”新妇谓府吏：“勿复重纷纭。往昔初阳岁，谢家来贵门。奉事循公姥，进止敢自专？昼夜勤作息，伶俜萦苦辛。谓言无罪过，供养卒大恩。仍更被驱遣，何言复来还。妾有绣腰襦，葳蕤自生光。红罗复斗帐，四角垂香囊。箱帘六七十，绿碧青丝绳。物物各自异，种种在其中。人贱物亦鄙，不足迎后人。

留待作遗施，于今无会因。时时为安慰，久久莫相忘。”

翌日清晨，妻子坐车回娘家，丈夫在车前骑马，车声隐隐甸甸终于到了大路口。

下马入车中，低头共耳语：“誓不相隔卿，且暂还家去。吾今且赴府，不久当还归。誓天不相负。”新妇谓府吏：“感君区区怀，君既若见录，不久望君来。君当作磐石，妾当作蒲苇。蒲苇纫如丝，磐石无转移。我有亲父兄，性行暴如雷。恐不任我意，逆以煎我怀。”

妻子就这样回到娘家。不久她就与某公子定下姻缘，并且在兄长、母亲、太守、媒人的强行压迫下，不得不急急忙忙地举办婚礼。流言很快传到丈夫那里，他们见了最后一面。

府吏闻此变，因求假暂归。未至二三里，摧藏马悲哀。新妇识马声，蹑履相逢迎。怅然遥相望，知是故人来。举手拍马鞍，嗟叹使心伤：“自君别我后，人事不可量。果不如先愿，又非君所详。我有亲父母，逼迫兼弟兄。以我应他人，君还何所望。”府吏谓新妇：“贺卿得高迁。磐石方且厚，可以卒千年。蒲苇一时纫，便作旦夕间。卿当日胜贵，吾独向黄泉。”新妇谓府吏：“何意出此言。同是被逼迫，君尔妾亦然。黄泉下相见，勿违今日言。”执手分道去，各各还家门。生人作死别，恨恨那可论。念与世间辞，千万不复全。

故事终于迎来大结局：

> 其日牛马嘶，新妇入青庐。晻晻黄昏后，寂寂人定初。“我命绝今日，魂去尸长留。”揽裙脱丝履，举身赴清池。府吏闻此事，心知长别离。徘徊庭树下，自挂东南枝。两家求合葬，合葬华山傍。东西植松柏，左右种梧桐。枝枝相覆盖，叶叶相交通。中有双飞鸟，自名为鸳鸯。仰头相向鸣，夜夜达五更。行人驻足听，寡妇起彷徨。多谢后世人，戒之慎勿忘。

笔者手头有法国教授贝迪耶(Joseph Bedier)编、佐藤辉夫译的岩波文库本《特里斯坦与伊索尔德的故事》，结尾如下：

> 马克国王得知这一对恋人之死的消息后……下令做了两口棺木……在礼堂祭坛的左右两侧挖了两个坟墓，埋葬了他们。晚上，从特里斯坦的坟上长出一株枝叶茂盛、香气袭人的花儿，它越过礼堂的屋顶，伸进伊索尔德的坟墓。当地居民砍掉了这株花，但是第二天它又长出来，同样花香浓郁、枝叶葱茏，又依旧伸进长着黄头发的伊索尔德的墓中。人们砍了三次，但都白费功夫。人们把这件怪事告诉马克国王，国王立马禁止人们再去砍伐。

“东西植松柏，左右种梧桐。枝枝相覆盖，叶叶相交通”——《焦仲卿妻》的结尾与《特里斯坦与伊索尔德的故事》的结尾何其相似。覆盖着墓地的、枝叶交错的茂密树木，反映出人们超越东西方的“爱情观念”。如果说《特里斯坦与伊索尔德的故事》写的是因禁忌被拆散的恋人以死结合的故事（“相互覆盖”的野蔷薇象征着两人死后的结合），那么《焦仲卿妻》则讲了分别死去的夫妇死后被合葬，他们的“灵魂”在“相覆盖”的茂密枝叶中变成鸳鸯的故事。两者都是在讲“爱与死”，都在交错的树木中见证了“爱的力量”。然而不得不进一步思考的是，焦仲卿与其妻子分离的“禁忌”到底是什么？在中国被禁忌的爱情故事，为什么非得要涉及到夫妇？关于这个问题，本章第一节介绍的、收在《法苑珠林》中的《相思树》故事给了我们极大的启示。

虽然《孔雀东南飞》与《相思树》的主人公们名字、时代各不相同，但是从“被拆散的夫妇分别死去，死后被合葬，他们的灵魂变成鸳鸯”这一点来看，二者明显属于同一个故事系统。在《相思树》的末尾有“其歌谣至今存焉”一节，尽管已有学者将此与《孔雀东南飞》进行类比，但二者其实也存在着若干分歧。正是这些共同点与分歧点为我们揭示了“被禁忌的爱情故事”的本质。在《相思树》中，虽然夫妇祈求死后合葬，但是宋康王因忌恨故意将两人的坟墓分开筑造。很快他们的坟上长出梓木，“根交于下，枝错于上”的巨木将两座坟墓合为一体。要而言之，《相思树》中的夫妇并没有被合葬在一起，而是通过自己的力量合为一体。可以说，这显示了死者的灵威。而且，此种灵威是本为夫妇的二人为了再度结合而发挥的力量。

例如，在《相思树》中，韩冯妻云：“王利其生，妾利其死。愿以尸骨，赐冯合葬。”这里所说的“其生”“其死”大概是指“活生生的肉体”与“死后的肉体”。“尸骨”是指“魄”。[1] 其意是说，把“死后的肉体（魄）”毫发无损地还给韩冯，“使死后的肉体合而为一”。同样的观念也出现在《焦仲卿妻》中，妻子举身赴池前云：“我命绝今日，魂去尸长留。”这也应当是说，让我的肉体（魄）保全下来永远留在焦仲卿身边，即指明了“魄”的归着地。也就是说，《相思树》与《孔雀东南飞》并不把夫妇之死看作单纯的“肉体的消亡”。“死后的肉体（魄）”需要留在某个应该停留的场所。如此一来，将夫妇合葬并非只是为了哀叹二者的爱情，而是因为如果不这样做的话，夫妇具有的“愿力”就会出来作“祟”。“枝枝相覆盖”的相思树，是两人“爱之力”显现之前的“灵威”。

此外，《相思树》或《孔雀东南飞》所显示的“夫妇合葬”的主题是从什么观念而来呢？陈寿《三国志·魏志·武文世王公传》所描写的邓哀王曹冲之死的逸闻，或许是对此最清楚的说明，其内容如下：

> 邓哀王冲，字仓舒。少聪察岐嶷，生五六岁，智意所及，有若成人之智……太祖数对群臣称述，有欲传后意。年十三，建安十三年疾病，太祖亲为请命。及亡，哀甚。文帝宽喻太祖，太祖曰：“此我之不幸，而汝曹之幸也。”言则流涕，为聘甄氏亡女与合葬。

曹操将自己十三岁死去的爱子与差不多同时夭折的甄氏女合葬，使他们

---

① 《春秋左氏传·昭公七年》曰：“人生始化曰魄。既生魄，阳曰魂。用物精多，则魂魄强，是以有精爽至于神明。”此外，《大戴礼记》曰：“阳之精气曰神，阴之精气曰灵。神灵者，品物之本也。”“魄”是使肉体成为肉体的形而下的要素。

成为另一个世界的夫妇。把夭折的男女合葬，让他们在冥界结为夫妇，这被称为“冥婚”或“幽婚”。作为中国历史上最早出现的“冥婚”“幽婚”的例子，上面的记载自古就受人关注。根据有关报告，到了二十世纪，中国有些农村还在举办“冥婚”。为什么会有将完全陌生的幼年男女合葬的冥婚呢？与其说这是为了祈求孩子们的幸福，倒不如说这更是希望夭折孩子的魂魄不会成为孤魂、孤魄。孤魂、孤魄因留念人世而变成厉鬼（作祟的死者），会对生者作祟。与其让夭折的年幼魂灵寻找父母、留恋人世，曹操们更希望孩子们不要成为孤魂、孤魄，而能在另一个世界过上夫妇的生活。中国从古代至近世的墓制，之所以以“夫妇合葬”为根本，是因为有这样的信仰、习惯——在标榜大家族主义的中国社会中，夫妇二人是家族中的最小单位，保全了这一最小的单位也就保证了死者的安宁。一个人有了家庭就有了栖息之所，在此世也好，在彼世也好，人都要和家人一起生活，要寻找一起生活的人。男女之间互相追求，是因为他们要寻找一个家。

那么，从上述内容或许可以推衍出下面的观点。被称为“古乐府”的汉代叙事诗或由此派生的“五言诗”，将“死”作为最关心的事情，反复描写孤魂、孤魄的悲哀。害怕孤魂、孤魄变为厉鬼，成为家人死别的核心内容；死者的悲哀成为夫妇合为一体的“愿力”。总之，《孔雀东南飞》或《相思树》所描写的、使夫妇分离的“禁忌”，实际上无非是生与死的悬隔。在世上生活的夫妇，一旦一方死去，双方便被迫分离，残存的一方对死者立下“长相思”的誓言。由此而来，产生了夫妇死后合葬的故事，随后这些故事演变为超越生死的爱情故事。

本节最后再来介绍 部在上述背景下产生的，可称为《焦仲卿妻》之末裔的小说。这部作品被称为《华山畿》，大概产生于五世纪初。与《焦仲卿妻》相同，《华山畿》也被收在《乐府诗集》这一宋代文献中：

少帝时，南徐一士子，从华山畿往云阳。见客舍有女子年十八九，悦之无因，遂感心疾。母问其故，具以启母。母为至华山寻访，见女具说闻感之因。脱蔽膝令母密置其席下，卧之当已。少日果差。忽举席见蔽膝而抱持，遂吞食而死。气欲绝，谓母曰："葬时车载，从华山度。"母从其意。比至女门，牛不肯前，打拍不动。女曰："且待须臾。"妆点沐浴，既而出。歌曰：

"华山畿，君既为侬死，独活为谁施？欢若见怜时，棺木为侬开。"

棺应声开，女透入棺，家人叩打，无如之何，乃合葬，呼曰"神女冢"。

"华山畿"即"华山山麓"之意。要言之，作品以两人合葬的"神女冢"所在地名为题。此"华山"也是《孔雀东南飞》中焦仲卿与其妻合葬的地方，这点暗示了两部作品的关联。《焦仲卿妻》写的是被拆散的夫妇，《华山畿》写的是未婚的男女。结合上述观点可知，二者是同一"原型"的历史展开。如果《华山畿》的棺木没有打开的话，孤魂就会变成厉鬼，出来显灵。

第三节　柳毅的故事

本章所讲的之所以都是“夫妇”，这是因为形成“神话母胎”以及运用在戏曲或小说中的“死与再生”的主题，至少在民众文学的世界中，是以“家庭”为中心展开的，而且这个“家庭”的观念不是以父子而常常是以“夫妇”为核心。如上所述，中国的墓制从古代到近代都是以“夫妇合葬”为基本样式。今天如果前往中国农村的话，看到墓地并不稀奇。通过观察这些墓地以及古墓发掘调查报告，可发现在中国父子并不共用一墓。当然，某些家族因占地广阔而形成墓群，父子坟墓并造也是常事。然而，在同一坟墓中，夫妇被埋在一起，而父母与孩子则不埋在一起。用日语来理解“合葬墓”的话，谁和谁合葬都可以，然而，在中文的语境中，则只能是夫妇合葬。东汉班固著《白虎通》卷九“嫁娶”云：“妻者，齐也，与夫齐体。自天子下至庶人，其义一也。”[①]这里所说的“与夫齐体”与《旧约圣经》所说“（神）就用那人身上所取的肋骨造成一个女人……因此，人要离开父母与妻子连合，二人成为一体”，恐怕是同样的男女观念吧。人结为夫妇，就是要完全成为一体。因此，生时必然要结婚，死时必然要同穴，即必须要合葬。

来看一下唐人写的“结婚”故事吧。以下介绍的是题为《柳毅传》（又题为《洞庭灵姻传》）的传奇小说。不言而喻，《洞庭灵姻传》之“姻”是指

---

① “妻”与“齐”同音。

"婚姻"。如果用日本的故事分类法,这部小说应当属于"异类婚谈"。一般认为,流传于南亚的"龙女报恩故事"通过佛教传到中国,大概在公元八〇〇年前后,围绕着洞庭湖龙神诞生出一部宏大的浪漫小说——《柳毅传》。另一方面,流传于南亚的"龙女报恩故事"也以另一种传说流传到中世纪欧洲,它经历了"梅露辛(Melusine)的传说"到"翁蒂娜(Ondine)的故事"等,最后终于演变成安徒生《人鱼公主》。[①] 带着这样的背景来阅读《柳毅传》与《人鱼公主》,不由得认为二者之间不可能没有共同主题。

> 仪凤中,有儒生柳毅者,应举下第,将还湘滨。念乡人有客于泾阳者,遂往告别。至六七里,鸟起马惊,疾逸道左。又六七里,乃止。见有妇人,牧羊于道畔。毅怪视之,乃殊色也。然而蛾脸不舒,巾袖无光,凝听翔立,若有所伺。
>
> 毅诘之曰:"子何苦而自辱如是?"妇始楚而谢,终泣而对曰:"贱妾不幸,今日见辱问于长者。然而恨贯肌骨,亦何能愧避?幸一闻焉。妾,洞庭龙君小女也。父母配嫁泾川次子,而夫婿乐逸,为婢仆所惑,日以厌薄。既而将诉于舅姑,舅姑爱其子,不能御。迨诉频切,又得罪舅姑。舅姑毁黜以至此。"言讫,歔欷流涕,悲不自胜。
>
> 又曰:"洞庭于兹,相远不知其几多也。长天茫茫,信耗莫通。心目断尽,无所知哀。闻君将还吴,密通洞庭。或以尺书,寄托侍

① 参见雅克·勒高夫(Jacques Le Goff)『絵解き　ヨーロッパ中世の夢』,原書房,2007年。

者，未卜将以为可乎?”毅曰：“吾，义夫也。闻子之说，气血俱动，恨无毛羽，不能奋飞，是何可否之谓乎！然而洞庭深水也。吾行尘间，宁可致意耶？唯恐道途显晦，不相通达，致负诚托，又乖恳愿。子有何术可导我邪?”

女悲泣且谢，曰：“负载珍重，不复言矣。脱获回耗，虽死必谢。君不许，何敢言。既许而问，则洞庭之与京邑，不足为异也。”毅请闻之。女曰：“洞庭之阴，有大橘树焉，乡人谓之‘社橘’。君当解去兹带，束以他物。然后叩树三发，当有应者。因而随之，无有碍矣。幸君子书叙之外，悉以心诚之话倚托，千万无渝!”毅曰：“敬闻命矣。”女遂于襦间解书，再拜以进。东望愁泣，若不自胜。毅深为之戚，乃置书囊中，因复问曰：“吾不知子之牧羊，何所用哉？神祇岂宰杀乎?”女曰：“非羊也，雨工也。”“何为雨工?”曰：“雷霆之类也。”毅顾视之，则皆矫顾怒步，饮龁甚异，而大小毛角，则无别羊焉。

毅又曰：“吾为使者，他日归洞庭，幸勿相避。”女曰：“宁止不避，当如亲戚耳。”语竟，引别东去。不数十步，回望女与羊，俱亡所见矣。

其夕，至邑而别其友，月余到乡还家，乃访于洞庭。洞庭之阴，果有社橘。遂易带，向树三击而止。俄有武夫出于波间，再拜请曰：“贵客将自何所至也?”毅不告其实，曰：“走谒大王耳。”武夫揭水指路，引毅以进。谓毅曰：“当闭目，数息可达矣。”毅如其言，遂至其宫。始见台阁相向，门户千万，奇草珍木，无所不有。夫乃止毅，停于大室之隅，曰：“客当居此以伺焉。”毅曰：“此何所也?”夫曰：“此灵虚殿也。”谛视之，则人间珍宝毕尽于此。柱以白璧，砌以青玉，床以珊瑚，帘以水精，雕琉璃于翠楣，饰琥珀于虹栋。奇秀深杳，不可殚言。

然而王久不至。毅谓夫曰：“洞庭君安在哉？”曰：“吾君方幸玄珠阁，与太阳道士讲《火经》，少选当毕。”毅曰：“何谓《火经》？”夫曰：“吾君，龙也。龙以水为神，举一滴可包陵谷。道士，乃人也。人以火为神圣，发一灯可燎阿房。然而灵用不同，玄化各异。太阳道士精于人理，吾君邀以听焉。”语毕而宫门辟，景从云合，而见一人，披紫衣，执青玉。夫跃曰：“此吾君也！”乃至前以告之。君望毅而问曰：“岂非人间之人乎？”毅对曰：“然。”……

洞庭湖龙王之女向柳毅倾诉自己嫁给泾川水神次子，婚后被婆家虐待的不幸遭遇。柳毅代龙女传书给洞庭湖，激怒的龙王把泾川变为火海后救出女儿。龙女为报柳毅之恩嫁给他，为他生儿育女。柳毅成为龙神，获得永生。这就是《柳毅传》的故事梗概。上面引文虽只是小说的发端部分，但据此可明显看出，《柳毅传》既是一篇传奇的浪漫小说，同时也是一篇通过会话寄托深刻、微妙之意的心理小说。此外，这部小说也具有与西欧骑士小说相同的重要特征。从上

图 37 “四海龙王众”图

位于山西省稷山青龙寺的元代壁画。水神龙王是通过佛教传入的外来文化。这里描绘的龙王带有人间官僚的姿态。依据《山西寺观壁画》（文物出版社，1997 年）。

述梗概可推测此特征是“主人公柳毅救出被幽闭的龙女，与之结婚成为王子”的情节。总之，故事总体上采用了与《睡美人》《长发公主》相同的结构。

令人意外的是，实际上唐代传奇中有许多这一类型的小说，例如《柳氏传》《昆仑奴》《无双传》，以及《本事诗》记载的数篇作品等，都可以说是其中的代表。这些小说皆将救人者（实际带小姐出塔之人）设定为他者，主人公最终在他者的帮助下与“小姐”结婚。除此之外，唐代传奇小说其实还有另一个值得注意的特征，即被救出的小姐都是被幽禁的贵人之妻或爱妾。总之，故事中作为大团圆的“结婚”，对女性主人公而言，其实都是第二次婚姻。宋代以后，此类小说中“被幽闭的小姐”全都变成妓女，没有出现涉及良家女子或公主的作品。这说明没有圣母玛利亚的中国，婚姻的纯洁观念是经过变革的。另一方面，《柳毅传》也显示出男主人公面对龙女时独特的“禁欲”意识，柳毅救出龙女后并没有直接娶她为妻。这部作品描绘出中国女性被“礼教”压抑之前的姿态，“结婚”是龙女意志的结果。在这个意义上，《柳毅传》在成为“龙女报恩的故事”之前，首先是一部关于女性追求幸福婚姻的爱情故事。

图 38 “四渎诸龙神众”图

位于山西省浑源永安寺的明代壁画。黄河、长江、淮河、济河这四渎的神都具有龙的形态。依据《山西寺观壁画》（文物出版社，1997 年）。

在上面的记述之后，《柳毅传》

讲到龙女的父亲洞庭君(洞庭湖的龙王)看到女儿的来信悲叹不已,血气方刚的钱塘君(洞庭君之弟、钱塘江的龙神)怒不可遏地去攻打泾川,瞬间就把敌人消灭了,然后将龙女带回。为了庆祝龙女归来,并对柳毅表示感谢,龙宫数日张筵设宴,柳毅受到了热情的款待。

明日,又宴毅于凝碧宫。会友戚,张广乐,具以醪醴,罗以甘洁……酒酣,洞庭君乃击席而歌曰:“大天苍苍兮,大地茫茫。人各有志兮,何可思量。狐神鼠圣兮,薄社依墙。雷霆一发兮,其孰敢当?荷贞人兮信义长,令骨肉兮还故乡,齐言惭愧兮何时忘!”

洞庭君歌罢,钱塘君再拜而歌曰:“上天配合兮,生死有途①。此不当妇兮,彼不当夫。腹心辛苦兮,泾水之隅。风霜满鬓兮,雨雪罗襦。赖明公兮引素书,令骨肉兮家如初。永言珍重兮无时无。”

钱塘君歌阕,洞庭君俱起,奉觞于毅。毅踧踖而受爵,饮讫,复以二觞奉二君,乃歌曰:

“碧云悠悠兮,泾水东流。伤心美人兮,露泣花愁。尺书远达兮,以解君忧。哀冤果雪兮,还处其休。荷和雅兮感甘羞。山家寂寞兮难久留。欲将辞去兮悲绸缪。”

歌罢,皆呼万岁……

翌日,又宴毅于清光阁。

钱塘因酒作色,踞谓毅曰:“不闻猛石可裂不可卷,义士可杀不

① “生死有途”是说“死不能同穴”,即“离婚”之意。

可羞耶？愚有衷曲，欲一陈于公。如可，则俱在云霄；如不可，则皆夷粪壤。足下以为何如哉？”毅曰：“请闻之。”

钱塘曰：“泾阳之妻，则洞庭君之爱女也。淑性茂质，为九姻所重。不幸见辱于匪人，今则绝矣。将欲求托高义，世为亲戚，使受恩者知其所归，怀爱者知其所付，岂不为君子始终之道者？”

毅肃然而作，欻然而笑曰：“诚不知钱塘君孱困如是！毅始闻跨九州，怀五岳，泄其愤怒；复见断金锁，掣玉柱，赴其急难。毅以为刚决明直，无如君者。盖犯之者不避其死，感之者不爱其生，此真丈夫之志。奈何箫管方洽，亲宾正和，不顾其道，以威加人？岂仆之素望哉！若遇公于洪波之中，玄山之间，鼓以鳞须，被以云雨，将迫毅以死，毅则以禽兽视之，亦何恨哉！今体被衣冠，坐谈礼义，尽五常之志性，负百行之微旨，虽人世贤杰，有不如者，况江河灵类乎？而欲以蠢然之躯，悍然之性，乘酒假气，将迫于人，岂近直哉！且毅之质，不足以藏王一甲之间。然而敢以不伏之心，胜王不道之气。惟王筹之！”

钱塘乃逡巡致谢曰：“寡人生长宫房，不闻正论。向者词述狂妄，搪突高明。退自循顾，戾不容责。幸君子不为此乖间可也。”其夕，复欢宴，其乐如旧。毅与钱塘遂为知心友。

在凝碧宫的酒宴上，柳毅唱出“欲将辞去兮悲绸缪”之歌。这里的“绸缪”是叠韵语(韵母相同的两个汉字组成的拟态语)，辞典解释为“情深意长”。或许这是柳毅的一种社交辞令，以此来表达自己即将离开龙宫的不尽惜别之情。然而,“绸缪”一词一般用于形容男女恋情。因此,在翌日的清光阁宴会上,听过“绸缪”之语的钱塘君云:“使受恩者知其所归,怀爱者知其所付,岂不为君子始终之道者?”这里的“归”是“嫁”之意,“付”是“给予”之意。总之,这是说“受恩者嫁给恩人,怀爱者被给予爱人,合乎世道”。但是这么一来,事情就变成:柳毅对“已婚女子心怀不轨”,所以才给龙宫传信。因此,柳毅以“且毅之质,不足以藏王一甲之间。然而敢以不伏之心,胜王不道之气”之言,责备钱塘君的无理要求。

图 39　伎乐图

描绘了在中央跳舞的两位女性和左右两列管弦乐队。依据《中国美术全集》(文物出版社,1988 年)之“寺观壁画”。

总之,柳毅没有和龙女结婚就分别了。

明日,毅辞归。洞庭君夫人别宴毅于潜景殿,男女仆妾等悉出预会。夫人泣谓毅曰:“骨肉受君子深恩,恨不得展愧戴,遂至睽别。”使前泾阳女当席拜毅以致谢。夫人又曰:“此别岂有复相遇之日乎?”毅其始虽不诺钱塘之情,然当此席,殊有叹恨之色。宴罢,辞别,满宫凄然。赠遗珍宝,怪不可述。毅于是复循途出江岸,见从者十余人,担囊以随,至其家而辞去。

毅因适广陵宝肆,鬻其所得。百未发一,财已盈兆。故淮右富族，咸以为莫如。

遂娶于张氏，亡。而又娶韩氏。数月，韩氏又亡。徙家金陵。常以鳏旷多感，或谋新匹。有媒氏告之曰："有卢氏女，范阳人也。父名曰浩，尝为清流宰。晚岁好道，独游云泉，今则不知所在矣。母曰郑氏。前年适清河张氏，不幸而张夫早亡。母怜其少，惜其慧美，欲择德以配焉。不识何如？"毅乃卜日就礼。既而男女二姓俱为豪族，法用礼物，尽其丰盛。金陵之士，莫不健仰。

居月余，毅因晚入户，视其妻，深觉类于龙女，而逸艳丰厚则又过之。因与话昔事。妻谓毅曰："人世岂有如是之理乎？"

故事终于迎来了高潮：

既产，逾月，乃秾饰换服，召毅于帘室之间，笑谓毅曰："君不忆余之于昔也？"毅曰："夙非姻好，何以为忆？"妻曰："余即洞庭君之女也。泾川之冤，君使得白。衔君之恩，誓心求报。洎钱塘季父论亲不从，遂至睽违。天各一方，不能相问。乖负宿心，怅望成疾。中间父母欲配嫁于濯锦小儿某。遂闭户剪发，以明无意。虽君子弃绝，分无见期，而当初之心，死不自替。他日父母怜其志，复欲驰白于君子。值君子累娶，当娶于张，已而又娶于韩。迨张、韩继卒，君卜居于兹，故余之父母乃喜余得遂报君之意。今日获奉君子，咸善终世，死无恨矣。"因呜咽泣涕交下。对毅曰：

"始不言者，知君无重色之心。今乃言者，知君有感余之意。妇人菲薄，不足以确厚永心，故因君爱子，以托相生。未知君意如何？愁惧兼心，不能自解。

君附书之日，笑谓妾曰：‘他日归洞庭，慎无相避。’诚不知当此之际，君岂有意于今日之事乎？其后季父请于君，君固不许。君乃诚将不可邪，抑忿然邪？君其话之。”

《柳毅传》毕竟不是标准的文言文，即便今天看来，这篇小说仍有许多奇怪的措辞。这样的措辞多少会给文本带来混乱，传记的内容也必然因此缺少明快感。在上面的引文中，“感余之意”一般文本作“爱子之意”（难以判断以哪个为准），另外，“确厚永心”“以托相生”“愁惧兼心”等也不是常见的用法。[①] 尽管如此，这里绝不难读出龙女的情感态度。她对柳毅心怀爱意，想了解他的真心。她很想说出内心的渴望，爱情的焦灼迫使她殷切地问询。从她的方面来说，她希望柳毅的“义举”是“私心”的结果。

面对龙女的问题，柳毅的回答如下：

“似有命者。

仆始见君于长泾之隅，枉抑憔悴，诚有不平之志。然自约其心者，达君之冤，余无及也。以言‘慎勿相避’者，偶然耳，岂有意哉？洎钱塘逼迫之际，唯理有不可直，乃激人之怒耳。夫始以义行为之志，宁有杀其婿而纳其妻者邪？一不可也。某素以操真为志尚，宁

① 周绍良《唐传奇笺证》（人民文学出版社，2000年）之《洞庭灵姻传笺证》云：“‘以托相生’句不可解。”

有屈于己而伏于心者乎？二不可也。

且以率肆胸臆，酬酢纷纶，唯直是图，不遑避害。然而将别之日，见君有依然之容，心甚恨之。终以人事扼束，无由报谢。吁！今日，君，卢氏也，又家于人间。则吾始心未为惑矣。从此以往，永奉欢好，心无纤虑也。”

柳毅的回答乍看是对龙女“君岂有意于今日之事乎”的否定，然而，我们其实可以把《柳毅传》看作是一部内涵深刻的近代小说，仅从上面的引文也可看出，其中隐藏着柳毅极其微妙的心理意识。柳毅确实在回答“岂有意”的问题，他说自己的行为仅是“义举”而无“私心”。从这一点看，他打破了龙女的希望。然而另一方面，他却说“见君有依然之容，心甚恨之”，即传达他对龙女早就心怀爱意，使她安心。从“似有命者”到“则吾始心未为惑矣”这段话，柳毅的回答以单刀直入的“命定如此”开始，在肯定二人命运与现有爱情之后，再进一步总结——今日之“你”并非龙女而是卢氏女，因此我决定不与受恩之人结婚的“心”不再有“惑”。总之，与作为人的“你”结婚，而不是与被施恩的龙女结婚——这是柳毅的一种诡辩。虽然“义举”的目的并非源自“私心”，但并不意味着他“内心”没有这个想法。这个故事将“善意”中潜藏的“私心”、“义举”中不自觉实现的“私心”，作为一个重要的主题来讲。最初提到与龙女结婚的话题时，柳毅拒绝了，这是因为他发现自以为“义心”的救济之下潜藏着“私心”：

妻因深感娇泣，良久不已。有顷，谓毅曰：“勿以他类遂为无心，固当知报耳。夫龙寿万岁，今与君同之。水陆无往不适。君不以为妄也。”毅嘉之曰：“吾不知国容乃复为神仙之饵！”乃相与觐洞庭。既至，而宾主盛礼，不可具纪。后居南海，仅四十年，其邸第、舆马、珍鲜、服玩，虽侯伯之室，无以加也。毅之族咸遂濡泽。以其春秋积序，容状不衰。南海之人，靡不惊异。洎开元中，上方属意于神仙之事，精索道术。毅不得安，遂相与归洞庭。凡十余岁，莫知其迹……

第四节　柳毅的后裔们

《柳毅传》以流行于南亚的“龙女报恩故事”为源头，描写了不断漂泊的龙女成为柳毅之妻的爱情故事，同时它也是一部成功表现受苦女性追求幸福的心理小说。在小说的最后部分，龙女与柳毅的交谈成为整部作品的高潮，这里的每一句话都百感交集、迂回曲折，具有很高的文学性。然而，对后代的大众文学而言，《柳毅传》是一部过于复杂的心理小说，因此故事原本具有的“曲折性”在后世的仿作中渐渐消失了。比如说，早期谈到这个故事的《琅邪起禅师法嗣》（收录在《五灯会元》卷十九）有如下的记载：

俞道婆，金陵人也。市油糍为业。常随众参问琅邪，邪以临济无位真人话示之。一日，闻丐者唱《莲华乐》云：“不因柳毅传书信，何缘得到洞庭湖？”忽大悟，以糍盘投地。夫傍睨曰：“你颠邪？”婆掌曰："非汝境界。"

就像中国小说常有的倾向，柳毅故事被当作真人真事，并被逐渐加入了新的解释、传说以及使事实合理化的补充。在洞庭湖畔敲橘为号的地方，在传说中变成名胜；随后"柳毅井"也被捏造出来（参见《吴郡志》）；中国到处都在建造"柳毅庙"，柳毅被当作龙神祭祀（柳毅与龙女一起获得"龙寿万岁"，成为龙神）。上述《五灯会元》"不因柳毅传书信，何缘得到洞庭湖"意为：在柳毅的真心帮助下，龙女回到洞庭湖，柳毅也因此成为龙神。很明显，《莲花乐》是《莲花落》之讹，《莲花落》是乞者乞讨时所唱歌谣的总称。在宋代，柳毅故事为乞食歌谣提供题材，柳毅的行为被概括为"信"。① 这个"信"使龙女回归乡里，也使柳毅成为龙王。用更简单的话来概括，"柳毅传书的故事"变成了"诚实男子的故事"，柳毅被世上的女子推崇为"理想的男子"。

最能体现《柳毅传》极端变形的例子是，被称为"柳毅传书镜"的金代铜镜。比如"图 40"。此图上半部描绘了蔓延着繁枝硕叶的树木，树之左下绘有二人。最左侧者头部绾发髻，说明这是一位女性，即龙女。其右侧做"拱手"姿势者为柳毅。此图下方有羊（《柳毅传》中的雨工）三匹，羊之右侧正给驴喂草者乃侍从。很明显这是描写柳毅与龙女会面的场景。再来看"图 41"。中央下方绘有大双鱼，右侧是持卷轴站立的男子，在波浪左侧，右手持武器诘问、左手高举者乃士兵。由此可见，此图描绘

① 所谓的"痴心女子负心汉"这一成语是说，在恋爱中女性是盲目的，而男性的背叛则是常有之事。柳毅的故事可以看作是"痴心女子"与"有信汉"的故事。

了柳毅到达洞庭湖请求武士通报的场景。止如本章第 210 页所说的故事，双鱼随之成为书信的雅称，自古被当作夫妇和谐的象征。也正如古人结婚时有男子赠送女子铜镜作为彩礼的风俗，铜镜被当作女性的随身物品来看待。当然用镜之人不止女性，然而毕竟“女为悦己者容”，无论东西方，镜子常出现在女性身边，是女性寄托心愿之物。尽管中国铜镜制作追求造型变化，在历代产生出菱花形、方形、带柄的团扇形、炉形等各种各样的形状，但最终仍以圆形，即以类似满月的团圆形为基本造型。这或是因为人们在圆形中倾注了团圆的愿望。人们之所以在镜子上描绘出柳毅传书的故事，是因为这个故事寄寓了女性的理想。人们在这个故事中看到了“永恒的爱情”。柳毅和龙女一度分别又再次团聚，他们得子后互诉衷肠，共同获得“龙寿万岁”的永恒生命。所以，“柳毅之信”成就了“永恒之爱”。

图 40　金代柳毅传书镜

左侧的龙女手里拿着书信。依据李泽奉、刘如仲主编《铜镜鉴赏与收藏》（吉林科学技术出版社，1994 年）。

图 41　金代柳毅传书镜

在翻滚的波浪间绘有柳毅、战士、双鱼，构图着实雄浑。依据《文物》（1995 年第 5 期）收录的“河北省正定县文物保管所收藏的一件金代铜镜”。

变成龙王的柳毅传说在明清时期如何展开？由于某些小说如实地呈现出了“柳毅传书”故事在通俗文学世界中的受容情况，为谨慎起见，有必要介绍一下这些小说的故事梗概。下面是一篇收在清代蒲松龄《聊斋志异》中的短篇小说《织成》，其故事梗概如下：

洞庭湖中常有水神向人借船。有一柳姓秀才在落第归乡途中，醉睡于船。忽然有笙乐响起，船家摇晃柳生，他却醉得不省人事。船家只好自己躲在船舱里。柳生忽然被人揪起，然而他却连眼都不睁一下，依旧大睡。片刻，乐声大作，空气中弥漫着浓郁的兰麝香气。柳生迷迷糊糊醒来，感到十分怪异，他闭上眼睛听到耳边传来“织成、织成”的呼叫。有位侍女走过来，正好站在柳生脸旁。柳生睁眼看到侍女的脚，绿袜紫鞋，小脚又瘦又美。柳生想都不想就咬住了她的袜子，侍女被绊倒在船上。坐在上座的人询问缘故后，马上要把柳生抓起来杀掉。柳生进言道：“听闻洞庭龙王柳毅是一位柳姓的落第举子，我也是落第柳姓。”洞庭龙王命他以“风鬟雾鬓”(《柳毅传》中描写龙女容貌憔悴的句子)为题作赋。柳生花时间完成了一篇赋作，龙王大悦，将柳生从溺亡者名单中划去，并赐给他避免水难的界方和黄金，放他回去。

柳生回乡后，因事到武昌，见到一位愿以女儿交换能避免水难界方的老媪。老媪之女美貌非凡，于是柳生将界方交出。然而还没娶到老媪之女，老媪就消失得无影无踪。垂头丧气的柳生在返回旅宿的船上看到了老媪之女。当他呼叫“织成”时，少女含笑道明身份，于是成为他的妻子。原来织成是柳毅之妻的侍女，因仰慕柳生文才，获得柳毅之妻特许，来到柳生身边。后来，织成经常回去探亲，并带回大量珍宝。

在这篇小说中，与柳毅相关的传说还有一些内容，梗概如下：

柳毅继承洞庭君之位成为龙王。他因长相斯文，降服不了水怪，所以戴上了一副鬼面具。白天戴上面具，晚上摘下睡觉。但后来面具摘不下来了，柳毅照镜，深感羞愧。此后湖上若有人指指点点，柳毅就怀疑是在指自己，于是兴风作浪，将船只打翻。因此，凡初次在洞庭湖乘船之人，船家都要先告诉他们这些忌讳，或是摆上供品祭祀一番，才能开船。

由上可见，"柳毅传书"在后代演变为借助神力获得美貌配偶的"幸福婚姻故事"的代名词。

但是，本章要介绍的《柳毅传》的真正后裔，并不是上述流行于都市的风流之作，而是保存中国文化原生态的民间风俗艺术。下面要举的例子是保存至今的农村祭祀戏剧——《柳毅传书》。这里所说的农村祭祀戏剧，是指今天依然保存在中国安徽省、浙江省、江西省、广西省、贵州省、四川省等汉族或少数民族居住地的地方戏，这些戏剧有时也被概称为"傩戏"。这种"傩戏"起源于"驱鬼""追傩"等宗教仪式。今天作为这一仪式的一环——由农民表演的"说唱故事"，各地的文本皆以七言诗为基本脚本。就像日本从“说经”派生出“净瑠璃”，这种说唱艺术，一方面运用已有文本的伴唱或独白，另一方面又根据地域特征戴上假面具，以“追傩”的附加形式，上演一年中的重要节目。

尽管傩戏《柳毅传书》在安徽省、广西省、贵州省、四川省等地皆有保存，但笔者在此仅选取保存在贵州省思南县的傩戏《柳毅传书》为例[①]来作介绍。在这部农村戏剧中，出场的人物有柳毅、龙女（东海龙王之女）、柳娘（柳毅之母）、金华（龙女之夫，不是泾河君之子，而是人）、金公（金华之父）、金婆（金华之母）、金姑（金华之妹）、李氏（详情不明，龙女之兄嫂，剧本设定金华有兄长）、龙王（龙女之父）、龙三（龙王之弟洞庭君，《柳毅传》中为钱塘君）、店主（柳毅借住客栈之主人）共十一人，故事梗概如下：

图 42　在贵州农村上演的“傩戏”面具

面具主要用于武戏（武斗场面），每位登场人物都有一枚。照片右上方是刘备、旁边是张飞、左上是关羽。此外，中间右起第三人是诸葛孔明，最右下是曹操。

首先柳毅和柳娘登场。柳毅为求科举与母亲分别，赴京远行。

① 译者注：译文所引傩戏《柳毅传书》内容采用思南县民族事务委员会编：《思南傩堂戏》，贵州民族出版社，1993 年。

旅途中，柳毅与客栈主人有短暂交往。柳毅退场后，金公、金婆、金姑三人登场，他们非议龙女蔑视金华、没有尽到媳妇本分的种种不是。三人叫出金华，从金华口中听到龙女的坏话。随后，以金婆为中心，他们把龙女赶去牧羊，还让她做其他苦役。龙女在南山放羊，哀叹自身的不幸。同样被金家虐待的李氏给她送去粗茶淡饭。两人话别之后，落第归乡的柳毅从此处经过，龙女拜托柳毅送信。柳毅起初拒绝龙女的请求，当龙女说"奴愿与你结为婚"时，他才同意帮忙。柳毅到达东海龙王的龙宫宝殿门口，以金簪敲击黄果树后，夜叉出现了，他把柳毅带进龙宫。看到书信的东海龙王流出泪来，派遣夜叉叫来在洞庭湖的龙三。龙三刚开始没把事情放在心上，后来决意出兵。在南山河边牧羊的龙女在找一对竹笋，当她用力把它们拔下来时，龙三出现了。叔侄流泪相见。龙三命令夜叉先把龙女带回东海龙宫，自己则发水淹没了金家的房屋和田地。龙女回到故里，龙王设宴庆祝。向龙三道谢之后，龙女还是扭捏不安。龙王问其缘由，龙女害羞地说想嫁给柳毅。龙王命令夜叉把柳毅带来，场面变成了结婚的喜宴。

与其说像傩戏《柳毅传书》这样的戏剧讲的是童话故事，不如说它展现出了一片原生态的生活世界。这部戏不是讲"柳毅与龙女的恋爱故事"，而是在说"被婆家虐待""被无理要求"的"女性的苦难"。比如，在本剧中，对龙女不幸的描写从她被逼牧羊之前就开始了，下面的"欺凌场面"正是这一不幸的实况：

(婆不问三七二十一，对龙氏一阵苦打，骂道)：打你手软，骂你口干，我有三百只羊，帮我赶到南山去放，赶羊棒一根，它是天上梭罗第一丫，一天十二时辰都要动，一时不动要生根。白天切麻要四两，晚来切麻要半斤，粗的切来头发大，细的切来看不清，乱麻不许风吹去，少了一钱割你皮子抽你筋。

龙女被赶出家门，手里拿着重重的"赶羊棒"，追赶着羊群到处流浪。"赶羊棒"一旦停下来就会生根，因此必须时时刻刻舞动它。除此之外，还要白天切麻四两，夜里切麻半斤，而且必须一直看着不让乱麻飞扬。这大概与《格林童话》所讲的"无理要求的欺凌"相似。此外，剧中龙女兄嫂李氏的登场，也说明不止龙女一人"被婆家虐待"。从本剧可见，嫁入夫家成为儿媳妇，可能是"女性苦难"的极点。

龙氏听了嫂嫂话，咽喉梢梗泪淋淋。
姊妹土旁不多论，嫂嫂抽身转回程。
恐怕爹妈来晓得，姊妹二人活不成。
眼见嫂嫂回去了，心里伤痛似刀绞。
叫声羊儿你不跳，我去河下把水浇。
浇水洗去满眼泪，坐在河边把气消。

上面是龙女对李氏的唱辞。龙女和李氏都是金家的媳妇，如果她们俩被发现在一起，就会"姐妹二人活不成"。

在本剧中，龙女的悲观不仅指向现有的婚姻生活，而且可能包括“世间”的一切。她向柳毅道明出身时，把自己在“世间”的存在说成是一种“惩罚”：

我是龙王三公主，错行雨簿到凡间。
嫁到金家多受苦，遇着相公大恩人。

在原著《柳毅传》中，龙女第一次结婚的对象是由父母决定的，然而这里却把“嫁到金家”说成是因“错行雨簿（降雨计划失败）”而受的惩罚。龙女受到惩罚，从天国被流放到人间。“受苦”是龙女的“命运”，是她的宿命。“凡间”，即人间世界，是接受惩罚的场所，只要在此界就没有安乐可言。龙女只有赎罪后回到龙宫才能获得幸福。这是本剧与原著《柳毅传》的根本差别。在原著中，龙女作为卢氏之女嫁给柳毅，她以“凡人”的身份结婚、获得幸福之后才回到龙宫。与此不同，在傩戏《柳毅传书》中，龙女在柳毅的帮助下回到龙宫，之后才以“天界之人”的身份第一次获得幸福。

傩戏《柳毅传书》是农村祭祀活动的一个表演节目，这一点从本剧开头部分柳毅的话可以得到证实：

坐在客堂把话论，列位老少听我言。
主人求还仙傩愿，搬出花戏长精神。
雪山放羊这幕戏，自由婚姻来造成。

这里所说的“主人”是出资祭祀的主祭者，“求还仙傩愿”是主人奉神请愿，即祭祀之目的。另外，“花戏”也被称为“插戏”“外戏”，是指与礼仪性很强的“正戏”相对，既符合请愿内容，又适于表演，富有娱乐性的节目。“送神”“迎神”等仪式被称为“正戏”，与此相对，在“正戏”的适当间歇插演的戏剧，则被称为“插戏”或“外戏”。由于这种戏剧富有娱乐性，所以也被称为“花戏”。总之，上述柳毅台词是进入故事之前领班的开场白，其大意可理解为：作为祭祀核心的“正戏”结束之后，傩戏《柳毅传书》作为“花戏”要开始上演了。

在安徽省、广西省、贵州省、浙江省等地，傩戏《柳毅传书》经常与《孟姜女》《安安送米》一起并称为“三女戏”。《孟姜女》是一部以孟姜女与其丈夫范杞良的悲剧而闻名的中国“四大民间故事”之一，讲的是孟姜女给被征去修长城的范杞良送寒衣，当她把寒衣送达时，却听到了丈夫的死讯，于是她把长城哭崩了。[①]《安安送米》取材于《二十四孝》中的“姜诗”故事，描写了姜诗之妻庞氏与其子安安悲欢离合的故事。庞氏被婆婆赶出家门，独自生活，安安担心母亲，给她送米。坚毅的庞氏把哭泣的安安赶回去，她哭着拆掉安安过桥的木板，教导他不要再来寻母。《安安送米》别名《庞氏女》，《柳毅传书》又名《龙王女》，二者与《孟姜女》合称“三女戏”。这“三女戏”是“迎神”“送神”之间上演的“花戏”，多数情况是不带面具表演的。另外，就所有的祭祀戏剧而言，有些地方也以“三女戏”的说法来代替所谓的“傩戏”。由此可见，傩戏《柳毅传书》是宗教仪式派

① 本章第一节介绍的《饮马长城窟行》讲了收到从“长城”寄来的书信，此外《相思树》的故事也讲到了筑城之事。

生出来的祭祀戏剧的主要剧目之一。

此外，还需要注意“三女戏”是为谁而演的问题。

比如说，保存在四川省，被称为《端公戏》的傩戏是专门为镇抚怨魂、孤魂而演的，而在举办孩子的葬礼、法事时，则必然要用到《安安送米》。在《安安送米》中，庞氏流着眼泪把恋母、寻母的安安遣回，这一场景包含着生者与死者的再会以及镇抚怨魂、孤魂的隐喻。抽掉桥板的情节，意味着生者劝导死者不要再来“人间”。另外，《孟姜女》可以参考保存在安徽省贵池或青阳的“傩堂戏”。在这些地方，上元节要举办数日的祭祀活动，而且在最后一天必然要上演《孟姜女》。为什么要在最后一天上演《孟姜女》呢？这是因为人们将仪式中的祈求寄托在了于天界团圆的孟姜女和范杞良身上。在傩戏《孟姜女》中，孟姜女哭崩长城后，最终在神的安排下和夫君在天界团聚。上演这出戏剧的目的，是希望那些给人世带来灾难的孤魂、怨魂都能升天，都能在天界与家人团圆。很明显，这里面寄托了镇压恶灵、恶疫的愿望。

图 43 “安安送米”图

左端的少年是安安，在对面伫立等候的是他的母亲。根据《富春堂》本《跃鲤记》。

在作为“迎神”仪式而上演的“正戏”中，经常出现下面的歌辞：

请得君王登宝殿，开山打马入傩堂。要得来呀不得来，要等柳毅传书来。

自不待言，前半部分“请得君王登宝殿，开山打马入傩堂”是巫师迎神的话，后半部分“要得来呀不得来，要等柳毅传书来”则是神的应答。巫师翘首企盼神来附体，与之相对，“要等柳毅传书来”则体现了神的踌躇不决。那么这里的“柳毅传书”是什么意思？“书”即“信（书信）”，“传书”即“传信”，也就是“要表示真心”。总之，迎神之人只有表现出“作为人的信义”，神才肯显灵。“柳毅”是渡过“彼岸”与“此岸”之桥的人，他在渡桥之际显示出了“作为人的信义”。就此而言，傩戏《柳毅传书》必然也是描写此岸与彼岸交流的故事。龙女在天界犯下罪行，以流谪之身在人间受苦受难，不得返归故里。把这些情况传达给异界，即为“柳毅传书”，也就是“柳毅之信”。

唐代传奇小说《柳毅传》写的是“救出被幽闭的公主并娶她为妻”的青年贵公子的故事。《柳毅传》以追求幸福婚姻的女性情感为焦点，是一部充满含蓄之美的、宏大的浪漫小说。然而，在中国近世社会中，与其说这部小说被当作“原型神话”来消化、吸收，倒不如说这部小说被转化成了与“原型”相近的“镇抚孤魂、怨魂的故事”更为合适。傩戏《柳毅传书》可能是为了镇抚女性的怨魂、孤魂来进行构思创作的故事。把在此世尝遍辛酸的女性渡化到天界，让她们在天界与柳毅团圆，由此也就断绝了她们回归此世之路。由此可见，上演这部戏剧的目的是希望龙女永远不要回到现世。

虽然《柳毅传书》讲的是柳毅与龙女结婚的故事，但可以想象，这里的结婚是死者触犯“禁忌”的、不能回归现世的“冥婚”。从这个意义来看，《柳毅传书》可谓是《长相思》或《牵牛织女》《焦仲卿妻》等作品的真正后裔。

（高桥文治著、黄小珠译）

第五章　人为与自然

第一节　隐者的世界——作为反命题的人生

漱石《草枕》开头部分描写了一位到农村温泉胜地旅行的画工，谈到自己心中理想文学的情景：

苦恼、愤怒、喧嚣、哭泣，这些都是与人世相伴而生的东西。我在世间生活了三十年，饱尝了这一切。饱尝之后，再从戏剧或小说中反复感受同样的刺激，实在受不了。我所希望的诗不是那种鼓舞世俗人情的东西，而是使人放弃俗念，瞬间使心情脱离尘世的作品。不管多么伟大的戏剧杰作都无法脱离人情，不论是非的小说也是很少的。它们的共同特点是永远不能脱离世界。尤其是西洋诗，由于它们以人事为根本，因此即便是其中的杰作也不知摆脱这种境地。到处都是同情呀，爱呀，正义呀，自由呀，这些浮世劝工厂里的东西在起作用。不论什么样的诗，只能在地面上驰骋，一刻也没忘记用金钱来衡量。难怪雪莱听到云雀声也只能叹息。

可喜的是，有些东洋诗歌倒是摆脱了这一点。“采菊东篱下，悠然见南山”，仿佛仅在这两句诗里，就有令人忘却人世苦楚的光景。这里既没有邻家姑娘隔墙窥探，也没有亲戚朋友在南山供职。这是一种抛却一切利害得失，超然出世的心情。“独坐幽篁里，弹琴复长啸。深林人不知，明月来相照”，仅此二十字，就别有乾坤。①

画工希望的诗不是“那种鼓舞世俗人情的东西”，而是“使人放弃俗念，瞬间使心情脱离尘世的作品”。因此，他轻视“只能在地面上驰骋，一刻也没忘记用金钱来衡量”的西洋诗，而赞美东洋诗所表现的“抛却一切利害得失，超然出世的心情”。这里形成了“世间”与“出世间”的价值标准，以“世间”（“尘界”“人世”）与“出世间”（“别有乾坤”）的二元对立来谈论诗歌的好坏。

然而，“出世间”到底是什么？它具体是指什么样的世界？从反面来看，不可能存在与“世间”完全无关的“出世间”。如果以确实存在的世间为前提，那么对它的否定则为“出世间”，仅此可见，“出世间”绝不是一个独立的世界。在这个意义上，不得不说“世间”与“出世间”常常有着密切的关系。正如画工自己所说，“苦恼、愤怒、喧嚣、哭泣，这些都是与人世相伴而生的东西。我在世间生活了三十年，饱尝了这一切”，正因为对既有的“世间”深刻失望，才希求超越性的“出世间”。

---

① 『漱石全集』第三卷，岩波書店，1994 年。

“世间”与“出世间”——本章将以二者的关系为线索，试着重新叩寻中国文学的发展脉络。上面引用的东洋诗是陶渊明（365—427）的《饮酒》（采菊东篱下，悠然见南山）和王维（701—761）的《竹里馆》（独坐幽篁里，弹琴复长啸。深林人不知，明月来相照）。言及“出世间”之诗，画工心中想到的正是中国古典诗歌。“出世间”的观念是指，以“世间”为前提，超越此世的志向。实际上，这种观念并不限于古典诗歌，而可以说是中国文学全体的一个重要方面。中国文学有时被说成是现实的、现世的，有时则被说成是脱俗的、超越的。这意味着，中国文学史是以“世间”与“出世间”的复杂紧张关系为生发点，随着两者的表里交替而发展起来的。

对中国文人而言，从“世间”出去，到底意味着什么？为什么不得不追求这样的行为？此外，在出“世间”之前，发现的是什么样的世界？这些在文学上如何升华？“出世间”的世界如何与时代一起变容？以下将结合文坛中心人物的生活轨迹，对这些问题展开讨论。

“世间”与“出世间”可以替换为朝廷与山野、人为与自然、现实世界与假想世界（异界、理想乡）、公与私等各种各样的对立关系。这里首要讨论的是，对中国文人而言最切实的问题，即出仕与隐逸的关系。在中国历朝历代，文学的担当者皆是有儒学修养的知识分子，对他们而言，“世间”主要是以承担着上拥皇帝、下安黎庶之社会责任的官员们的世界为基础。而隐逸无非是指，从官员的世界，即以皇帝为中心的政治机构中逃脱出来。

这里以嵇康（223—262）《与山巨源绝交书》（《文选》卷四十三）为线

索,对隐逸行为的本义加以探讨。嵇康是活跃于魏晋之际的隐士代表,著名的竹林七贤之一。这封"书"(书信)是他写给友人山涛(205—283,字巨源,也是竹林七贤之一)的作品。山涛推举嵇康作为自己的继任,嵇康以不知己志为由宣布与山涛绝交。从下面的引言可知,嵇康不做官的理由是"必不堪者七"(绝对不能忍受的七种官员生活)和"甚不可者二"(极其不能适应官员生活的两个方面):

> 人伦有礼,朝廷有法,自惟至熟,有必不堪者七,甚不可者二。
>
> 卧喜晚起,而当关呼之不置,一不堪也。抱琴行吟,弋钓草野,而吏卒守之,不得妄动,二不堪也。危坐一时,痹不得摇,性复多虱,把搔无已,而当裹以章服,揖拜上官,三不堪也。素不便书,又不喜作书,而人间多事,堆案盈机,不相酬答,则犯教伤义,欲自勉强,则不能久,四不堪也。不喜吊丧,而人道以此为重,已为未见恕者所怨,至欲见中伤者;虽瞿然自责,然性不可化,欲降心顺俗,则诡故不情,亦终不能获无咎无誉,如此五不堪也。不喜俗人,而当与之共事,或宾客盈坐,鸣声聒耳,嚣尘臭处,千变百伎,在人目前,六不堪也。心不耐烦,而官事鞅掌,机务缠其心,世故繁其虑,七不堪也。
>
> 又每非汤、武而薄周、孔,在人间不止,此事会显,世教所不容,此甚不可一也。刚肠疾恶,轻肆直言,遇事便发,此甚不可二也。
>
> 以促中小心之性,统此九患,不有外难,当有内病,宁可久处人间邪?

嵇康将拒绝出仕的理由概括为“必不堪者七”，即“不能睡懒觉”“不能散步、狩猎、垂钓等”“不得不穿上礼服正襟危坐”“不得不给人回信”“不得不吊问丧仪”“不得不与俗人共事”“不得不鞠躬尽瘁处理政务”。他以幽默的方式道出自己自由奔放的性格很难为“俗世”(官员世界)所容，这里实际上包含了他对“俗世”(官员世界)的强烈抨击。对中国知识分子而言，所谓的入世意味着投身官僚机构、成为官员。拒绝入仕的嵇康，一方面故意列举自己的缺点，另一方面则非议、责难仕宦的苦闷以及为俗世所重的烦琐礼教。

到了“甚不可者”那一段，他的舌锋变得更加尖锐且大胆，“每非汤、武而薄周、孔”“刚肠疾恶，轻肆直言”。虽然殷汤王和周武王被儒家奉为圣王，但他们实际上都是通过武力革命消灭前朝的王者。批判他们会被联想为是在批判当时篡夺魏朝的司马昭(211—265，三国魏司马懿之子，晋代的始皇帝司马炎之父)，这是极其危险的行为。此外，“刚肠疾恶，轻肆直言”意味着“今日朝堂之上到处皆是不可饶恕的恶人”，这无疑是对朝廷显贵们的弹劾。

拒绝出仕、隐于山野，这不是嵇康个人的行为，它包含了对当权者及其政治机构的强烈批判。隐逸是一种不参与政治策划、对抗当权者的行为。它带有以生命为赌注的意义，相传嵇康也因“非汤、武”的话而遭到司马昭的忌恨，因友人吕安的事件受连坐、被处罚。隐士给人的印象往往是沉溺于安逸或酒乐之乐的弃世之人，然而这与他们的实际面貌是有所差异的。对他们而言，隐逸是与政治权力关系紧张的产物。从这个意义来说，隐士也是一种极端的政治人物。

图 44 “竹林七贤与荣启期之图”

南朝东晋墓出土的砖画(刻于砖块上的浮雕)拓本。荣启期是春秋时期的高士。南京西善桥出土,南京博物院藏。依据中国美术全集编辑委员会《中国美术全集》(人民美术出版社,1986 年)之“绘画篇 1 · 原始社会至南北朝绘画”。

由嵇康、阮籍等魏晋文人奠定的隐士处世方式,既受到了当时流行的崇尚精神自由的老庄思想影响,也与儒教内部自古就有这样的思想源头有关。在《论语 · 泰伯》篇中,孔子云:“天下有道则见,无道则隐。”是出仕还是隐逸,这是以为政者“是否有道”为基准来做选择。由此而言,隐逸与出仕同样都是一种政治经营。

如上所述,《与山巨源绝交书》是基于政治性文脉而写的,那么,对嵇康而言,应有的生活方式是什么样的?上面的引文没有直接说明理想的生活方式,而是通过彻底否定官僚世界的束缚与政治权力的残暴,慢慢地阐明自我的“真情”与“本性”。通过对现实社会的否定、对权力的反抗，来确认真实自我的理想生活。以隐逸（否定出仕）为志向的文人，他们在否定政治权力的同时，也在摸索自我的人生。

在古代中国存在一种极其强烈的倾向，即通过反抗现实世界来确定个人生活的理想状态。就隐士的文学而言，这一倾向格外明显。下面来看一下，在中国隐士的谱系中，占有特别重要地位的文人——陶渊明（365—427）。陶渊明是生活在东晋末期至南朝宋初这一动乱时期的文人。在多次反复于出仕与隐逸之后，他于四十一岁之际，因不愿为五斗米（微薄的俸禄）向小人折腰，辞去了在位仅八十日的彭泽令，随后在故乡过上了悠然自得的田园生活。陶渊明确立了“隐者”的一种理想人生。

下面是他的代表作之一《五柳先生传》：

> 先生不知何许人也，亦不详其姓字。宅边有五柳树，因以为号焉。闲静少言，不慕荣利。好读书，不求甚解，每有会意，便欣然忘食。性嗜酒，家贫不能常得。亲旧知其如此，或置酒而招之。造饮辄尽，期在必醉，既醉而退，曾不吝情去留。环堵萧然，不蔽风日。短褐穿结，箪瓢屡空，晏如也。常著文章自娱，颇示己志。忘怀得失，以此自终。
>
> 赞曰：黔娄之妻有言：“不戚戚于贫贱，不汲汲于富贵。”极其言，兹若人之俦乎？酣觞赋诗，以乐其志。无怀氏之民欤？葛天氏之民欤？

正如梁代的昭明太子萧统（501—531）所云“尝著《五柳先生传》以自况，

时人谓之实录"(《陶渊明传》),此传自古就被当作陶渊明的自叙传。但严格来说,这是不对的。开头叙述出身地与姓名,最后以"赞"(评论)结尾——虽然《五柳先生传》在这方面继承了史书列传的体式,带有史书书写的意识,然而,此传在出身地与姓名这些最起码的基础信息方面,却语焉不详。另外,在赞的部分,五柳先生把自己比作古代传说中的帝王"无怀氏"与"葛天氏"之民。这明显是说五柳先生在今天的现实世界中是不存在的,是虚构的人物。此传的目的,不是为了正确地记录事实,而是以谐谑的笔墨来描写自我心中的理想人物。它与陶渊明的其他作品(如歌咏自我死后葬仪的《挽歌》,或是追悼自我之死的《自祭文》等)一样,皆出于相同的旨趣而写,可以说是虚构的自叙传。①

那么,陶渊明在《五柳先生传》中,描写了什么样的理想形象?这篇传记最大的特征是,以一连串否定的形式塑造出一位"不慕荣利""酒不能常得""不吝情去留""不蔽风日""不计得失""不汲汲于富贵"的人物形象。陶渊明否定的对象,主要是现实社会渴望的荣利、富贵、优裕的衣食居所等。归根结底,他是通过反抗"俗世"来追求理想的生活。

更值得关注的是,陶渊明反抗的依据主要是与荣利或富贵形成对立关系的"贫穷"。此传把五柳先生描写成这样的人物:虽然过着缺衣少食居不暖的贫穷生活,但对此毫不介意,埋首于饮酒、读书、著述之中,自得其乐。在赞的总结部分,作者还引用了"不戚戚于贫贱"之语。"贫穷"的生活条件,在陶渊明的文学全体中,具有极其重要的意义。例如,他喜欢

① 关于陶渊明喜虚构,参见一海知義『陶淵明——虚構の詩人』,岩波新書,1997 年。

在诗文中，运用富有个性的“固穷”(固守穷困)一语。如“不赖固穷节，百世当谁传”(《饮酒》)、“谁云固穷难，邈哉此前修”(《咏贫士》)等例。此语并非陶渊明独创，而是出自《论语·卫灵公》。孔子一行绝粮于陈，弟子子路问“君子亦有穷乎”，孔子答曰：“君子固穷，小人穷斯滥矣。”陶渊明接续了孔子的话，只不过依据古代的注释，孔子所说的“固穷”一般理解为“固然会穷”(君子当然也会穷困)，但是陶渊明却将之理解为“固守穷”，即勇于“固守”“穷”，也就是通过“固穷”来贯彻自我的节义。在这里贫穷不是被当作无可奈何接受的东西，而是转变为一种应当被积极选择、被肯定的自我生活方式。

《五柳先生传》虽然不见“固穷”之语，但它所描写的五柳先生正是贯彻这种“固穷之节”的人物。传文也表现出对贫穷生活甘之如饴的态度，贯彻了摒弃富贵荣华，唯有贫穷不遇才有理想价值，唯有逆境人生才足以讴歌，这一中国特有的清贫美学。贫穷本来是被避讳的，陶渊明也在其他诗文中真切地倾诉过死亡的恐怖或饥饿的苦楚。然而在理想的状态下，这种境遇绝对没有负面价值，相反会给他带来精神上的优越感。极端地说，贫穷对知识分子而言，是一种身份地位的体现。根据这里提出的反命题，虽然意识中的价值观有所颠倒，但由于这种颠倒鲜明地体现在陶渊明文学之中，因此他在立志于隐逸的文人之间获得了广泛的推崇。陶渊明实际上是否苦于贫穷，这一点已不重要了。通过歌咏贫穷，来确保自我的理想，这才反映出文学营造的重要性。

第二节　隐者的栖息地——隐逸与自然

提出“自然模仿艺术”的奥斯卡·王尔德(Oscar Wilde)对自然有这样的论述:“自然是什么?自然不是生育我们的伟大母亲。她是我们的创造物。她在我们的头脑中获得生命。事物存在是因为我们看见了它们,我们看见什么,如何看见,这是由影响我们的艺术决定的……现在,人们看见雾不是因为有雾,而是因为诗人和画家教他们懂得了这种景色的神秘之美。”①

我们常常无意识地认为,自然是自足独立的存在,是一片摒弃人为的、无垢的广阔空间。然而,实际上我们看到的并不是这样的自然。我们看自然的眼睛已经染上了先人的审美意识和感觉,加上了人为的价值、意义,一开始就感受到了“美”。

在中国,发现、“创造”这种自然之“美”的是擅长文学创作的知识分子,是进入政治机构的官员们(或是其预备军)。这里首先需要注意的是,在前近代中国原本没有今天意义上的“自然”(nature)概念。汉语中所说的“自然”,顾名思义是“自然而然”之意,是指一种无所作为的状态。② 与“nature”相比,“natural”(或者是 naturalness)更接近“自然”一词的本义。如后所述,从魏晋时期开始出现了人为与天然、或是人间与

---

① 依据富山太佳夫「まえがき——つくられた自然のスタイル」,收入『岩波講座·文学 7·つくられた自然』,岩波書店,2003 年。

② 即所谓的“无为自然”之“自然”。正如《老子》第二十五章所言“人法地,地法天,天法道,道法自然”,“自然”是形成老庄思想根基的一个概念。

人间之外世界的区分，在此之际，自然（nature）被放大成为非人为或非人间世界的象征。总之，最初的自然绝不是被当作自然（nature）来认识的。

通过考索文学作品的主题，即以何种意图写出作品（或以何种意图阅读作品），可以清楚地看出这种倾向。例如，南朝梁代所编的文学作品集《文选》，将历代诗歌主题分为"献呈""公宴""咏史""游仙""招隐""游览""咏怀""赠答""行旅"等二十三类。虽然这里没有"自然"的类目，也没有设立接近自然（nature）一词的"山水"类目，但是，如果将《文选》分解开来即可发现，里面收录的诗歌处处含有风云、山川、动物、植物等自然景观。这到底是怎么回事？

人们经常谈到中国文学与自然关系密切。但是，在中国文学中，自然本身并没有成为一类主题，它是通过其他主题而在文学史上占有重要的地位。例如《文选》"公宴""行旅"类目中的诗歌，因为有了宴会或旅行的外在条件，所以在此情境下，目之所及的自然，或是为了表现宴会主人的美德而被叹赏，或是因触发了思乡之情而被咏唱。直截了当地说，自然从属于作者当时所处的环境，是作者当时寄托内心情感所选择、所描写之物。《草枕》的画工批评西洋诗云，"到处都是同情呀，爱呀，正义呀，自由呀，这些浮世劝工厂里的东西在起作用"，而中国诗歌则避免个人情感或心意的直白流露，于是形成了一种不得不将这些情感寄托在他物之上的默契，其结果便选择了自然。

在作品中没有必要表现自然的固有价值，而是将它当成"情"或"志"这一作者内心世界的表象。所谓的"情景一致（自然景色与作者情感完全一致)""言外之意(在景物描写中隐含着作者的情意)"的境界,也因此成为人们歌咏自然所追求的理想,这一点可以说是中国自然观念的一大特征。尽管王尔德论述过自然之"美",然而对于前近代中国而言,在"美"之前首要关心的问题是,被深切意识到的表现者的"情"或"志"与自然形成了什么样的关系。

那么,中国文人在自然中寄托了什么样的"情"或"志"? 显然,寄托在自然中的多是隐逸之志。上引嵇康《绝交书》,在列举"必不堪者七""甚不可者二"之后,谈到自己理想的生活,如下:

> 游山泽,观鱼鸟,心甚乐之。一行作吏,此事便废,安能舍其所乐而从其所惧哉?

这里列举了鉴赏自然的乐趣,以此作为拒绝官员生活的理由。作为官界的对立物,山水自然给自我的隐逸生活带来保障,其价值再次得到认可。

文人们以隐逸之志对抗现实社会,由此进一步深入地亲近自然。下面列举的西晋左思(252? —306?)《招隐》诗(《文选》卷二十二)亦属其中一例。这是一篇写寻访山中隐者,向往此间生活的作品:

杖策招隐士,荒涂横古今。
岩穴无结构,丘中有鸣琴。
白云停阴冈,丹葩曜阳林。
石泉漱琼瑶,纤鳞亦浮沈。

非必丝与竹，山水有清音。
何事待啸歌，灌木自悲吟。
秋菊兼糇粮，幽兰间重襟。
踌躇足力烦，聊欲投吾簪。

这篇作品的特征是，通过与人为的对比来描写自然。“岩穴无结构，丘中有鸣琴”，是说山林中虽然没有人为建造的华屋，但吹来的风自身却能发出如鸣琴般的声音。此外，“非必丝与竹，山水有清音。何事待啸歌，灌木自悲吟”意为：深山里充满了沙沙木响和潺潺水声，无需管弦之调与人为之歌。这些句子对比了人为演奏的音乐与自然界发出的声音，认为后者比前者具有更高的价值。“丝竹”“啸歌”这些音乐是人为、人工之物，因此会让人想起世俗的喧嚣。而另一方面，自然界的声音是不受人为影响的永恒之声，是一种纯洁、神圣的存在。心存隐逸之念的作者，以这样的思路赞美了山水自然环境（末句“聊欲投吾簪”意为投弃作为官员服饰的簪子，以此表明归隐之意）。

虽然这首诗的“招隐”之题有意识地继承汉代刘安（公元前179—前122）的《招隐士》（收在《楚辞》中），但实际上，刘安作品中描写的自然并非如此。在捕捉自然的方式上，刘安与左思的作品完全不同。尽管二者都把深山老林作为隐者的栖息地，然而正如刘安所言“丛薄深林兮人上栗”，以及结尾的“虎豹斗兮熊罴咆，禽兽骇兮亡其曹。王孙兮归来，山中兮不可以久留”，在这里山林被描绘成使人不快的苦难之所、君子不当久留之地。[1] 与之相反，在左思的作品中，山林则转化为一种理想乡。这点真实地表明：作为隐逸之志这一内心世界的表象，自然是可以随意变形的。左思从人为（即俗世间）的视点出发，在对立面的自然中发现价值，在山中"创造出"一片实现隐逸之志的适宜空间。如此看来，自然可以说是最人为、最人工之物。不是先有自然，而是先有人为（世间）。作为人为的对立面——非人为的自然（出世间）是通过人为之手塑造出来的。

虽然适宜作为隐者栖息之地的自然被塑造出来了，但是到了魏晋以降，伴随着山林隐逸之志的急速拓展，出现了一股反驳思潮。比如，晋代王康琚（？—？）的诗作《反招隐》（《文选》卷二十二）。这首作品反驳了以左思之作为首的、在晋代出现的众多"招隐"诗。王康琚在诗中谈到"小隐隐陵薮，大隐隐朝市"（"陵薮"指丘陵与沼泽，"朝市"指朝廷与集市）。卑微的隐者栖居在深山野林里，而伟大的隐者则照样居住在人头攒动的集市中——《反招隐》诗以这样的咏叹来非难逃离世俗、躲在深山的"小隐"，而赞美在集市中经营生活的"大隐"。陶渊明的有名诗句"结庐在人境，而无车马喧。问君何能尔，心远地自偏"（《饮酒》），大体来说也不是歌咏"小隐"，而是属于歌咏"大隐"系统的隐逸之作。

提倡与"小隐"相对的"大隐"，显示出活动在"世间"与"出世间"之间的独特力学。面向"朝市"的"世间"的对立面是主张面向山林的隐逸，然而隐逸一旦流行过头，它本身也会被当成是世俗的、世间的经营，成为反

① 参照小尾郊一『中国文学に現われた自然と自然観』第一章第二節「叙景の詩」，岩波書店，1962年。正如小尾氏所言，刘安《招隐士》是一篇否定隐逸、招揽山林隐者入世的作品，与之相对，左思《招隐》则是一篇赞美隐逸、希望亲自抵达隐者所在山林的作品。

拨的对象。“世间”生出“出世间”，新生的“出世间”不久也沦为一种“世间”。

是要“小隐”，还是“大隐”？应当重视隐逸环境？还是只重内在精神？到了唐代，这两方面的问题都被否定了，出现了提倡新型隐逸方式的文人。这就是中唐的白居易(772—846)。[①] 来看看他五十八岁时诗中所说的“中隐”。白居易写下《中隐》这首作品时，虽然名义上担任太子宾客(负责教育太子)之职，但实际上却在洛阳过着悠然自适的生活。

图 45　五代后梁荆浩《匡庐图》

匡庐是庐山(位于江西省九江市)的别名。此地是心怀隐逸之志的文人墨客所憧憬的场所。台北“故宫博物院”藏。依据中国美术全集编辑委员会《中国美术全集》(人民美术出版社，1988 年)之“绘画篇 2・隋唐五代绘画”。

大隐住朝市，小隐入丘樊。
丘樊太冷落，朝市太嚣喧。
不如作中隐，隐在留司官。
似出复似处，非忙亦非闲。
不劳心与力，又免饥与寒。
终岁无公事，随月有俸钱。
(中略)
人生处一世，其道难两全。

① 关于白居易的文学与隐逸观念，可参考：下定雅弘『白楽天の愉悦——生きる叡智の輝き』，勉誠出版，2006 年；川合康三『白居易——官と隠のはざまで』，岩波書店，2010 年。

贱即苦冻馁，贵则多忧患。

唯此中隐士，致身吉且安。

穷通与丰约，正在四者间。

白居易在《反招隐》诗“小隐隐陵薮，大隐隐朝市”的基础上，说了下面的话：大隐住在城中，小隐栖居山间。然而山间太寂寥，城中太喧闹。最好莫过于成为中隐之士，带着名义上的官职而隐居。这种方式，既是出仕，又是隐居；既不繁忙，又不空闲；既无身心之劳，又无衣食之忧；一整年都没工作，每月定时有俸钱。大隐与小隐、朝廷与山林、出仕与隐逸、忙与闲、荣达与困窘、富裕与贫穷——白居易抓住了在他之前文人们的所有对立面，在两者中间找到了安顿点。在指出这些二元对立的基础上，他说“其道难两全”，即不倾向于任何一方，而是将自己安放在双方的中间点（“中隐”）上。

正如“似出复似处”的咏叹，对他而言，出仕与隐逸已经不是一个二选一的问题。在他的意识中，两者的关系不是互相排斥，而是平行并存。虽是官员，但仅任闲职，因此可以把远离长安的洛阳视作逍遥自在的隐居地。

被白居易命名为“中隐”的这种处世理想，可能是他为了肯定自己晚年追求闲官而创造出来的一种说法。白居易以他特有的温和的平衡感，宣告在世间通行的各种标准无效，而赋予自己所处的、两可状态的“中”以积极价值。他在中国传统处世观的基础上，提出了一种反命题，摸索、经营出一套新生活的理想模式。但是，如果与传统的隐逸进行对比的话，这一“中隐”是否可以称为真正的隐逸呢？这多少留有疑惑。在嵇康的时代，隐逸作为反命题是严峻的、作为理念是崇高的，这些在白居易的“中隐”中基本上荡然无存。隐逸本来应该是反拨以及超脱现实社会的产物。然而，白居易却从朝廷领取俸禄，在与现实社会保持不即不离的关系之下进行隐逸。他与嵇康、陶渊明不同，从出仕到七十一岁致仕，除服丧期间，一直身处官界，身居要职。白居易终究是官界中人。过着这样生活的他却主张“中隐”，以隐者自任，在这里隐逸的意义已经发生了本质的变化。隐逸不再是对现实世界的正面反拨，而是被偷偷转换为如何与现实社会保持适当的距离。有目的地偷换概念的做法，使白居易超越了“世间”与“出世间”、出仕与隐逸的矛盾，而共同享受了双方的便利。

隐逸观的这一变化，也与当时官僚世界的状况密切相关。白居易所处的中唐，正是从以贵族为中心过渡到以科举出身的文人官僚为中心的政治体制的时期。新兴的文人官僚大都出身寒门，他们不是倚靠财力，而是凭借自己的才华崭露头角，因此不得不为生计考虑。舍弃朝廷给予的官职到山间隐遁，这不是轻而易举就能办到的。从上述白居易的诗句“终岁无公事，随月有俸钱”可以想象，对中唐文人而言，官员的俸禄是很切实的问题（生活在贵族社会的六朝文人，他们的诗中普遍排斥这样的说法）。虽然当时的文人官僚大部分都怀有隐逸之志，但他们也不得不去摸索兼容官与隐的处世之道，在这样的状况下，白居易指出了一条“中隐”的新途径。

此外，白居易处世中的官与隐的关系，也很切合他文学作品中讽谕诗与闲适诗的关系。一方面，他写出了批判政治的讽谕诗，另一方面也写出了远离官场、点缀着日常生活喜悦的闲适诗。他的文学创作不偏倚官(公)、隐(私)的任何一方,而是在双方的范围内开花结果。

经过中唐,到了宋代,新兴文官阶层的活跃性更加惊人。白居易的处世观对他们产生了巨大的影响,成为一种范式被继承下来。身居公职而又心安理得地享受隐居的乐趣,与嵇康或陶渊明的处世方式相比,这种生活方式既实际又有魅力,因此被广泛地继承下来。换而言之,隐逸作为一种更易接受的处世方式,正强烈地发挥出其大众化、通俗化以及精神游戏方面的意义。关于这个问题,第四节将予以重新阐述。

第三节　另一个世界的梦想——假想世界的构筑

在古代中国,以朝廷为中心的社会结构是一种顽固的存在,因此,反复不断地出现从此结构中超脱出来、开辟新世界的活动。如上节所述,白居易的处世观打破了这种结构。从这点来看,它具有划时代的意义。如前所述,白居易活跃的中唐,新兴文官阶层登场,社会发生了巨大的变动,因此这一时期是对以往的结构或既成的概念充满变革的尝试期。那么,以白居易为首的中唐文人们在追求"出世间"时,他们如何表现这样的世界?本节将着眼于公与私、人为与自然、真与假的变动关系,来探寻中唐文人所追求的另一个世界。

首先,通过《池上篇》的序文,来了解白居易创造的一种理想乡。作者有意识地突破官与隐(出仕与隐逸)的壁垒,将自身置于两者兼备的立场,在地面上筑建出一片兼具人为与自然两要素的世界。这就是《池上篇》歌咏的庭园。那么，白居易晚年在洛阳宅邸中，以小池为中心建造的这座庭园，到底是一片怎样的空间？它又是如何完成的？来看看下面的内容：

都城风土水木之胜在东南偏，东南之胜在履道里。里之胜在西北隅，西闬北垣第一第即白氏叟乐天退老之地。地方十七亩，屋室三之一，水五之一，竹九之一，而岛树桥道间之……乐天罢杭州刺史时，得天竺石一、华亭鹤二以归；始作西平桥，开环池路。罢苏州刺史时，得太湖石、白莲、折腰菱、青板舫以归；又作中高桥，通三岛径。罢刑部侍郎时，有粟千斛、书一车，洎臧获之习管、磬、弦歌者指百以归。

先是，颍川陈孝山与酿法，酒味甚佳；博陵崔晦叔与琴，韵甚清；蜀客姜发授《秋思》，声甚淡；弘农杨贞一与青石三，方长平滑，可以坐卧。

大和三年夏，乐天始得请为太子宾客，分秩于洛下，息躬于池上。凡三任所得，四人所与，洎吾不才身，今率为池中物矣。每至池风春，池月秋，水香莲开之旦，露清鹤唳之夕，拂杨石，举陈酒，援崔琴，弹姜《秋思》，颓然自适，不知其他。酒酣琴罢，又命乐童登中岛亭，合奏《霓裳·散序》，声随风飘，或凝或散，悠扬于竹烟波月之际者久之。曲未竟而乐天陶然已醉睡于石上矣。睡起偶咏，非诗非赋，阿龟握笔，因题石间。视其粗成韵章，命为《池上篇》云尔。

对白居易而言，理想乡就是在位于大都市洛阳的自宅中建造出的一片庭园。左思《招隐》诗认为满足隐逸之志的空间通常在远离人世的山林，但对白居易而言，理想乡并非人间的对立面。没有必要将出仕与隐逸对立起来，而特意跑到远离世俗的深山幽谷中去获得身心的安宁。在平素居住的宅地中，营造出充满自然的空间，于此玩味栖隐之境是极好的。总之，白居易并不追求超越"世间"的"出世间"，而是在"世间"中，通过筑造庭园重新创造出另一个"出世间"的世界。

在中国，庭园本身具有悠久的历史。汉代的皇帝们为了显示自己的权威，筑造出巨大的苑囿（种植草木、放养鸟兽的庭园，也兼作狩猎场），使之成为当时代表性的文学样式——赋的表现对象（参考第一章第二节）。此外，在六朝时期，皇族或贵族们在世袭的庄园内建造别墅，在那里召开酒宴或诗会。到了中唐，除了皇帝和贵族之外，依靠科举考试平步青云的文官们也凭借自己积蓄的财力筑造庭园。上述《池上篇序》所述庭园即属其中一例。中唐时期的文人们，带着公的身份，积极地拓展私的空间，其中尤以白居易所筑建的占地"十七亩"的广阔私人庭园而知名。

正如序文明确所说，白居易的这个庭园不仅广大，而且还是一个充满各种奇珍异宝的空间。这里面有池、竹、岛、树，以及他从三处任所获得的天竺石、华亭鹤、太湖石、白莲、折腰菱、青板舫、粟与书籍，另外还有四位友人所赠的琴与青石。白居易将这些物品汇集在庭园内，加以安排布置。因是庭园，故里面多是石头、植物这些自然之物。自然是从任职之地带回来的，可以被随意地在园内移动，被当作个人所有物来使用。

此外，《池上篇》正文亦有“灵鹤怪石，紫菱白莲。皆吾所好，尽在我前”的句子，白居易直率地表明了将自己喜欢的自然之物全部当作一己之物搜集起来的喜悦。

对自然的这种态度，不一定是从中唐白居易开始的。庭园原本是在把自然当作一种所有物的认识之下而产生的。尽可能地把自然当成一种物品去收集、拥有、陈列，这种现象至晚可追溯到赋中歌咏的汉代苑囿。但是，苑囿中的自然，是作为处于世界中心的皇帝的权力的象征而被搜集、被拥有。与此相对，白居易为了满足个人的闲适之志，在远离权力的居住空间内筑造起自然的庭园。以往只有皇帝才能拥有的自然，通过文人官僚白居易，进入了私人领域。

由此可以看出公与私之间的变动关系。上文讲到，白居易因受朝廷任命才在派遣地获得石头或动植物，并把它们带回自宅的庭园中。对他而言，这里虽是私的领域(闲适的空间)，但却是通过获取公物来扩充的。自古作为对抗公权、寄托隐逸之志的自然，到了中唐白居易那里，则被汇集在靠获取公物而形成的私人空间中，以庭园这种方式配设在文人身边。上节谈到白居易身上存在隐逸与出仕、公与私并存的情况，但私的领域不是无条件地被给予，应该说有一半是通过侵犯公的方式来获得的。

通过造园来占有自然，这成为世俗之富有(官员的荣达)与精神之富有的双重表现，在中唐以降，吸引了广大文人的兴趣。再来看一首与白居易同时代的文人——韩愈(768—824)的诗歌。这是一首题为《和裴仆射相公假山十一韵》的赠答诗。裴仆射相公是唐朝名臣裴度(765—

839)。裴度以科举出身，历获军功，位至宰相，与韩愈、白居易等出身寒门的文人们结为诗文密友。这首诗歌咏了裴度宅邸中筑造的假山：

公乎真爱山，看山旦连夕。犹嫌山在眼，不得着脚历。
枉语山中人，丐我涧侧石。有来应公须，归必载金帛。
当轩乍骈罗，随势忽开坼。有洞若神剜，有岩类天划。
终朝岩洞间，歌鼓燕宾戚。孰谓衡霍期，近在王侯宅。

爱山的裴公虽然把山置于视线之内，但实际上却难以忍受不能去登山的郁闷——韩愈以这一滑稽的笔法描写裴度对山的倾倒。随后，又写到裴度通过“山中人”以“金帛”买得川谷之石。对于山的强烈爱恋，迫使他积石筑山。如果真是爱山的话，那直接举足登山不是更好吗？但是裴度却没有这么做，而是凭借自己的力量将自然圈进宅邸中。占有正体现出一种价值。虽然韩愈掺杂入夸张的笔墨写下这首诗，但他也从裴度的贪婪姿态中领略到了风流人物的气概。

诗题中的“假山”一词对于理解自然与人为的关系极其重要。虽然这个词意味着以石筑山，但它也明确反映出这样的认识——这山终究只是一种模拟物。真与假，本来的自然与虚构的、做出来的伪自然——韩愈在清晰辨别两者的基础上，以“若神剜”“类天划”评价后者。在后者那里，能感受到真实的名山（衡山、霍山）意趣与栖隐境界。由此可见，韩愈对虚构、人工并不完全否定。与其说“假”的东西是人工之物，倒不如说营造出像自然（“神”“天”）的境界，这一活动本身就带有独特的价值。上述左思《招隐》诗通过对比人工之音来推崇自然之音，是另一种审美意识作用的结果。

上文提及的白居易也同样有歌咏裴度庭园的诗句："水竹以为质，质立而文随。文之者何人，公来亲指麾。"（《裴侍中晋公以集贤林亭即事诗三十六韵见赠猥蒙征和才拙词繁辄广为五百言以伸酬献》）白居易在清晰地区分本原自然（"质"）与庭园自然（"文"）的基础上，肯定了人为文饰自然的做法。可以想象，在韩愈、白居易生活的时代，人们在某种程度上认可通过人为之手装饰、加工自然这一经营活动的积极价值。

到了中唐时期，自然与人为（真与假）的关系就这样产生了某种变化。以往一般认为，自然是真的，而人为不过是世俗的、假的东西。然而，非真的假物、并非本原自然的人造庭园，却受到推崇。这一变化的根源到底是什么？其根源应该是：在意识上欣赏假之为假的虚构性，不遵循"本原自然"，而是从自己的想象出发，建构出一片全新的世界。想要建造庭园的人，的确可以运用假山等类似自然之物，按照想象的模样组建出理想的空间。正如上节所述，"本原自然"归根到底也不过是人为创造出来的假想物。他们或许先有这样的认识，所以在此基础上，积极地认可人为的价值，以自己的想象追求另一片超越"本原自然"的、全新的世界。

中唐时期先进的文人们埋首在个人假想、空想的世界中，在意识上希望改变世界的原貌，例如李贺（791—817）的《李凭箜篌引》（"箜篌"是一种类似竖琴的弦乐器，"引"是指歌曲）。中唐时期活跃着许多富有个性的诗人，李贺便是其中大放异彩的一位。李贺以其独特敏锐的感性，好写怪奇诡幻之诗，在后世与李白的"天才"、白居易的"人才"相对，被称为“鬼才”（“鬼”是指幽灵、妖怪等超自然之物）。在《李凭箜篌引》中，李贺描写了演奏箜篌使世界变容的理想境界。

吴丝蜀桐张高秋，空山凝云颓不流。
江娥啼竹素女愁，李凭中国弹箜篌。
昆山玉碎凤凰叫，芙蓉泣露香兰笑。
十二门前融冷光，二十三丝动紫皇。
女娲炼石补天处，石破天惊逗秋雨。
梦入神山教神妪，老鱼跳波瘦蛟舞。
吴质不眠倚桂树，露脚斜飞湿寒兔。

除了交代乐器材质和演奏状况的首联以及描述李凭演奏姿态的第四联之外，此诗其他部分皆以描写箜篌音乐为主，这些描写都是诗人通过音乐想象出来的世界。昆仑山、女娲所补之天（女娲是太古时期的女神，炼五色石以补天）、梦中的神山、月中的世界等等，这些空想的世界成为诗歌的舞台。读罢可知，在这些舞台上，出现了听音乐而产生的种种意象：泪洒斑竹的湘江女神江娥（舜帝之妃娥皇与女英）、满腔怨愁的古代乐人素女、叫声如昆山玉碎的凤凰、如露饮泣的芙蓉与欢笑的香兰、被融化的冷光与心旌摇曳的紫皇（天帝）、被击碎的彩石与惊愕的天际、喷涌而出的秋雨、跳波的老鱼与瘦蛟（失去生命力的鱼与蛟）、桂下无眠的吴质（被流放到月中的道士）、斜飞着濡湿玉兔的寒露。

李贺一边运用故事，一边唤出各种动植物、无机物以及天帝、神女，详细地记录音乐给人带来的影响和感应。对他来说，至高的音乐，自不待言能感动动植物，而且也能震天动地，震撼全世界。在这一音乐认识之下，他调动起从李凭演奏中获得的灵感，幻想着将“本原世界”改变成一片崭新的天地。这部作品发挥出艺术特有的震撼人心的力量，将诗人的想象力发挥到了极限。

此外，艺术作用于自然界乃至世界的想法，也散见于当时文人对于文学的认识之中。[①] 比如，李贺自己的诗句“笔补造化天无功”（《高轩过》），意为通过文学将造物主创造的世界重新修补、完善。另外，韩愈将李白、杜甫的诗歌创作比喻成古代圣王大禹劈开峡谷、治理洪水的经过，《调张籍》有云：“想当施手时，巨刃磨天扬。垠崖划崩豁，乾坤摆雷硠。”

作为人类活动的艺术隐藏着改变世界原貌的力量，这一思想在中唐时期已经抬头。具体就是通过造园改变自然、占有自然的意识及其相关活动。这一现象表明了自然与人为之关系的变化，即人为对自然领域的扩张。

第四节　日常生活的扩充——趣味化的人生

如上节所述，中唐是一个人为重要性增强的时代，这一时期重新萌发出以人类自身经营活动为中心的世界观。重视人为的思想背后，存在

---

① 参照川合康三「詩は世界を創るか——中唐における詩と造物」，『終南山の変容——中唐文学論集』，研文出版，1999 年。（中译本有刘维治、张剑、蒋寅译：《终南山的变容——中唐文学论集》，上海古籍出版社，2007 年。——译者注）

着通过自己的想象改变现实世界的意识。然而中唐以降，这一先进的意识却渐渐地丧失了。中唐以降，重视人为的思想中缺少对抗现实世界以创造出新理想乡的热情，相反这种思想明确地和与公相对的私人领域紧密联系在一起，其结果便形成了在密闭的个人世界中，创造出仅属于自己的理想乡，派生出趣味化的生活意识。即忘却世事，投入到诗文或琴棋书画等私人活动之中，以图精神世界的安定，产生出被称为文人趣味的生活方式。①

虽然文人趣味是在唐以后的宋代才有了明确的表现形式，但是从中唐白居易歌咏“中隐”的诗作中便可窥其端倪。从白居易的文学，特别是从他的闲适诗可明显看出，中唐文人官僚十分乐于扩充私人世界，喜欢沉浸在书画、音乐等各种各样富有个人趣味的活动之中。

例如，白居易《庐山草堂记》提及自己热衷于营造庭园的性格，云：“矧予自思，从幼迨老，若白屋，若朱门，凡所止，虽一日、二日，辄覆篑土为台，聚拳石为山，环斗水为池，其喜山水病癖如此。”如上节所述，白居易为扩充私人空间而筑造庭园。这里意味深长的一点是，白居易在言及对山水的喜爱之际，还描绘出忘我营造山水的方式。除了这篇《庐山草堂记》之外，他还屡次在诗文中写到自己勤于造园的样子，对他而言，营造山水自然本身就是目的所在。“猎人追求的不是猎物，实际上狩猎本身就是目的。”②白居易的诗文意味着，趣味这种东西并不是为了获得某

---

① 关于文人趣味，参考青木正児『琴碁書画』(平凡社東洋文庫，1990 年)，荒井健编『中華文人の生活』(平凡社，1994 年)等。

② 布莱士·帕斯卡(Blaise Pascal)著，前田陽一、由木康译『パンセ』(《思想录》)，中公文庫，1973 年。

种目的才去采取行动，而是为了追求行为本身的乐趣。

另外，《庐山草堂记》中出现的“癖”字，对于理解沉溺于趣味、嗜好的文人们的自我意识，具有重要的意义。这个字正如大家对“病”字的运用，最初是指一种腹部积块的病。但是，从晋代杜预的故事以来，“癖”就有偏向某种嗜好的意思。① 中唐以后，文人们喜欢用“癖”字来形容过度投入特定对象的倾向。比如，“诗癖”“书癖”“琴癖”“画癖”“酒癖”“茶癖”“山水癖”等词语，都表明将自己的某种嗜好当作病态的偏爱、偏好来看待。这些都是将沉迷于某物的性格，当作不合常规之病、有失中庸之道来标榜。从这种自我言说的背后可以读出这样的意识：文人们将自己理想中的嗜好客观化、相对化，把它当作一种可资标榜的、异于常人的个性。

再通过白居易的《太湖石记》来看看当时文人对趣味、嗜好的理想认识。针对当时的宰相文人牛僧孺（780—848?）的怪石趣味，白居易参以己见写出了这篇论趣味、嗜好的作品。太湖石是产于太湖的一种石灰质岩石，中唐以降，这种石头因奇异、丑怪的形状，成为众多好事者关注、收集的庭园玩赏物。②

> 古之达人，皆有所嗜。玄晏先生嗜书，嵇中散嗜琴，靖节先生嗜酒。今丞相奇章公嗜石。石无文无声，无臭无味，与三物不同，而公

---

① 故事见于《晋书·杜预传》。杜预揶揄王济好马为“马癖”，和峤好钱为“钱癖”，武帝问杜预“卿有何癖”，杜预答曰：“臣有《左传》癖。”杜预埋首《左传》（《春秋左氏传》）研究，以注释《左传》闻名。

② 第三节所举白居易《池上篇》的序文也谈到这种石头。关于太湖石的研究，参考福本雅一『太湖石』，藝文書院，2009 年。

嗜之，何也？众皆怪之，我独知之。昔故友李生名约有云："苟适吾志，其用则多。"诚哉是言，适意而已。公之所嗜，可知之矣。

此处将对物的嗜好视作成为达人的条件。在达人的谱系中，牛僧孺的怪石趣味占有重要位置。带有某种嗜好，就好似拥有某种身份。嵇康嗜琴、陶渊明嗜酒，这里面大概都包含着魏晋之际名士特有的政治批判。① 然而白居易却舍弃这些寓意，首次提出嗜好仅为"适意而已"。由此可窥见，沉溺于嗜好作为文人们私人领域中的个性象征而受到关注。

图 46　宋苏轼《古木怪石图》

经过中唐，到了宋代，奇石、怪石在文人间更受珍视。此画的作者是有宋一代的代表诗人苏轼。宋以降，绘画也成为一种兴趣普及开来，产生出所谓文人画（非职业画家的士大夫业余所绘之画）的谱系。依据徐邦达编《中国绘画史图录》（上海人民美术出版社，1981 年）。

---

① 参考鲁迅：《魏晋风度及文章与药及酒之关系——九月间在广州夏期学术演讲会讲》，《鲁迅全集》第三卷，人民文学出版社，1981 年。最初发表于 1927 年。

在此之上，白居易还强调牛僧孺的怪石趣味不被周围人理解。“无文无声，无臭无味”的石头是世间毫无价值之物，然而牛僧孺却对这样的石头心驰神往，他的这种嗜好与一般的价值观背道而驰，是遵从“己意”的产物——白居易从这一点展开评价。由此可以窥探出，作者从不被他者理解的视角入手，有意把牛氏的特殊嗜好当作其个性来彰显。

个性(personality)是以客观的视角来审视自己，通过与他者对比而获得的崭新认识。趣味、嗜好被当成是区别于他者的一种个性，这种认识也经常出现在我们的现代生活中，例如履历书。在履历书中，为何除了学历、职历这些“公”的内容之外，还有兴趣这一栏呢？另外，今天当我们在自我介绍时，一般也要谈谈有什么样的兴趣、嗜好(以什么样的趣味度过空闲时间，另外在读书、音乐上有什么样的爱好)。趣味、嗜好是为了追求行为本身的快乐，虽然它是一种自我完成的活动，但也具有向他者展示自我魅力的一面，在宣扬自我个性方面，发挥着重要的作用。趣味、嗜好之所以被赋予这样的地位，可从中国的文人趣味(即属于官员的“公”的身份的知识分子，在扩充私人领域过程中，所产生的生活样式)中探求其中的一个源头，而现代的我们可能正处在这一延长线上。

此外，上揭白居易《太湖石记》的引文之后，还记载牛僧孺收集了所有形状的太湖石，把它们按等级分为“甲、乙、丙、丁”和“上、中、下”后，放置于府邸院中。对牛僧孺而言，怪石不是拥有一个就够了，而是搜集的对象。

搜集喜欢的东西，夸耀自己丰富的收藏。对某方面感兴趣或有嗜好的人常常沉迷于此。从中唐至北宋，且不论书画等艺术品[①]，就连笔、纸、砚、墨这些所谓的文房用品（这四者被称为文房四宝），乃至花木、怪石等各种各样的东西，都成为了搜集的对象。搜集当然需要一定的财力，但是一旦脱离了公的立场，属于私人所得的这些收藏，就会被当作地位、财产或其他某种价值的象征而受到重视。被一流的艺术品、嗜好品环绕着，借此享受忘却世俗的闲雅片刻。这种生活方式兴于宋代，它是隐逸这一传统的精神文化与市场经济发达带来的物质文化相互融合的产物。

下面再来看一个显示出宋代收藏文化隆盛的例子，即可谓是古董趣味始祖的欧阳修（1007—1072）所作之《集古录》。《集古录》是一部对古代金石文（刻在青铜器或石碑上的文字）加以考证的书籍（全文已散佚，现存有《集古录跋尾》十卷）。以下所举的是，提取《集古录》概要而成的目录序文——《集古录目序》。在宋代，通过对金石文拓本的精密解读，兴起一种从文字学或文献学、历史学等角度进行研究的学问（即所谓的金石学）。《集古录》可谓是这一领域的开山之作，但是这篇序文并未过多涉及金石文的学术价值。此文主要是对物的搜集展开相关论述：

物常聚于所好，而常得于有力之强。有力而不好，好之而无力，

① 与自然的情况相同，本来所有的美术品都应属于皇帝，但是在唐代，除了皇帝所藏的属于公的收藏之外，私人搜集家的收藏也受到关注。这从唐代裴孝源所编《贞观公私画录》的书名可窥一斑。另外，唐代张彦远《历代名画记》卷二《论鉴识收藏购求阅玩》一文，记载了众多以绘画收藏家而闻名的唐代官员的名字，由此可以想象搜集和收藏作为私人趣味在文人间的流行情况。

虽近且易，有不能致之。象犀虎豹，蛮夷山海杀人之兽，然其齿角皮革，可聚而有也。玉出昆仑流沙万里之外，经十余译乃至乎中国。珠出南海，常生深渊，采者腰絙而入水，形色非人，往往不出，则下饱蛟鱼。金矿于山，凿深而穴远，篝火糇粮而后进，其崖崩窟塞，则遂葬于其中者，率常数十百人。其远且难而又多死祸，常如此。然而金玉珠玑，世常兼聚而有也。凡物好之而有力，则无不至也。

汤盘，孔鼎，岐阳之鼓，岱山、邹峄、会稽之刻石，与夫汉、魏已来圣君贤士桓碑、彝器、铭诗、序记，下至古文、籀篆、分隶诸家之字书，皆三代以来至宝，怪奇伟丽、工妙可喜之物。其去人不远，其取之无祸。然而风霜兵火，湮沦磨灭，散弃于山崖墟莽之间未尝收拾者，由世之好者少也。幸而有好之者，又其力或不足，故仅得其一二，而不能使其聚也。

夫力莫如好，好莫如一。予性颛而嗜古，凡世人之所贪者，皆无欲于其间，故得一其所好于斯。好之已笃，则力虽未足，犹能致之。故上自周穆王以来，下更秦、汉、隋、唐、五代，外至四海九州，名山大泽，穷崖绝谷，荒林破冢，神仙鬼物，诡怪所传，莫不皆有，以为《集古录》。

这篇序文集中论述了物以何种方式被搜集在何人身边，以及自己为何要搜集金石或石刻拓本的问题。虽然一眼就能看出，欧阳修对搜集古物抱有强烈的热情，但同时值得关注的是，他对搜集活动本身也进行了理性的分析。如果说中唐白居易《太湖石记》在讲嗜好论，那么宋代欧阳修则在此基础上进一步讲搜集论。爱好者如何去搜集对象，成为文人们关心的一个问题。

随着搜集爱好品在文人之间的流行，宋代编撰出许多题为"某某谱"的目录书籍。比如，苏易简《文房四谱》解说笔、墨、纸、砚等各种文房用品，杜绾《云林石谱》详细记载各地出产的石头的形状与材质，范成大《菊谱》详述菊花的品种，等等。另外，知名的文人也编撰了很多这类书籍，如欧阳修《砚谱》、陆游《牡丹谱》等。对于爱好品的深刻鉴赏力，被当成是一等风流人物的佐证。这些谱录书是收藏文化普及的产物，它们作为搜集、鉴赏的入门读物，被广泛地阅读、继承。①

记载了大量古董信息的欧阳修《集古录》，也具有为爱好者提供指南的特征，可视为宋以降谱录学文化的先驱。宋代大学者朱熹(1130—1200)《家藏石刻序》一文，记下了阅读此书的情形：

> 予少好古金石文字，家贫，不能有其书。独时时取欧阳子所集录，观其序跋辨证之辞以为乐。遇适意时，恍然若手摩挲其金石，而目了其文字也。既又怅然，自恨身贫贱，居处屏远，弗能尽致所欲得。

在谱录类书籍为何要编撰、普及的问题上，朱熹所说的读书体验具有启示意义。对朱熹而言，《集古录》不仅可使人获得知识或信息，它还可使

① 有关宋代的谱录文化，参考青木正児「文房趣味」(前揭『琴碁書畫』)、中砂明徳『江南』第一章「趣味の市場」(講談社，2002年)等。

人切身感知实物，满足自己一时的占有欲。宋代大诗人陆游（1125—1209）也以“如见真笔”的感想，来形容《集古录》一书给人的绝佳印象（《跋六一居士〈集古录跋尾〉》）。可以想象，对以搜集、鉴赏爱好品为乐趣的人而言，以《集古录》为首的谱录书，赋予他们一种实物在手的感受。这与现代的我们在阅读衣服、装饰品的谱录书时，获得把它们穿戴在身的喜悦感是相同的。

在谱录书之外，宋以降还出现了全面反映文人生活趣味的手册（指南书）类的书籍。青木正儿《宋代文房趣味总论》评赵希鹄《洞天清禄集》为此之肇端。[①] 此书设古琴辨、古砚辨、古钟鼎彝器（青铜器）辨、石辨、砚屏（放置砚旁用于防尘的小型屏风）辨、笔格（笔架）辨、水滴（给砚注水的容器）辨、古翰墨真迹（书法真迹）辨、古今石刻辨、古画辨十个门类，是一部对各种文房用品和艺术品进行详细解读的著作。此书还对这些用品和艺术品的使用方法、鉴赏方法，以及赝品的制作和鉴别方法等进行细致论述。正如书名所示，这本书无非是指在宅邸中创造出一片“洞天”（仙人所住的特别天地），给沉迷于风雅趣味生活的人提供指南。从书名可以读出：通过多种嗜好品来装点居处空间，将那里当成另一个世界，完成一种“出世间”，由此而来，“出世间”化为琐碎的日常生活物品而被继承下来。文人们不再把“出世间”当作不存在于此时此地的世界来追求，而是把它当作在自己身边出现的事物来认识。

此外，明代以降，从盆栽、插花技术到书斋日常器具的配置，总之，所

① 参考本书第 284 页页下注。

有与生活有关的指南书（如高濂《遵生八笺》、屠隆《考槃余事》、文震亨《长物志》等）都被编撰出来。谱录书、指南书的存在，一方面意味着文人们讲究趣味生活，另一方面也反映出他们私人生活的样式化、定型化。文人趣味原本是那些从公的束缚中逃脱出来的官员们，在获得私人领域过程中所产生的，但是，私人领域在某种程度被确立下来之后，其内部又产生了新的规范意识，于是文人们应该如何生活这一问题便被过度地追求。

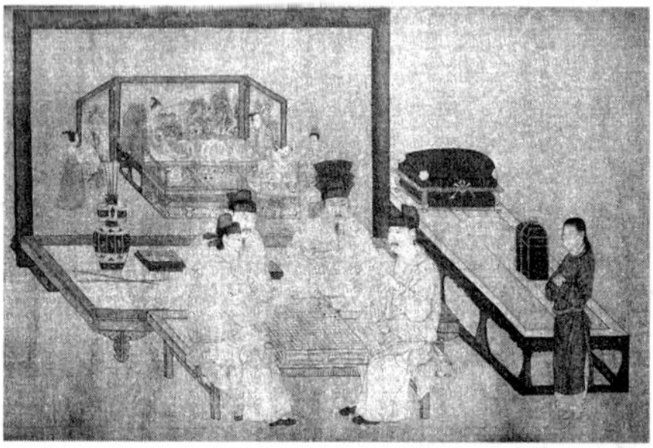

图 47　五代南唐周文矩《重屏会棋图》

周文矩是南唐王室的宫廷画家。此图描绘了南唐中主李璟与诸弟在室内愉快下围棋的姿态。画面的后方放置一张屏风，屏风中又有一描绘山水的屏风，从中可见士人们惬意凝视的姿态。屏风或挂轴把室内装点得别有洞天，是文人生活不可或缺的一部分。此图藏于北京故宫博物院。依据《中国美术全集・绘画编 2・隋唐五代绘画》（人民美术出版社，1988 年）。

最后来看一下清末著名诗人龚自珍（1792—1841）的《病梅馆记》。龚自珍感叹爱梅的文人们以扭曲的嗜好和审美意识，损伤了梅花本来的姿貌，使之生病：

江宁之龙蟠，苏州之邓尉，杭州之西溪，皆产梅。或曰："梅以曲为美，直则无姿；以欹为美，正则无景；以疏为美，密则无态。"固也。此文人画士，心知其意，未可明诏大号以绳天下之梅也；又不可以使天下之民斫直、删密、锄正，以夭梅、病梅为业以求钱也。梅之欹、之疏、之曲，又非蠢蠢求钱之民能以其智力为也。有以文人画士孤癖之隐明告鬻梅者，斫其正，养其旁条，删其密，夭其稚枝，锄其直，遏其生气，以求重价，而江浙之梅皆病。文人画士之祸之烈至此哉！

予购三百盆，皆病者，无一完者。既泣之三日，乃誓疗之、纵之、顺之，毁其盆，悉埋于地，解其棕缚；以五年为期，必复之、全之。予本非文人画士，甘受诟厉，辟病梅之馆以贮之。呜呼！安得使予多暇日，又多闲田，以广贮江宁、杭州、苏州之病梅，穷予生之光阴以疗梅也哉！

文人或画家们过度发展的嗜好已经容不下天然的梅花，如果不对梅花加以扭曲（非自然性）的话，他们的嗜好就无法得到满足。“本真自然”的价值完全丢失了，而人为的、畸形化的自然却受到推崇。从“病梅”的姿态可以看到自然与人为关系的恶化。

还有一种说法认为，这篇文章借病梅批判清朝政府对知识分子的压迫。如此一来，可以把文人追求的风流，比作某种类似于皇帝权力的、具有强迫性的东西。就像皇帝以其权力压抑知识分子，知识分子也以其嗜好和审美意识压抑、“捆绑”自然。因私人活动而形成的高雅的文人趣味，如果成为使自然屈服的权威横行于世的话，那么其风雅精神也会带有与现实社会（世间）的“公”的权力相同的属性。这里又能再次看出，“出世间”被“世间”同化了。

（谷口高志著、黄小珠译）

后 记

日本有“士农工商”一说。当然，这一说法来自中国古代典籍，例如《汉书·食货志》有下面这段著名的记载：

> “财”者，帝王所以聚人守位，养成群生，奉顺天德，治国安民之本也。故曰：“不患寡而患不均，不患贫而患不安。盖均亡贫，和亡寡，安亡倾。”是以圣王域民，筑城郭以居之，制庐井以均之，开市肆以通之，设庠序以教之；士、农、工、商，四民有业。学以居位曰士，辟土殖谷曰农，作巧成器曰工，通财鬻货曰商。圣王量能授事，四民陈力受职，故朝亡废官，邑亡敖民，地亡旷土。

读此文尤需注意，这是一篇“食货志”，即它是对汉王朝的财产、国家财政这部分内容的记述。此处所谓的“财”是指在帝王的统治下收集的资源、资金，用更易理解的话来说，是指“收集来的税金”。上述出现的“士农工商”，归根到底，是一种以税金为基准的国民分类法。“士”，在日本有“武士”，在中国则是被称为“士大夫”的知识阶层，即通过修养学问成为官员，为帝王收集、管理税金之人；“农”是指缴纳农作物之人；“工”是指缴纳自己所制器物的手艺人；“商”是指促进物资流通、缴纳商税之人。从大的分类来看，“士农工商”可以分为“士”与“农工商”：不缴纳税金，从帝王那里获取俸禄，从“农工商”那里收集、管理税金者为“士”；以某种职业为生，折合所得向皇帝缴纳税金者为“农工商”。中国文学的承担者，至少从创作者的层面来看，几乎都是从“士”之中产生出来的。

如果以“税”为关键词，对生活在前近代中国社会中的人进行简单分类的话，或许可以得出以下的说法。首先，在世界的中心存在着将所有领土、财产、文化视作己物的皇帝，税金被收集到皇帝身边。其次，存在着从皇帝那里获得一部分税金作为俸禄，以之支撑他们的私人生活与征税活动，以维护社会秩序的人。这些人基本是获取俸禄的官员，他们是不交税的。再次，存在着今日汉语所谓的“老百姓”（一般的庶民），在古代汉语中他们被称为“良人”，即承担纳税义务的“农工商”。此外，还存在所谓的“良贱”的“贱”，即“贱民”。“贱民”包括犯人的子孙或是诸如俘虏、乐户等出身的驱口、奴婢（这些人的身份终生不变），以及原本是“良人”但为了还钱成为雇佣劳工的奴婢，无论在哪个朝代他们都是买卖的对象。就像“在中国乞丐的世界也存在着官僚制度”所说的，贱民的世界也存在着支配与压榨。尽管如此，他们没有向皇帝纳税的义务，与在重税之下苟延残喘的“农”相比，他们倚靠雇主反倒会过上比较轻松、丰裕的生活，而且如果购买他们的主人有权有势的话，他们还会“狐假虎威”，在主人家不过是个奴隶，一旦外出，他们甚至会显耀出连太守都不能干涉的权势。根据宋代以后的政府文书等资料的记载，做佣工的农民虽然已经到了雇佣期限，但他们不愿再成为“良人”，因此经常出现税收减少的问题。总之，在前近代中国，即便身为奴隶，只要他们属于征税机构一方，就用不着像占人口百分之九十以上、生活在“田园”的“农民”那样，在重税之下苟延残喘。

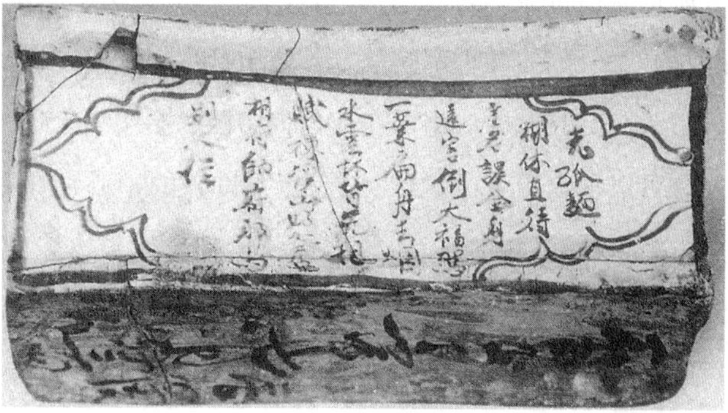

图 48　元代磁州(邯郸)烧制的瓷枕

底部刻有日期“至正十一年七月廿三日”，侧面刻有当时的小曲。依据《磁州窑诗词》(天津古籍出版社，2004 年)。

上图引自《磁州窑诗词》(天津古籍出版社，2004 年)，在瓷枕的侧面刻有诗歌。本书第二部第三章介绍了《枕中记》，这部作品的舞台邯郸自古就是一个以制作生活所用的陶瓷器皿而知名的地方。大概在《枕中记》产生前后，邯郸制作的瓷枕特别知名。如图所示，刻有诗歌或山水人物画像的瓷器渐渐成为一种奢侈品。瓷枕底部刻有日期“至正十一年七月廿三日”，在长条形的三个面上都刻有被称为散曲的元朝小调。从日期和散曲的内容来看，笔者推测这方瓷枕可能是某位官僚为自己的生日特别制作的纪念品(或是从某人那里获得的特别的礼物)之类。对瓷枕所有者而言，七月廿三日可能是他的生日，至正十一年(1351)可能是有特别意义的一年(如还历、古稀或退休之年)。在这个特别的生日里，他特意命人制作了这方瓷枕，在枕上描绘出神游于远离世俗的山水之间，这一所谓“道情(歌咏道教世界观之歌)”之作。瓷枕一般用于夏季午睡时，正如《枕中记》的主人公在午睡时梦尽一生，它可以让人在梦中看见不一样的人生。

图中所刻散曲的原文如下：

> 老孤，面糊。休直待虚名误。全身远害倒大福。驾一叶扁舟去。烟水云林，皆无租赋。拣溪山好处居。相府、帅府，那为别人住。

正如开头“老孤，面糊”和结尾“相府、帅府，那为别人住”所言，这首散曲以第一人称的形式讲到高官应当辞官隐退。“老孤”是花街柳巷或戏剧中所用的隐语，指“年老的官员”。“面糊”偏义“糊”，与“糊涂”同义，指“马虎”“荒唐”。乘着“扁舟”前往“烟水云林”是说，头靠着瓷枕，到梦中寻访理想的山水，即到达“现实”以外的像桃花源那样的乌托邦世界。在乌托邦里，“皆无租赋”。“租赋”可能是指“政治权力”，“无租赋”暗指“政治权力不能抵及的世界”。就像是太守不能到达的、如桃花源一般的“自由境地”。

然而，或许是因为苦于重税的社会现实，或许是对时代拜金主义的嫌恶，这首散曲的作者没有用“倒大自由”(随心所欲)这一常规套路来表现“自由”，而是用极其浅近的“无租赋”来表达。此外，作者或是因缺乏教养，导致作品“生活感觉”暴露；或是完全相反，作者以高度凝炼的意识，故意营造出实实在在的“庶民感”。无论哪一种，这首散曲都呈现出“我”对“梦中山水”的无限憧憬，而且此处“山水”的第一属性是“无租赋”。中国文明对于神仙或山水世界寄予了什么样的幻想呢？此中包含了对这一问题最浅近、最切实的回答。他们从国家权力出发，将对自由的向往寄托在天下无税之上。

但是，正如上曲中的“我”乃“老孤（官员）”“将帅”，实际上这些作者大多数是官僚，是收集“租赋”之人。中国文人在社会生活方面，追求荣达，渴望行使“国家权力”，而在个人精神生活上，则希求“自由的境界”，希望在“权力”之外构筑“梦的王国”或“理想的山水”。如果用上述的瓷枕来描述这种分裂的话，即一个具有文人趣味的有钱人，他的生日是此图底部的“七月廿三日”。在这个日子里，他让人做出了祈祷自身长寿、歌咏道情的“吉祥枕”。如果要使枕上的“长寿”与“清贫”成为“现实”，那么“梦”与“现实”就要来个调换——沾满“名利”的昼间生活是“虚伪”的，而枕上所见的“清贫之梦”则是“真实的世界”。这里将昼间的社会生活视为“虚伪”，有自我欺骗的性质。在作为皇帝的代理人而进行的社会生活中以及与之相反的精神世界中，中国文人表现出对矛盾话语的巧妙运用。

职是之故，本书题为“有皇帝的文学史”。

（高桥文治著、黄小珠译）